Diogenes Taschenbuch 21384

de
te
be

Jack Ritchie

Für alle ungezogenen Leute

Geschichten

Aus dem Amerikanischen von Dorothee Asendorf

Diogenes

Titel der amerikanischen Originalausgabe
›A New Leaf And Other Stories‹
Dell, New York 1971

Umschlagzeichnung von
Tomi Ungerer

Deutsche Erstausgabe

100/86/36/1
ISBN 3 257 21384 0

Inhalt

Einführung

Im Juli 1969 schrieb ich Jack Ritchie, den ich persönlich nicht kannte, einen Brief. Darin stand unter anderem zu lesen:

Als ich mich vor zehn, zwölf Jahren damit abmühte zu lernen, wie man Geschichten an Alfred Hitchcock's Mystery Magazine *los wird, kaufte ich mir sämtliche früheren Ausgaben dieses Blattes und las sie alle in einem einzigen Rutsch durch. Zwar war mir am Ende das Gehirn eingeschrumpft, dafür aber war ich in den Genuß gekommen, zwei durchweg erstklassige Autoren gelesen zu haben, von denen Jack Ritchie nicht nur der produktivere, sondern auch der erstklassigere war. In den darauffolgenden Jahren habe ich Sie zweimal Freunden empfohlen, die Kurzgeschichten schreiben wollten; ich borgte ihnen ganze Stapel* AH Mystery Magazine *und riet ihnen, alles von Ritchie zu lesen …*

Jetzt machte mir der Dell-Verlag den Vorschlag, eine Einleitung zu Ihrer Sammlung von Kurzgeschichten zu schreiben, aber ich finde, das sollten Sie entscheiden. Ich frage mich nämlich, wie ich reagieren würde, wenn da einfach so ein Typ auftauchte und sich in mein *Buch hineindrängelte? Ich kam zu dem Schluß, mich würde es verstimmen.*

Falls es auch Sie verstimmen sollte, dann sagen Sie es mir bitte; ich kann das durchaus verstehen. Falls es Sie nicht verstimmen sollte, würde es mich freuen, mich über Ihre Geschichten auslassen zu können.

Jacks Antwort war liebenswürdig und treffend: »Natürlich habe ich nichts dagegen, daß Sie eine Einführung zu der Kurzgeschichtensammlung schreiben, lassen Sie sich nur tüchtig über mich aus.«

Und genau das *mache ich* nun. Was Jack Ritchie angeht, so ist er ein ruhiger, bescheidener Arbeiter im Herrn, der endlich das erhält, was ihm zusteht. Zuerst einmal durch dieses Buch, denn obgleich seine Geschichten, wie die Smiths, in fast allen in den vergangenen zehn Jahren veröffentlichten Anthologien zu finden sind, so ist dies doch das erste Buch, das ausschließlich Geschichten von Jack Ritchie gewidmet ist. Und zweitens, wenn auch indirekter, durch den Film. Der erste größere Film von Elaine May, der einen Hälfte des Paares Nichols-May (in dreifacher Funktion als Drehbuchautorin, Regisseurin und Hauptdarstellerin neben Walter Matthau), basiert auf Ritchie's Geschichte *Ein neues Blatt.*

Jack Ritchie ist nun einmal ein brillanter Mann auf dem falschen Dampfer, ein Miniaturenmaler im Zeitalter der Elefantenkrankheit. Er weiß, und das wahrscheinlich besser als irgend jemand sonst, der sich heute auf diesem Gebiet betätigt, daß bei einer Kurzgeschichte beide Wörter zu ihrem Recht kommen müssen – es sollte eine *Geschichte* sein, voll und rund, mit Handlung und Charakteren, und gut ausgefeilt; und außerdem sollte sie *kurz* sein.

Der verstorbene Anthony Boucher, Rezensent von Kriminalgeschichten bei *The New York Times* und Herausgeber der *Jahrbücher Beste Kriminalgeschichten,* sagt folgendes über Ritchie: »Jack Ritchie ist stets einer der originellsten Autoren (und womöglich auch der knappste), die in Krimiheften zu finden sind.« Jacks Geschichten vermitteln Informationen wie ein Computer, rasch, effizient, präzise und mühelos.

In dem Musical *Top Banana* beschwert sich der Schauspieler bei seinem Autor darüber, daß in einem Sketch schon zwei Seiten im Sprechzimmer eines Arztes gespielt sind, ehe der Schauspieler auftreten darf. Als der Autor sagt, daß er die zwei Seiten brauche, um die Szene aufzubauen, wendet sich der Schauspieler an seinen Kumpel: »Bring mich ins Sprechzimmer.« Der Kumpel dreht sich um und sagt ins Publikum: »Wir befinden uns jetzt im Sprechzimmer.« Sollte ich einmal Jack Ritchie kennenlernen, dann bin ich gewiß furchtbar enttäuscht, wenn er nicht wie jener Kumpel ausschaut.

Hier soll der Versuch gemacht werden, eine ganze Skala verschiedenster Talente zu beschreiben. Zuerst einmal ein Schreibtalent von großen Gnaden. Ein stiller, trockener Humor, der immer genau zu wissen scheint, wie weit er gehen darf. Eine Phantasie, der in den vergangenen zwölf Jahren so viele Kurzgeschichten entsprungen sind, daß die vierzehn dieses Bandes nur die Spitze des Eisberges darstellen. Ein Talent für Verknappung, das man einfach nicht knapp beschreiben kann. (Schauen Sie sich einmal den ersten Absatz der hier aufgenommenen Geschichte *Der Geldschein trügt* an. Ich kenne Autoren, die sich am Ende dieses Absatzes schon im zweiten Kapitel ihres Romans befänden. Und wenn Sie nachschauen, wette ich sieben zu zwei, daß Sie nicht eher auf diese Einführung zurückkommen, ehe Sie nicht die ganze Geschichte verschlungen haben. Gut, nicht? Einführung völlig überflüssig, oder?)

Was fängt man bloß mit einem Menschen an, der sich in einer Gesellschaft, die literarische Qualität pfundweise berechnet, nicht davon abbringen läßt, brillante Miniaturen zu malen, und das in einer Welt, welche die Qualität eines Buches daran mißt, wieviel Gras es erstickt, wenn man es unter der Hängematte liegenläßt? Man kann natürlich überall verkünden, wie gut er ist, worum ich mich eben jetzt bemühe, und wie es auch der verstorbene Anthony Boucher getan hat:

Was mir an Jack Ritchies Werken am besten gefällt, ist die exemplarisch sorgfältige Ausführung. Da steht kein Wort zuviel, und viele Wörter haben gleich mehrere Bedeutungen. Nirgends ist das Exposé zu spüren; alle benötigten Fakten werden geschickt eingebaut, während die Geschichte ihren Fortgang nimmt. Ritchie kann eine lange Kurzgeschichte schreiben, die eigentlich als ein ganzer Thriller gelten könnte; und seine ganz kurzen Kurzgeschichten funkeln geschliffen-knapp.

Schließlich vermittelt uns Jack Ritchie selbst (wenn auch ungewollt) die beste und (natürlich) knappste Beschreibung von Jack Ritchie. In einer seiner Geschichten, *The Piggy Bank Killer* (hier nicht aufgenommen), sagt der Erzähler über eine andere Figur der Geschichte: »Mir schien, der Junge hätte *Krieg und Frieden* auf der Rückseite einer Postkarte unterbringen können.«

Eben.

Donald E. Westlake
Dezember 1969

Der Geldschein trügt

Die braune Reißverschlußtasche zu meinen Füßen machte Mr. Neber, den Direktor, neugierig. Er verließ seinen Schreibtisch neben den Eingangstüren der Bank und schlenderte zu meinem Schalter. »Was ist denn in der Tasche, Fred? Ihr Lunch?«

»Nein, Sir«, sagte ich. »Zwanzigtausend Dollar in bar. Alle meine.«

Er grinste. »Soll's in Richtung Süden gehen?«

»Nein, Sir«, sagte ich.

Er ging zu seinem Schreibtisch zurück, um einen Depositenscheck abzuzeichnen.

Ich warf einen Blick auf die Uhr und schloß meinen Schalter für eine Zehnminutenpause. Ich nahm meine Tasche und ging zum Eiswasserbehälter.

Jim Merril las Zeitung. »Hier steht, daß man Randall lebend freigelassen hat«, sagte er.

»Randall?«

»Amory Randall«, sagte Jim. »Er wurde vor fünf Tagen gekidnappt.« Er schlug eine der Innenseiten auf. »Randall sagt, daß es nur ein Mann war. Oder zumindest sah er nur einen Mann. Der Kidnapper trug eine Kapuze. Randall fiel als einziges an ihm auf, daß er einen Ring mit einem Saphir trug. Aber eins kann ich dir sagen. Der Kidnapper war nicht allzu helle.«

»Wie kommst du darauf?«

»Weil er nicht mehr als lausige zwanzigtausend Dollar

haben wollte. Er hätte leicht hunderttausend rausholen können. Randall ist stinkreich.« Jim widmete sich erneut eine halbe Minute der Zeitung. »Sowie Randalls Frau die Nachricht hatte, informierte sie die Polizei.«

»Ich nehme an, sie haben dem Kidnapper irgendeine Falle gestellt?«

»Davon steht hier nichts. Ich schätze, sie haben beschlossen, die Anweisungen des Kidnappers zu befolgen. Schließlich wollten sie vor allem Randall lebend wiederhaben. Aber den Kidnapper erwischen sie sowieso.«

»Warum?«

»Das Geld ist gekennzeichnet. Naja, genau weiß ich auch nicht, ob sie es tatsächlich gekennzeichnet haben. Aber die Polizei hat eine Liste mit den Seriennummern der Scheine.«

»Steht das in der Zeitung?«

»Nein, aber so läuft das doch bei der Polizei.«

Ich leerte meinen Becher mit Eiswasser, griff nach meiner Tasche und ging nach unten zum Tresorraum. Am Fuß der Treppe warf ich meine Zigarette weg, dann bog ich um die Ecke.

Parker hatte Wache. Er winkte knapp. »Hi.«

Ich nickte und spähte in die zimmergroße Stahlkammer. Die Freitagssendung für unsere Zweigstelle in Evansville lag auf dem Tisch. Einhunderttausend Dollar.

Parker und ich gehören seit acht Jahren derselben Bowlingmannschaft an. Er zögerte einen Augenblick, dann grinste er. »Bedien dich.«

Ich trat ein und blickte mich um. Ein paar Sekunden später fragte ich: »Riecht das nicht nach Rauch?«

Parker schnüffelte, dann runzelte er die Stirn. »Und ob.« Er verließ den Tresorraum und verschwand. Innerhalb von dreißig Sekunden war er zurück. »Jemand hat eine Kippe in den Papierkorb um die Ecke fallen lassen. Ist aber nichts passiert. Nur ein bißchen Rauch.«

Seine Augen wanderten zu dem Stapel Geldscheine auf dem Tisch, und automatisch zählte er die Päckchen.

Ich blickte auf meine Uhr. »Also dann, zurück in die Tretmühle.«

Mr. Neber blickte zufällig in meine Richtung, als ich die Treppe hochkam.

Ich ging zu meinem Schalter und stellte die Tasche ab. Kunden warteten nicht auf mich.

Auch Jim Merril am nächsten Schalter hatte nichts zu tun. »Ich frage mich, ob das nicht einfach ein ganz normaler Mensch ist«, sagte Jim.

»Wer?«

»Der Kidnapper. Das könnte doch ein ganz alltäglicher Typ sein, der fand, daß er Geld brauchte.«

»Vielleicht«, sagte ich.

Jemand kam an Jims Schalter, um eine Einzahlung zu machen. Als er fertig war, wandte Jim sich wieder mir zu. »Der wird wahrscheinlich wissen, daß das Geld gekennzeichnet ist, oder?«

»Möglich«, sagte ich.

»Vielleicht rechnet er damit, daß er das Geld an einen Hehler, oder wie man die nennt, für fünfzig Cent den Dollar verkaufen kann.«

»So einer dürfte schwer zu finden sein«, sagte ich.

Mr. Neber kam erneut an meinen Schalter. Sein Blick wanderte zu der Tasche. »Zwanzigtausend, was?«

»Ja, Sir.«

»Und die tragen Sie einfach so herum? Haben Sie kein Vertrauen zu Banken?«

»Ja doch, Sir«, sagte ich. »Ich wollte es nur gern eine Zeitlang in meiner Nähe haben.«

Wieder musterte er die Tasche. »Ihre sämtlichen Ersparnisse?«

»Teilweise, Sir«, sagte ich, »außerdem habe ich ein bißchen Glück an der Börse gehabt.«

Er fand ein leichtes Lachen angebracht. »Fred, das glaube ich Ihnen nicht.«

»Aber es ist die Wahrheit, Sir«, sagte ich. Ich bückte mich und zog den Reißverschluß der Tasche auf.

Er spähte hinunter und rieb sich das Kinn. »In ordentlichen kleinen, eingewickelten Päckchen?«

»Jawohl, Sir«, sagte ich und schloß die Tasche.

Er machte sich davon, und ich bemerkte, daß er nach unten in den Tresorraum ging.

Jim hatte alles mitangehört und gesehen. »Was soll denn das Ganze? Irgendein Scherz?«

»Nein«, sagte ich. »Kein Scherz.«

Während der folgenden zehn Minuten musterte er mich verstohlen. Seine Augen wurden magisch von dem weißen Streifen an meinem Finger angezogen, wo der Ring gesessen hatte.

Mr. Neber kam aus den Kellergewölben herauf. »Fred, Sie sind nicht berechtigt, den Tresorraum jemals zu betreten. Das wissen Sie doch.«

»Entschuldigung, Sir«, sagte ich. »Ich war nur neugierig. Es war ein spontaner Einfall.«

Er räusperte sich. »Als Sie im Tresorraum waren, ereignete sich doch ein kleiner Zwischenfall? Parker verließ den Raum für ein paar Sekunden?«

»Jawohl, Sir«, sagte ich. »Irgend jemand hatte eine brennende Zigarette in den Papierkorb geworfen.«

Mr. Neber ging zu seinem Schreibtisch zurück. Er setzte sich und runzelte nachdenklich die Stirn.

Um elf Uhr fuhr der gepanzerte Wagen vor der Bank vor, und drei Wachmänner kamen herein. Mr. Neber ging mit ihnen hinunter zum Tresor. Fünf Minuten später kamen sie mit dem Geld zurück.

Mr. Neber warf mir und meiner Tasche einen Blick zu, und plötzlich schien ihm ein Gedanke durch den Kopf zu schießen. »Moment mal«, sagte er zu den Wachmännern. »Legen Sie das Geld auf den Schreibtisch hier. Ich möchte ganz sichergehen, daß auch alles da ist.«

Einer der Wachmänner zuckte die Achseln. »Von mir aus. Aber ich habe die Päckchen selbst durchgezählt.«

»Soso«, sagte Mr. Neber, »Sie haben die Päckchen durchgezählt, aber woher wissen Sie, ob sich auch Geld darin befindet? Alles aufmachen!« befahl er.

Zehn Minuten später wischte er sich die Stirn mit einem Taschentuch. »Es ist alles da.« Er schaute in meine Richtung. »Und Sie haben wohl immer noch zwanzigtausend Dollar in der Tasche da?«

»Jawohl, Sir«, sagte ich.

Jim Merril hatte alles beobachtet, wie auch fast alle anderen Angestellten. Er zog Mr. Neber auf die Seite und fing an, ihm ins Ohr zu flüstern.

Mr. Nebers Augen wurden groß.

»Also«, sagte einer der Wachmänner ungeduldig, »können wir das Geld jetzt zum Wagen bringen?«

»Nein«, sagte Mr. Neber. »Noch nicht.« Er ging zu seinem Schreibtisch, hob den Telefonhörer ab und wählte. Nachdem er den Hörer aufgelegt hatte, blieb er sitzen. Er schien auf irgend etwas zu warten.

In Minutenschnelle waren in der Ferne Martinshörner

zu hören. Ich schloß meinen Schalter und griff nach meiner Tasche. »Ehrlich gesagt, mir ist nicht ganz gut«, sagte ich. »Tut mir leid, aber ich glaube, ich sollte nach Hause gehen und mich ins Bett legen.«

Mr. Neber kam hinter seinem Schreibtisch hoch. »Wache, nehmen Sie diesen Mann fest!«

Und sie taten es.

Einige Augenblicke später wimmelte das ganze Gebäude von Polizisten, und schon trug ich Handschellen.

Ich schloß die Augen und sank zu Boden.

Irgend jemand schüttete mir aus einem Pappbecher Wasser ins Gesicht, dann wurde ich auf die Beine gehievt.

Mr. Neber, Jim Merril und der Polizeibeamte, der ganz offensichtlich das Kommando führte, hielten eine kleine Privatkonferenz ab, dann wandten sie sich mir zu.

»Er hat also das Lösegeld in der Tasche da mitgebracht?« sagte der Polizeibeamte, wobei er mich fixierte.

»So ist es, Lieutenant«, sagte Mr. Neber. »Wenn es ihm allerdings gelungen ist, den Austausch vorzunehmen – und ich vermute, er hat es geschafft –, dann liegt das Lösegeld jetzt auf dem Schreibtisch dort drüben.« Er deutete auf die hunderttausend Dollar.

Jim mußte auch noch seinen Senf dazugeben. »Er wußte, daß das Geld gekennzeichnet ist, also mußte er es loswerden. Deshalb ging er in den Tresorraum, lenkte Parkers Aufmerksamkeit eine Minute ab und tauschte dann die zwanzigtausend Dollar Lösegeld gegen zwanzigtausend Dollar der Bank aus. Er arbeitet ja hier, deshalb weiß er genau, wie das Geld verpackt ist, und er rechnete sich wohl aus, daß kein Mensch den Unterschied bemerken würde.«

Abermals sank ich zu Boden, doch ich durfte nicht lange dort liegenbleiben.

Es gab eine Verzögerung, als der Lieutenant telefonisch im Präsidium die Liste der Seriennummern auf den Lösegeldscheinen anforderte. Sie wurde gebracht, und seine Männer machten sich an die Arbeit.

Unterdessen war es recht warm in der Bank geworden. Schaulustige hatten sich Zutritt verschafft.

Die Beamten, die das Geld in meiner Tasche prüften, waren als erste fertig. »Tja«, sagte einer von ihnen. »Ich schätze, er hat den Austausch bewerkstelligt. Das Geld hier ist sauber.«

Die Männer, die die hunderttausend Dollar auf dem Schreibtisch prüften, waren zehn Minuten später fertig. Ein Mann mit Sergeantstreifen am Ärmel sagte vernehmlich: »Nichts dabei, Lieutenant. Das Geld ist in Ordnung.«

Es gab eine lange Stille, und als Mr. Neber zu sprechen versuchte, kippte seine Stimme um. »Wollen Sie damit sagen, daß *kein* Lösegeld dabei ist? Gar keins?«

Der Sergeant nickte.

Wiederum Schweigen, dann nahm mir jemand die Handschellen ab.

Mr. Neber schien sich ganz und gar nicht wohl in seiner Haut zu fühlen. »Fred«, sagte er, »wie wäre es mit einer Gehaltserhöhung?«

Ich richtete mich zu voller Größe auf. »Ich bin vor allen Leuten hier gedemütigt und wie ein Verbrecher behandelt worden. Ich bin ein sensibler Mensch und bin zweimal in Ohnmacht gefallen. Meine physische und psychische Gesundheit hat einen vielleicht nie wieder gutzumachenden Schaden erlitten.« Ich zog den gelben

Saphirring aus der Tasche und steckte ihn zurück an meinen Finger. »Ich beabsichtige, Sie auf mindestens eine Million Dollar zu verklagen«, sagte ich. »Möglicherweise zwei.«

»Nun mal ganz ruhig, Fred«, sagte Mr. Neber. »Ich bin sicher, wir können das wie vernünftige Menschen bereden.«

Und das taten wir – Mr. Neber und ich und die Vizepräsidenten und die Direktoren, und bei Tagesende hatte ich noch einmal zwanzigtausend Dollar, die zum Inhalt meiner braunen Reißverschlußtasche hinzukamen.

Ja, man braucht eben Geld, wenn man zu Geld kommen will. Und ein bißchen Phantasie kann dabei natürlich nicht schaden.

Für alle ungezogenen Leute

Wie alt sind Sie?« fragte ich.

Seine Augen waren auf den Revolver in meiner Hand gerichtet. »Hören Sie, Mister, es ist nicht viel in der Kasse, aber nehmen Sie's alles. Ich mach' keine Schwierigkeiten.«

»Ich bin nicht an Ihrem dreckigen Geld interessiert. Wie alt sind Sie?«

Das brachte ihn durcheinander. »Zweiundvierzig.«

Ich schnalzte mit der Zunge. »Was für ein Jammer! Zumindest von Ihrem Standpunkt aus. Sie hätten gut und gern noch zwanzig, dreißig Jahre leben können, wenn Sie sich auch nur die geringste Mühe gegeben hätten, höflich zu sein.«

Er begriff nicht.

»Ich werde Sie töten«, sagte ich, »wegen der Vier-Cent-Briefmarke und wegen der Kirschbonbons.«

Er wußte nicht, was ich mit den Kirschbonbons meinte, aber über die Briefmarke wußte er Bescheid.

Seine Miene verriet panische Angst. »Sie müssen wahnsinnig sein. Sie können mich doch nicht bloß deswegen töten.«

»Und ob ich das kann.«

Und ich tat es.

Als Dr. Briller mir sagte, daß ich nur noch vier Monate zu leben hätte, war ich natürlich beunruhigt. »Sind Sie ganz sicher, daß Sie die Röntgenbilder nicht verwechselt haben? Das soll schon vorgekommen sein.«

»Bedauerlicherweise nicht, Mr. Turner.«

Ich dachte ernsthafter nach. »Die Laborberichte. Vielleicht hat man meinen Namen zufällig auf den falschen ...«

Er schüttelte langsam den Kopf. »Ich habe die Gegenprobe gemacht. Das tue ich immer in solchen Fällen. Das gehört zur gewissenhaften ärztlichen Arbeit.«

Es war Spätnachmittag, die Tageszeit, zu der die Sonne müde ist. Ich hoffte, daß es, wenn es bei mir tatsächlich ans Sterben ging, morgens sein würde. Das wäre bestimmt erfreulicher.

»In Fällen wie diesem«, sagte Dr. Briller, »steht der Arzt vor einem Dilemma. Soll er es seinem Patienten sagen oder nicht? Ich sage es meinen immer. Das versetzt sie in die Lage, ihr Haus zu bestellen und – sozusagen – noch einmal tüchtig über die Stränge zu schlagen.« Er griff nach einem Notizblock. »Außerdem schreibe ich an einem Buch. Wie beabsichtigen Sie, die Ihnen verbleibende Zeit zu verbringen?«

»Das weiß ich wirklich noch nicht. Ich habe doch gerade erst ein, zwei Minuten darüber nachdenken können.«

»Natürlich«, sagte Briller. »Kein Grund zur Eile. Aber wenn Sie zu einem Entschluß gekommen sind, werden Sie es mich wissen lassen, nicht wahr? Mein Buch handelt davon, was Menschen mit der ihnen verbleibenden Zeit anfangen, wenn sie wissen, wann sie sterben werden.«

Er schob den Block beiseite. »Schauen Sie alle zwei, drei Wochen herein. Auf diese Weise können wir das Fortschreiten Ihres Verfalls genau verfolgen.«

Briller brachte mich zur Tür. »Ich habe schon zweiundzwanzig Fälle wie den Ihren zu Papier gebracht.« Sein Blick schien sich auf Künftiges zu richten. »Könnte ein Bestseller werden.«

Mein Leben war immer ziemlich fade gewesen. Nicht geistlos, aber fade.

Ich habe zum Lauf der Welt nichts beigesteuert – und in dieser Hinsicht befinde ich mich in bester Gesellschaft mit fast allen Erdenbürgern – aber andererseits habe ich auch niemand etwas weggenommen. Kurz gesagt, ich wollte nur in Ruhe gelassen werden. Das Leben ist auch ohne übermäßige Beziehungen zu anderen schwierig genug.

Was kann man mit den verbleibenden vier Monaten eines faden Lebens anfangen?

Ich habe keine Ahnung, wie lange ich lief und mir diesen Gedanken durch den Kopf gehen ließ, doch schließlich fand ich mich auf der langen, gebogenen Brücke wieder, die zur Uferpromenade hinabschwingt. Die Klänge von Lautsprechermusik drängten sich in meine Gedanken, und ich blickte hinunter.

Ein Zirkus oder ein sehr großer Jahrmarkt lag unter mir.

Es war die Welt des schäbigen Zaubers, wo das Gold Glitter und wo der Zirkusdirektor mit Zylinder ebensosehr Gentleman ist, wie die Orden auf seiner Brust echt sind, und wo die rosaroten Damen zu Pferd harte Gesichter und schmale Augen haben. Es war das Reich der Ausrufer mit den rauhen Stimmen und der Bauernfängerei.

Ich war immer der Meinung, daß der Niedergang des großen Zirkus zu den kulturellen Errungenschaften des

20. Jahrhunderts gezählt werden kann, und doch merkte ich, daß es mich die Fußgängerbrücke hinabzog, und nach wenigen Augenblicken stand ich im Mittelgang zwischen aneinandergereihten Buden, in denen menschliche Mißgeburten zur Belustigung von Kindern ausgestellt und ausgebeutet werden.

Schließlich war ich beim Großzelt angelangt und beobachtete müßig den gelangweilten Kartenkontrolleur in seinem erhöhten Kasten an einer Seite des Eingangs.

Ein freundlich aussehender Mann mit zwei kleinen Mädchen an der Hand näherte sich ihm und reichte ihm einige Pappstückchen, die Freikarten zu sein schienen.

Der Kontrolleur fuhr mit dem Finger eine gedruckte Liste entlang, die er neben sich liegen hatte. Seine Augen wurden hart, und einen Moment lang blickte er finster auf den Mann und die Kinder hinunter. Dann zerriß er langsam und mit Bedacht die Freikarten zu Fetzen und ließ diese zu Boden flattern. »Die taugen keinen Pfifferling«, sagte er.

Dem Mann unter ihm schoß die Röte ins Gesicht. »Ich verstehe nicht.«

»Sie haben die Plakate nicht hängenlassen«, schnauzte ihn der Kontrolleur an. »Verzieh dich, Drecksack!«

Die Kinder blickten mit verdutzten Gesichtern zu ihrem Vater hoch. Würde er sich das gefallen lassen?

Er stand da, und sein Gesicht wurde weiß vor Zorn. Er schien etwas sagen zu wollen, aber dann blickte er zu seinen Kindern hinunter. Einen Augenblick lang schloß er die Augen, so als ob er Herr seines Zorns werden wollte, dann sagte er: »Kommt, Kinder. Laßt uns nach Haus gehen.«

Er nahm sie an die Hand und ging den Weg zwischen

den Buden hinunter. Die Kinder schauten sich verstört um, sagten aber kein Wort.

Ich sprach den Kontrolleur an. »Warum haben Sie das getan?«

Er blickte mich von oben herab an. »Was geht denn Sie das an?«

»Vielleicht eine ganze Menge.«

Er musterte mich gereizt. »Weil er die Plakate nicht hat hängen lassen.«

»Das habe ich schon einmal gehört. Erklären Sie's mir.«

Er atmete aus, als ob es ihn Geld kostete. »Unser Reklamemann geht zwei Wochen, bevor wir kommen, durch eine Stadt. Er verteilt überall, wo es nur geht, Plakate – in Lebensmittelläden, Schuhgeschäften, Fleischereien – überall, wo man sie ins Fenster hängt und hängen läßt, bis der Zirkus in die Stadt kommt. Dafür gibt's dann zwei, drei Freikarten. Nur wissen einige dieser Blödiane nicht, daß wir das nachprüfen. Hängen die Plakate nicht mehr, wenn wir in die Stadt kommen, dann sind die Freikarten wertlos.«

»Ich verstehe«, sagte ich trocken. »Und darum zerreißen Sie die Freikarten vor ihren Augen und vor ihren Kindern. Offensichtlich hat der Mann da die Plakate zu früh aus dem Fenster seines kleinen Ladens entfernt. Oder vielleicht hat ihm jemand die Freikarten *geschenkt*, der die Plakate aus dem Fenster nahm.«

»Und wo liegt der Unterschied? Die Freikarten sind wertlos.«

»Möglich, daß es in dem Punkt keinen Unterschied gibt. Aber ist Ihnen denn klar, was Sie getan haben?«

Seine Augen verengten sich zu Schlitzen, als er versuchte, mich und die Macht, die ich besitzen mochte, abzuschätzen.

»Sie haben eins der grausamsten Dinge getan, die Menschen einander antun können«, sagte ich hart. »Sie haben einen Mann vor seinen Kindern gedemütigt. Sie haben ihm eine Wunde zugefügt, die ihm und ihnen bleiben wird, so lange sie leben. Jetzt geht er mit seinen Kindern nach Haus, und der Weg wird ihm sehr, sehr lang werden. Und was kann er ihnen schon sagen?«

»Sind Sie ein Bulle?«

»Ich bin kein Bulle. Für Kinder in diesem Alter ist der Vater der beste Mann auf der ganzen Welt. Der liebste, der tapferste. Und nun wird ihnen immer wieder einfallen, daß ein Mann ihrem Vater Schlimmes angetan hat – und daß er sich nicht dagegen wehren konnte.«

»Na schön, ich hab' die Freikarten kaputtgerissen! Warum hat er denn keine Karten gekauft? Sind Sie vom Gewerbeamt?«

»Ich bin nicht vom Gewerbeamt. Haben Sie etwa erwartet, daß er nach dieser Demütigung auch noch Karten *kauft?* Sie haben dem Mann doch keinerlei Ausweg gelassen. Karten *kaufen* konnte er nicht, und eine Szene machen konnte er auch nicht, weil er die Kinder dabei hatte. Er konnte gar nichts machen. Überhaupt nichts, außer mit den beiden Kindern fortzugehen, die Ihren erbärmlichen Zirkus sehen wollten, was sie nun nicht können.«

Ich sah auf den Boden vor seinem Kasten. Da lagen die Fetzen vieler anderer Träume – die Überbleibsel anderer Männer, die das schwere Verbrechen begangen hatten, ihre Plakate nicht lange genug hängen zu lassen. »Sie hätten zumindest sagen können: ›Es tut mir leid,

Sir, aber Ihre Freikarten sind nicht gültig.‹ Und dann hätten Sie höflich und ruhig erläutern können, warum.«

»Fürs Höflichsein werde ich nicht bezahlt.« Er fletschte seine gelben Zähne. »Und übrigens, Mister, macht mir das Kartenzerreißen *Spaß*. Es baut mich auf.«

Das war es also. Er war ein kleiner Mann, dem man ein bißchen Macht gegeben hatte, und die gebrauchte er wie ein Cäsar.

Er kam halb von seinem Sitz hoch. »Und nun scheren Sie sich zum Teufel, *Mister*, ehe ich runterkomme und Sie über das ganze Gelände scheuche.«

Ja. Er war ein Mensch, der aus Grausamkeit bestand, ein zweidimensionales Tier, das ohne Gefühl und Sensibilität zur Welt gekommen und dazu bestimmt war, Schaden anzurichten, solange es lebte. Er war eine Kreatur, die vom Erdboden getilgt werden sollte.

Wenn ich doch nur die Macht hätte, ihn zu ...

Ich starrte noch einen Augenblick länger in das verzerrte Gesicht über mir, dann machte ich auf dem Absatz kehrt und ging. Oben auf der Brücke nahm ich einen Bus und fuhr zum Sportgeschäft in der 37. Straße.

Ich erstand einen 32er Revolver und eine Schachtel Patronen.

Warum morden wir eigentlich *nicht*? Weil wir uns nicht das moralische Recht zu einer so endgültigen Tat zugestehen? Oder mehr, weil wir die Konsequenzen fürchten, sollten wir gefaßt werden – den Preis, den wir selbst, die Familie und die Kinder dafür zahlen müßten?

Und so erleiden wir unterwürfig Kränkungen, wir erdulden sie, denn sie auszumerzen könnte noch mehr Schmerz bewirken, als wir ohnehin schon empfinden.

Ich aber hatte keine Familie, keine engen Freunde. Und noch vier Monate zu leben.

Die Sonne war untergegangen, und die Jahrmarktlichter leuchteten, als ich an der Brücke aus dem Bus stieg. Ich blickte den Mittelgang entlang, er saß immer noch in seinem Kasten.

Wie es bewerkstelligen, überlegte ich. Sollte ich einfach auf ihn zumarschieren und ihn auf seinem kleinen Thron erschießen?

Das Problem löste sich ohne mein Zutun. Ich sah, wie er von einem anderen Mann ersetzt wurde – anscheinend seine Ablösung. Er zündete sich eine Zigarette an und schlenderte durch den Mittelgang zum dunklen Seeufer hinunter.

Ich holte ihn hinter einer durch Büsche verdeckten Biegung ein. Es war ein einsamer Ort, aber doch so nahe beim Jahrmarkt, daß dessen Lärm noch zu mir drang.

Er hörte meine Schritte und drehte sich um. Ein verkniffenes Lächeln kam auf seine Lippen, und er rieb sich die Handknöchel der einen Hand. »Sie haben es nicht anders gewollt, Mister.«

Seine Augen wurden groß, als er meinen Revolver sah.

»Wie alt sind Sie?« fragte ich.

»Hören Sie, Mister«, sagte er rasch. »Ich hab nur ein paar Groschen in der Tasche.«

»Wie alt sind Sie?« wiederholte ich.

Seine Augen flackerten nervös. »Zweiunddreißig.«

Ich schüttelte traurig den Kopf. »Sie hätten in die Siebziger kommen können. Hätten vielleicht noch vierzig Jahre zu leben gehabt, wenn Sie sich nur der bescheidenen Mühe unterzogen hätten, wie ein menschliches Wesen zu handeln.«

Sein Gesicht wurde bleich. »Bei Ihnen sind wohl die Tassen verrutscht oder wie?«

»Möglicherweise.«

Ich drückte ab.

Der Schuß knallte nicht so laut, wie ich erwartet hatte, oder vielleicht ging er im Jahrmarktslärm unter.

Er schwankte, fiel am Rand des Weges um und war mausetot.

Ich setzte mich auf eine Parkbank in der Nähe und wartete.

Fünf Minuten. Zehn. Hatte denn niemand den Schuß gehört?

Unversehens wurde mir bewußt, daß ich hungrig war. Seit Mittag hatte ich nichts gegessen. Der Gedanke, auf ein Polizeirevier gebracht und dort auf unbestimmte Zeit verhört zu werden, erschien mir unerträglich. Und außerdem hatte ich Kopfschmerzen.

Ich riß eine Seite aus meinem Notizbuch und fing an zu schreiben.

Eine gedankenlose Bemerkung mag man verzeihen, ein ganzes Leben voller unbarmherziger Grobheit jedoch nicht. Dieser Mann hatte den Tod verdient.

Gerade wollte ich mit meinem Namen unterzeichnen, doch dann fand ich, daß meine Initialen einstweilen reichen würden. Ich wollte nicht festgenommen werden, ehe ich gut gegessen und ein paar Aspirin geschluckt hatte.

Ich faltete das Blatt und steckte es dem toten Kartenkontrolleur in die Brusttasche.

Niemand begegnete mir auf dem Rückweg hoch zur Fußgängerbrücke. Ich ging zu Weschler, dem wohl besten Restaurant der Stadt. Normalerweise gehen die Preise über meine Verhältnisse, aber ich fand, daß ich mir heute etwas gönnen könnte.

Nach dem Essen hielt ich eine abendliche Busfahrt für angebracht. Mir machte diese Art der Stadterkundung viel Spaß, ganz abgesehen davon, daß meine Bewegungsfreiheit schon bald eingeschränkt sein würde.

Der Busfahrer war ein ungeduldiger Mann, und die Fahrgäste waren für ihn eindeutig seine Feinde. Es war jedoch ein schöner Abend, und der Bus war nicht überfüllt.

An der 68. Straße wartete eine gebrechliche, weißhaarige Dame mit einem Kameengesicht am Straßenrand. Widerwillig brachte der Fahrer sein Fahrzeug zum Stehen und öffnete die Tür.

Sie lächelte und grüßte die anderen Fahrgäste, als sie den Fuß auf die erste Stufe setzte, und es war ihr anzusehen, daß ihr Leben mit sanfter Heiterkeit erfüllt war, aber nicht mit häufigen Busfahrten.

»Was ist?« fuhr sie der Fahrer an. »Brauchen Sie den ganzen Tag, um einzusteigen?«

Sie errötete und stammelte: »Entschuldigung.« Sie hielt ihm eine Fünfdollarnote hin.

Er blickte sie böse an. »Haben Sie denn kein Kleingeld?«

Sie errötete noch tiefer. »Ich glaube nicht. Aber ich werde nachschauen.«

Der Fahrer war eindeutig dem Zeitplan voraus und wartete.

Und noch etwas war eindeutig: Das Ganze machte ihm Spaß.

Sie fand einen Vierteldollar und hielt ihn furchtsam hoch.

»In die Kasse!« schnauzte er.

Sie ließ ihn in die Kasse fallen.

Ruckartig startete der Fahrer seinen Bus, und sie wäre fast hingefallen. Gerade noch rechtzeitig gelang es ihr, sich an einer Halteschlaufe festzuhalten.

Ihre Augen suchten die anderen Fahrgäste, so, als ob sie sich entschuldigen müßte – weil sie nicht schneller eingestiegen war, nicht sofort das Kleingeld parat gehabt hatte und beinahe gestürzt wäre. Das Lächeln erstarb, und sie setzte sich.

Auf der 82. Straße drückte sie den Knopf zum Aussteigen, stand auf und ging nach vorn.

Der Fahrer warf ihr über die Schulter einen bösen Blick zu und brachte den Bus zum Stehen. »Die hintere Tür! Kapiert ihr eigentlich nie, daß man hinten aussteigt?«

Ich bin sehr dafür, daß man die hintere Tür benutzt. Insbesondere dann, wenn der Bus voll ist. Aber in diesem Bus war nur ein halbes Dutzend Fahrgäste, die sich mit verschreckter Gleichgültigkeit in ihre Zeitung vertieft hatten.

Sie kehrte um, das Gesicht blaß, und stieg durch die Hintertür aus.

Der Abend, der hinter ihr lag, oder der Abend, auf den sie sich noch gefreut haben mochte, war jetzt verdorben. Und vielleicht bei dem Gedanken an diesen noch viele künftige Abende.

Ich fuhr mit dem Bus bis zur Endstation.

Ich war der einzige Fahrgast, als der Fahrer wendete und den Bus parkte.

Es war ein verlassener, trübe beleuchteter Winkel, und unter dem kleinen Unterstand am Straßenrand standen keine wartenden Fahrgäste. Der Fahrer warf einen Blick auf seine Uhr, zündete sich eine Zigarette an, und dann bemerkte er mich. »Wenn Sie mit dem Bus zurückfahren wollen, Mister, dann stecken Sie noch einen Vierteldollar in die Kasse. Hier wird nicht schwarzgefahren.«

Ich erhob mich von meinem Platz und ging langsam nach vorn. »Wie alt sind Sie?«

Seine Augen verengten sich. »Das geht Sie überhaupt nichts an.«

»Schätzungsweise um die fünfunddreißig«, sagte ich. »Sie hätten noch dreißig Jahre oder mehr vor sich gehabt.« Ich zückte den Revolver.

Er ließ die Zigarette fallen. »Nehmen Sie das Geld.«

»Geld interessiert mich nicht. Ich denke an eine liebenswürdige Dame und vielleicht an Hunderte anderer liebenswürdiger Damen, freundlicher Männer, die keiner Fliege etwas zuleide tun, und an lächelnde Kinder. Sie sind ein Verbrecher. Für das, was Sie ihnen antun, gibt es keine Rechtfertigung. Es gibt keine Rechtfertigung dafür, daß Sie leben.«

Und ich tötete ihn.

Ich setzte mich hin und wartete.

Nach zehn Minuten war ich immer noch allein mit der Leiche.

Ich merkte, daß ich müde war. Unglaublich müde. Es schien mir besser, mich der Polizei erst nach einer gut durchschlafenen Nacht zu stellen.

Ich schrieb meine Begründung für den Tod des Fahrers auf ein Blatt aus meinem Notizbuch, fügte meine

Initialen hinzu und steckte ihm den Zettel in die Tasche. Dann ging ich vier Straßen weiter, wo ich ein Taxi fand, und fuhr zu meinem Appartementhaus.

Ich schlief tief, und vielleicht träumte ich auch. Doch wenn, dann waren meine Träume angenehm und harmlos, und es war beinahe neun, als ich aufwachte.

Nach dem Duschen und einem geruhsamen Frühstück wählte ich meinen besten Anzug. Mir fiel ein, daß ich die Telefonrechnung für diesen Monat noch nicht bezahlt hatte. Ich schrieb einen Scheck aus und adressierte einen Umschlag. Ich stellte fest, daß mir die Briefmarken ausgegangen waren. Aber kein Problem, ich würde mir auf dem Weg zum Polizeirevier eine besorgen.

Fast war ich schon da, als mir die Briefmarke wieder einfiel. Ich ging in einen Drugstore an der Ecke. Es war ein Laden, in dem ich noch nie gewesen war.

Der Besitzer, in einer Art Ärztekittel, saß hinter dem blubbernden Behälter mit Erfrischungsgetränken und las Zeitung, während sich ein Vertreter Notizen in einem großen Auftragsbuch machte.

Der Besitzer nahm sich nicht die Mühe aufzublicken, als ich eintrat, sondern sprach mit dem Vertreter. »Sie haben seine Fingerabdrücke auf den Zetteln, sie haben seine Handschrift, und sie haben seine Initialen. Was ist bloß los mit der Polizei?«

Der Vertreter zuckte die Schultern. »Was nützen Fingerabdrücke, wenn die des Mörders nicht in der Verbrecherkartei sind? Das gleiche gilt für die Handschrift, wenn man sie mit keiner anderen vergleichen kann. Und wieviel tausend Leute in dieser Stadt haben die Initialen L. T.?« Er klappte sein Buch zu.

Als er gegangen war, setzte der Drugstore-Besitzer seine Zeitungslektüre fort.

Ich räusperte mich.

Er beendete die Lektüre eines langen Absatzes, dann sah er auf. »Und?«

»Ich hätte gern eine Vier-Cent-Briefmarke, bitte.«

Er machte den Eindruck, als hätte ich ihn geschlagen. Fünfzehn Sekunden lang starrte er mich an, dann verließ er seinen Hocker und bewegte sich gemächlich nach hinten in den Laden zu einem kleinen, vergitterten Schalter.

Ich wollte ihm schon folgen, als meine Augen auf eine Vitrine mit Pfeifen direkt neben mir fielen.

Nach einer Weile spürte ich, daß mich jemand ansah, und blickte auf.

Der Besitzer stand ganz hinten im Laden, eine Hand war in die Hüfte gestützt, mit der anderen hielt er verächtlich die einzelne Briefmarke. »Erwarten Sie etwa, daß ich Sie Ihnen auch noch bringe?«

In diesem Augenblick fiel mir ein kleiner, sechsjähriger Junge ein, der einmal fünf Pennies gehabt hatte. Dieses Mal nicht nur einen, sondern fünf, und das war in der Zeit der Ein-Penny-Bonbons.

Die im Schaufenster ausgestellten Herrlichkeiten hatten ihn in Verzückung versetzt – fünfzig verschiedene Sorten Süßigkeiten, und ihm war schwindelig vor freudiger Unschlüssigkeit. Die roten Peitschen? Die Lakritze? Die Wundertüten? Aber nicht die Kirschbonbons. Die mochte er gar nicht.

Und dann hatte er plötzlich gemerkt, daß der Besitzer neben dem Schaukasten stand – und mit dem Fuß klopfte. Seine Augen hatten gelodert, so gereizt war er – nein, mehr als das – er war zornig. »Brauchst du den ganzen Tag für deinen schäbigen Fünfer?«

Er war ein sensibler Junge gewesen, und ihm war, als hätte man ihn geschlagen. Seine kostbaren fünf Pennies waren jetzt nichts mehr wert. Dieser Mann verachtete sie. Und dieser Mann verachtete ihn.

Er deutete benommen und ohne hinzusehen. »Für fünf Cent davon.«

Als er aus dem Laden kam, stellte er fest, daß es Kirschbonbons waren.

Aber das machte nun auch nichts mehr. Was immer es gewesen wäre, er hätte es nicht heruntergebracht.

Ich starrte den Besitzer und die Vier-Cent-Briefmarke an und sah den engstirnigen Haß auf jeden, der nicht direkt zu seinem Profit beitrug. Ich hatte keinen Zweifel daran, daß er katzbuckeln würde, wenn ich eine seiner Pfeifen kaufte.

Doch ich dachte an die Sechs-Cent-Marke und die Tüte mit Kirschbonbons, die ich vor so vielen Jahren weggeworfen hatte.

Ich ging nach hinten in den Laden und zog den Revolver aus der Tasche. »Wie alt sind Sie?«

Als er tot war, blieb ich nicht länger, als ich brauchte, um einen Zettel zu schreiben. Dieses Mal hatte ich aus ganz persönlichen Gründen getötet, und jetzt war mir sehr nach einem Drink zumute.

Ich ging ein paar Häuser weiter und betrat eine kleine Bar. Ich bestellte einen Brandy mit Soda.

Nach zehn Minuten hörte ich das Martinshorn eines Streifenwagens.

Der Barkeeper ging zum Fenster. »Das ist ganz dicht

bei uns.« Er zog sich die Jacke aus. »Muß mich mal erkundigen, was da los ist. Wenn jemand kommt, sagen Sie, daß ich gleich zurück bin.« Er stellte die Brandyflasche auf die Bar. »Bedienen Sie sich, aber merken Sie sich, wie viele es waren.«

Langsam und mit bedächtigen Schlückchen trank ich meinen Brandy und sah, wie weitere Streifenwagen und schließlich ein Krankenwagen erschienen.

Nach zehn Minuten war der Barkeeper zurück, ein Gast folgte ihm auf dem Fuß. »Ein kleines Bier, Joe.«

»Das ist mein zweiter Brandy«, sagte ich.

Joe sammelte mein Kleingeld ein. »Den Drugstorebesitzer etwas weiter die Straße runter hat's erwischt. Sieht so aus, als ob es der Mann war, der Leute umbringt, weil sie nicht höflich sind.«

Der Gast schaute ihm beim Bierzapfen zu. »Wie kommst du darauf? Könnte doch bloß ein Raubüberfall gewesen sein.«

Joe schüttelte den Kopf. »Nein. Fred Masters – ihm gehört das Fernsehgeschäft gegenüber – hat die Leiche gefunden und den Zettel gelesen.«

Der Gast legte ein Zehncentstück auf die Theke. »Ich werde ihm nicht nachweinen. Ich habe immer woanders gekauft. Der tat immer, als würde er dir einen Gefallen tun, wenn er dich bediente.«

Joe nickte. »Ich glaube nicht, daß ihn hier herum irgend jemand vermissen wird. Der hat doch immer nur rumgestänkert.«

Ich hatte gerade aufbrechen, zum Drugstore zurückgehen und mich stellen wollen, doch nun bestellte ich mir noch einen Brandy und zog mein Notizbuch heraus. Ich fing an, eine Namensliste zusammenzustellen.

Es war erstaunlich, wie sich eins aus dem anderen ergab. Bittere Erinnerungen, manche schlimmer, manche weniger schlimm, einiges, das mir selbst zugestoßen, und vieles andere, bei dem ich Zeuge gewesen war – und das mich vielleicht tiefer geschmerzt hatte als die Betroffenen selbst.

Namen. Und jener Lagerverwalter. Seinen Namen kannte ich nicht, aber er gehörte auf die Liste.

Der Tag und Miss Newman standen mir noch deutlich vor Augen. Wir waren ihre sechste Klasse, und sie machte wieder einmal einen ihrer Ausflüge mit uns – dieses Mal zu den Lagerhallen am Fluß, wo sie uns zeigen wollte, »wie es in der Industrie zugeht«.

Ihre Ausflüge waren stets gut vorbereitet, und sie holte sich von den betreffenden Stellen auch immer eine Erlaubnis ein. Aber dieses Mal klappte es nicht oder sie fand sich nicht zurecht, und dann kamen wir bei der Lagerhalle an – sie und die dreißig Kinder, die sie anbeteten.

Und der Lagerverwalter hatte sie hinausgewiesen. Er hatte dazu Worte benutzt, die wir nicht verstanden, doch spürten wir, wie sie gemeint waren, und daß sie gegen uns und Miss Newman gerichtet waren.

Sie war klein, und sie war eingeschüchtert gewesen. So machten wir uns auf den Rückweg. Miss Newman erschien am nächsten Tag nicht in der Schule und auch nicht an einem der folgenden Tage, und wir hörten, daß sie um ihre Versetzung gebeten hatte.

Und ich, der ich sie liebte, wußte warum. Sie konnte uns danach nicht mehr in die Augen sehen.

Ob er noch lebte? Damals mußte er um die Zwanzig gewesen sein.

Als ich die Bar eine halbe Stunde später verließ, war mir klar, daß eine Menge Arbeit auf mich wartete.

Es folgten geschäftige Tage, und unter anderem machte ich auch den Lagerverwalter ausfindig. Ich sagte ihm, warum er sterben mußte, denn er erinnerte sich nicht einmal mehr.

Und als es vorbei war, setzte ich mich in ein nahegelegenes Restaurant.

Die Kellnerin stellte schließlich ihre Unterhaltung mit dem Kassierer ein und schlenderte zu meinem Tisch. »Was wünschen Sie?«

Ich bestellte ein Steak mit Tomaten.

Das Steak erwies sich als genau das, was man in einer Gegend wie dieser erwarten durfte. Als ich nach meinem Teelöffel griff, fiel er mir aus Versehen zu Boden. Ich hob ihn auf. »Würde es Ihnen etwas ausmachen, mir einen anderen Löffel zu bringen, bitte?«

Verärgert stelzte sie an meinen Tisch und riß mir den Löffel aus der Hand. »Haben Sie den Tatterich oder sowas?«

In wenigen Augenblicken war sie zurück und schickte sich an, mit beträchtlichem Nachdruck einen Löffel auf meinem Tisch zu deponieren.

Doch ein Gedanke verwandelte schlagartig ihre verbissene Miene. Der Arm verlangsamte seine Abwärtsbewegung, und als der Löffel das Tischtuch berührte, da war es eine sanfte Berührung. Eine sehr sanfte.

Sie lachte nervös. »Tut mir leid, Mister, wenn ich ein bißchen kurz angebunden war.«

Es war eine Entschuldigung, und so antwortete ich: »Ist schon in Ordnung.«

»Ich wollte nur sagen, Sie dürfen jederzeit einen Löffel fallen lassen. Ich bringe Ihnen gern einen neuen.«

»Danke.« Ich widmete mich dem Kaffee.

»Sie nehmen mir das doch nicht übel?« fragte sie beflissen.

»Nein. Ganz und gar nicht.«

Sie schnappte sich eine Zeitung von einem leeren Nachbartisch.

»Hier, Sir, die können Sie beim Essen lesen. Eine kleine Aufmerksamkeit des Hauses, kostet Sie nichts.«

Als sie sich entfernte, starrte sie der Kassierer mit großen Augen an. »Mabel, was ist denn mit dir los?«

Mabels Blick in meine Richtung verriet eine Spur Unbehagen. »Man weiß doch nie, wer das ist. Heutzutage sollte man lieber höflich sein.«

Während des Essens las ich, und da sprang mir eine Notiz ins Auge. Ein erwachsener Mann hatte in einer Bratpfanne Pennies erhitzt und sie einigen Kindern zugeworfen, die an Halloween für Pennies Lieder an den Haustüren sangen. Man hatte ihn zu einer Geldstrafe von lausigen zwanzig Dollar verurteilt.

Ich notierte mir Namen und Adresse.

Dr. Briller beendete seine Untersuchung. »Sie können sich wieder anziehen, Mr. Turner.«

Ich griff zu meinem Hemd. »Gehe ich recht in der Annahme, daß seit meinem letzten Besuch hier kein neues Wundermittel entdeckt wurde?«

Er lachte leicht. »Nein, leider nicht.« Er sah mir beim Hemdzuknöpfen zu. »Übrigens, sind Sie schon zu einem Entschluß gekommen, was Sie mit Ihrer verbleibenden Zeit anfangen wollen?«

Das war ich, aber es schien mir geraten, »noch nicht« zu antworten.

Das beunruhigte ihn ein wenig. »Also, das sollten Sie sich aber wirklich überlegen. Nur noch ungefähr drei Monate zu leben. Und vergessen Sie ja nicht, es mich wissen zu lassen.«

Während ich mich fertig anzog, setzte er sich an seinen Schreibtisch und warf einen Blick auf die dort liegende Zeitung. »Der Killer scheint recht emsig zu sein, nicht wahr?«

Er blätterte um. »Was mich bei diesen Verbrechen am meisten überrascht, ist die Reaktion der Öffentlichkeit. Haben Sie in letzter Zeit die Leserzuschriften gelesen?«

»Nein.«

»Diese Morde scheinen beinahe einhellige Zustimmung zu finden. Einige der Briefschreiber lassen sogar durchblicken, daß auch sie dem Mörder mit ein paar passenden Namen dienen könnten.«

Die Zeitung mußte ich mir kaufen.

»Und nicht nur das«, sagte Dr. Briller, »sondern eine Welle der Höflichkeit hat die Stadt ergriffen.«

Ich zog mir den Mantel über. »Soll ich in zwei Wochen wiederkommen?«

Er legte die Zeitung beiseite. »Ja. Und versuchen Sie, das Ganze so heiter wie möglich zu nehmen. Wir müssen alle eines Tages gehen.«

Doch sein Tag war noch unbestimmt und lag voraussichtlich in weiter Ferne.

Mein Besuch bei Dr. Briller hatte abends stattgefunden, und es war beinah zehn, als ich aus dem Bus stieg und mich auf den kurzen Weg zu meinem Appartementhaus machte.

Als ich mich der letzten Ecke näherte, vernahm ich einen Schuß. Ich bog in die Milding Lane ein und sah einen kleinen Mann mit einem Revolver, der sich auf dem ruhigen und verlassenen Bürgersteig über eine frische Leiche beugte.

Ich sah auf den Toten hinunter. »Du liebe Zeit, ein Polizist.«

Der kleine Mann nickte. »Ja, meine Tat mag ein bißchen übertrieben erscheinen, aber wissen Sie, er bediente sich eines Vokabulars, das absolut unnötig war.«

»Ach«, sagte ich.

Der kleine Mann nickte erneut. »Ich hatte meinen Wagen vor diesem Hydranten geparkt. Ich versichere Ihnen, daß das ganz aus Versehen passierte. Und der Polizist hier wartete schon, als ich zu meinem Wagen zurückkehrte. Und dann stellte er auch noch fest, daß ich meinen Führerschein vergessen hatte. Was ich getan habe, wäre ungeschehen geblieben, wenn er mir ganz einfach einen Strafzettel gegeben hätte – denn ich hatte mir ja etwas zuschulden kommen lassen, das gebe ich ehrlich zu – aber das genügte ihm nicht. Er mußte sich auf die beschämendste Weise über meine Intelligenz, mein Sehvermögen und die Möglichkeit auslassen, ich könnte das Auto gestohlen haben; und schließlich zweifelte er auch noch die Legitimität meiner Geburt an.« Eine teure Erinnerung trieb ihm die Tränen in die Augen. »Und meine Mutter war ein Engel, Sir. Ein richtiger Engel.«

Ich erinnerte mich daran, wie man mich als Fußgänger wegen Unachtsamkeit im Straßenverkehr festgenommen hatte. Ich hätte reumütig eine Verwarnung oder sogar einen Strafzettel hingenommen, aber der Beamte hatte vor einer grinsenden Ansammlung interessierter Fußgänger auf einer herabwürdigenden Lektion bestanden. Es war unendlich demütigend.

Der kleine Mann betrachtete den Revolver in seiner Hand. »Den habe ich gerade erst heute gekauft, und eigentlich hatte ich die Absicht, ihn an dem Hausverwalter meines Appartementhauses auszuprobieren. Ein Tyrann.«

Dem pflichtete ich bei. »Grobe Kerle.«

Er seufzte. »Doch jetzt werde ich mich wohl der Polizei stellen müssen?«

Ich ließ mir das durch den Kopf gehen. Er beobachtete mich.

Dann räusperte er sich. »Oder ob ich lediglich eine Nachricht hinterlasse? Ich habe in der Zeitung gelesen, daß ...«

Ich borgte ihm mein Notizbuch.

Er schrieb ein paar Zeilen, unterzeichnete mit seinen Initialen und steckte den Zettel zwischen zwei Knöpfe an der Jacke des toten Beamten.

Er gab mir das Notizbuch zurück. »Ich darf nicht vergessen, mir auch so eins zu kaufen.«

Er öffnete die Tür seines Autos. »Kann ich Sie irgendwo absetzen?«

»Nein, danke«, sagte ich. »Es ist ein schöner Abend. Ich möchte lieber zu Fuß gehen.«

Ein netter Mensch, dachte ich im Weitergehen.

Zu dumm, daß es nicht noch mehr von seiner Sorte gab.

Besser arg als karg

Ich wollte gerade ausgehen, als es bei mir schellte. Sie war annähernd einssiebzig groß, hatte pechrabenschwarzes Haar, und ich hatte sie noch nie im Leben gesehen.

Ihre Augen schienen mein Appartement zu taxieren. »Für zweihundertfünfundzwanzig Dollar im Monat muß mehr dran sein, als man mit bloßem Auge sieht.«

»Ich besitze eine ganze Zimmerflucht«, sagte ich, »und was mich anbetrifft, so haben Sie sich durchaus nicht verirrt. Hier sind Sie absolut richtig.«

»Wenn Sie James Brannon heißen, stimmt's.«

Ich ging auf ihr Spiel ein. »Bedauerlicherweise ist dieses Appartement nicht zu vermieten, falls Sie sich deswegen heraufbemüht haben sollten?«

»Nein. Ich bin hier, weil Pfadfinder die unglaublichsten Dinge zutage fördern.« Sie nahm auf einem Diwan Platz. »Sagen Sie Madelaine zu mir.«

»Madelaine«, sagte ich, »ich denke nicht im Traum daran, Sie beleidigen zu wollen, aber dessenungeachtet muß ich Sie fairerweise darauf aufmerksam machen, daß es ein paar Dinge gibt, für die ich nicht zu bezahlen pflege. Ein ehernes Prinzip.«

Sie lächelte. »Aber James, ich gehe nicht von Tür zu Tür, um meinen Lebensunterhalt zu verdienen, wenn Sie das gemeint haben sollten. Ich bin nämlich Lehrerin für Mathematik.«

»Wirklich?« sagte ich. »Ich bin auch recht gut im Rechnen.«

»Das hat mir der Hausmeister gesagt. Wir kamen rein zufällig auf dieses Thema, während ich so tat, als ob ich die Preise der Appartements wissen wollte.«

»Madelaine«, sagte ich, »das Ganze muß doch auch einen Anfang haben. Könnten Sie nicht dort beginnen?«

Sie nickte. »Das wäre dann im April auf einem ausgedienten Nebenweg. Es ist eine Abkürzung, und ich nehme sie immer, wenn ich merke, daß ich spät dran bin für die Schule. Ich wohne nämlich bei meinen Eltern auf dem Lande und pendle jeden Tag zur High School in Jefferson, da muß man schon alles miteinberechnen.«

Ich machte mich daran, zwei Drinks zu mixen.

»Es ist ein einspuriger Weg, kaum noch befahren, da können Sie sich vielleicht vorstellen, wie ich mich geärgert habe, als ich feststellte, daß ein anderes Auto mir den Weg versperrte.« Sie blickte mich an und lächelte schon wieder. »An das Modell erinnere ich mich nicht, aber es war ein großes und teures Auto und niemand drin. Ich hupte vielleicht zehn Minuten, aber keine Menschenseele zeigte sich. Schließlich blieb mir nichts anderes übrig, als auf gut Glück mein Auto um das andere herumzumanövrieren. Fast wäre ich dabei im Graben gelandet, und es war in dem Semester denn auch das einzige Mal, daß ich zu spät kam.«

»Darf es Scotch sein?«

Sie nickte. »Und nun kommen wir zum Oktober dieses Monats und zu den Pfadfindern. Sippe 181, Jefferson, durchstöberte wohl den Wald neben eben jenem gewissen Weg nach Pfeilspitzen oder Pilzen, oder nach was Jungens eben stöbern, als zwei von ihnen eine Mulde im

Erdboden bemerkten. In ihrer blühenden Phantasie hatten sie schon ein Indianergrab entdeckt. Und so buddelten die lieben Kleinen dann, und was meinen Sie wohl, was sie fanden?«

Ich reichte ihr ein Glas. »Ich wette, eine Leiche.«

»Genau. Natürlich keine indianische. Die Polizei mit ihren diversen grauslichen Methoden stellte dann fest, daß es sich um Mrs. Irene Linton handelte. Sie wurde zum letzten Mal gesehen, als sie am 14. April ihr Appartement verließ. Die Polizei drehte ihren Ehemann ganz schön durch die Mangel, kam zum Schluß aber zu der Überzeugung, daß er keine Schuld an ihrem Ableben trug. Man scheint aber zu vermuten, daß sie eine Affäre gehabt hat. Die hatte sie jedoch so geheim gehalten, daß es bislang nicht gelungen ist, den Mann ausfindig zu machen.«

Madelaine nippte an ihrem Drink. »Ich machte mir nun die Mühe, meine Unterrichtsvorbereitungen durchzugehen, und stellte dabei fest, daß ich mich am 15. April verspätet hatte, dem Tag nach Mrs. Lintons Verschwinden. Auf Grund dieser Tatsache fuhr ich zur Zulassungsstelle, klimperte tüchtig mit den Wimpern, und der Angestellte, ein stattlicher Mann, teilte mir unter dem Siegel der Verschwiegenheit mit, daß die Nummer P 31416 einem James Brannon gehörte.«

Ich ging hinüber zum Kamin. »Und nun möchten Sie mir unterstellen, daß der sehr große, sehr teure Wagen, der am Morgen des 15. April den Weg versperrte, mir gehörte? Liebe Madelaine, Sie besitzen ein bemerkenswertes Gedächtnis. Sie erblicken im April eine Autonummer, und die behalten Sie bis Oktober? Oder haben Sie diese damals aus irgendeinem Grund notiert?«

»Nein. Aber wie ich schon sagte, bin ich zufällig Mathematiklehrerin, so hat sich mir die Autonummer unauslöschlich eingeprägt. Wenn Sie einmal Ihre Grundkenntnisse in Arithmetik bemühen wollten, dann entsinnen Sie sich sicher, daß Pi gleich 3,1416 ist«, sagte sie selbstgefällig.

»Madelaine«, sagte ich. »Ich habe das komische Gefühl, daß Sie nicht beabsichtigen, mit Ihren Informationen zur Polizei zu gehen.«

»Nicht, wenn es sich umgehen läßt. Ich nehme doch an, Sie sind aufgeweckt genug, um zu wissen, was ich damit meine?«

Ich zog einen Schürhaken aus dem Ständer. »Ich bin noch nie im Leben erpreßt worden. Aber einmal mußte es wohl so kommen.«

Ihre Augen zeigten Wachsamkeit. »Das dürfte dann auch wohl der gegebene Augenblick sein, Sie darauf aufmerksam zu machen, daß ich die üblichen Vorkehrungen getroffen habe. Ich habe alles zu Papier gebracht, und falls ich eines gewaltsamen Todes sterben oder ganz einfach verschwinden sollte, wird dieser Brief natürlich der Polizei zugestellt.«

Ich unterwarf den Schürhaken einer kritischen Musterung.

»Ist gründlich gesäubert worden, nachdem ich Mrs. Linton eins damit übergezogen hatte. Mußte auch einen neuen Läufer kaufen.«

Sie zeigte Neugier. »Warum haben Sie sie umgebracht?«

»Ja, wie das so ist. Könnte jedem passieren. Frauen neigen dazu, auf Dinge, die einen Mann nicht sonderlich tangieren, zu großen Wert zu legen.« Ich seufzte. »So weit lasse ich mich von meinem Zorn in der Regel nicht hinreißen, aber ich hatte rasende Kopfschmerzen; und eine keifende Frau am Hals trägt nicht gerade zur Verbesserung der Situation bei.«

Ich musterte Madelaine. »Sie sind eine impertinente Erpresserin, und ich sollte die Polizei rufen. Doch ich widerstehe der Versuchung, weil ich Gestrauchelten gegenüber großherzig, großmütig und nicht nachtragend bin. Ich möchte Sie nicht ins Gefängnis bringen.«

»Wie reizend. Aber ich hege irgendwie Zweifel an Ihren hehren Motiven.«

»Madelaine«, sagte ich. »Sie haben die Zahlen auf dem Nummernschild richtig im Kopf behalten, doch hätten Sie dem vorangehenden Buchstaben P ein wenig mehr Aufmerksamkeit schenken sollen.«

»Wirklich? Wieso denn?«

»In diesem Staat«, sagte ich, »sind die vorangestellten Buchstaben A und B dem Monat Januar vorbehalten. Sie besagen, daß eine Nummer in diesem Monat zugeteilt wurde und im gleichen Monat des folgenden Jahres erlischt. C und D sind Februar vorbehalten. E und F dem März. Und so weiter, bis wir zum Buchstaben P kommen, der für den August gilt.«

Sie begriff nicht, worauf ich hinauswollte.

»Lassen Sie es mich so erklären«, sagte ich. »Sie haben im April ein Auto mit der Nummer P 31416 gesehen. Mit anderen Worten, die Nummer des Mörders mußte im August dieses Jahres ablaufen. Was auch geschah. Danach erhielt er ein anderes Nummernschild und eine andere Nummer. Und da auch meine im August abläuft, war ich zufällig gerade an der Reihe, als die Zulassungsstelle die P 31416 ausgab.«

Ich leerte mein Glas. »Als Sie diesen stattlichen Beamten mit Wimperngeklimper becircten, da hätten Sie ihn fragen sollen, wer im *April* die Nummer P 31416 gehabt hat, nicht wer sie *augenblicklich* hat.«

Sie brauchte einige Augenblicke, um das zu verdauen. »Dann war es nicht Ihr Auto? Sie haben Mrs. Linton nicht ermordet?«

»Selbstverständlich nicht.«

Ihre Augen wurden nachdenklich.

»Madelaine«, sagte ich, »Ich nehme an, daß Sie jetzt zur Zulassungsstelle zurückgehen wollen, um gezieltere Fragen zu stellen. Aber vielleicht ist Ihr Mörder nun ein Mann ohne Geld. Welchen Nutzen hätte das schon für Sie?«

»Sie vergessen das große und sehr teure Auto.«

»Und deshalb lassen Sie nicht locker. Zweifelsohne ist die Zulassungsstelle für heute schon geschlossen, und wahrscheinlich gießt es draußen. Es besteht kein Grund zur Eile.«

Ich mixte noch zwei Drinks und brachte ihr ein Glas.

Sie musterte mich. »So ein Jammer. Ich hatte mich schon auf einen recht einträglichen Abend gefreut. Sie sind doch der Brannon von den Brannon-Großbäckereien?«

»Eben derselbe.« Ich nahm neben ihr Platz. »Ehe Sie sich nun an Ihren Mörder heranmachen, möchte ich Sie um einen kleinen Gefallen bitten. Würden Sie Ihren Brief abändern und meinen Namen durch seinen ersetzen?«

»Ach das«, sagte sie. »Es gibt gar keinen Brief. Mein gesunder Menschenverstand sagt mir, daß man Rache nicht richtig genießen kann, wenn man die Radieschen von unten besieht.«

Ich hob mein Glas und trank wortlos auf P 31416.

Mein Vater hatte sich als erster diese kleine Eitelkeit gestattet und die Zulassungsstelle hatte mitgezogen. Für unsere Familie ist seit fünfzehn Jahren ein und dieselbe Autonummer reserviert. Die Brannon Großbäckereien leben von der Herstellung von Kuchen.

Meine Augen suchten den Schürhaken.

Nein, *nicht jetzt,* dachte ich. *Später.*

Ich rückte näher an Madelaine heran und lächelte.

Alles für die Katz

Ich bin Staatsbürger und Steuerzahler«, sagte ich eisig. »Ich verlange, daß alles wieder exakt in seinen ursprünglichen Zustand versetzt wird, wenn Sie mit diesem zerstörerischen Überfall auf mein Anwesen fertig sind!«

»Nana, Mr. Warren«, sagte Sergeant Littler von der Mordkommission, »darüber machen Sie sich nur keine Sorgen. Die Stadt wird alles wieder picobello herrichten.« Er lächelte. »Ob wir nun was finden oder nicht.«

Er spielte natürlich auf den Leichnam meiner Frau an. Bislang hatten sie ihn noch nicht gefunden.

»Die Wiederherstellung wird Ihnen ganz schön zu tun geben, Sergeant. Ihre Männer haben den Garten praktisch ausgeschachtet. Der Rasen im Vorgarten gleicht einem gepflügten Feld. Mein Haus scheinen Sie Stück für Stück auseinanderzunehmen, und jetzt sehe ich, daß Ihre Männer einen Preßlufthammer in den Keller tragen.«

Wir befanden uns in der Küche, und Littler schlürfte Kaffee.

Noch sonnte er sich in Zuversicht. »Die Gesamtfläche der Vereinigten Staaten beträgt 9 363 125 Quadratkilometer ohne die großen Seen.«

Ganz ohne Zweifel hatte Littler die Zahl für Gelegenheiten wie diese auswendig gelernt.

»Sind darin Hawaii und Alaska enthalten?« fragte ich bissig.

Er war nicht aus der Ruhe zu bringen. »Ich denke, die

können wir auslassen. Wie ich schon sagte, beträgt die Gesamtfläche der Vereinigten Staaten 9 363 125 Quadratkilometer. Darin enthalten sind Gebirge und Ebenen, Städte und Ackerland, Wüsten und Flüsse. Und doch vergräbt ein Mann, der seine Frau umbringt, diese todsicher innerhalb seiner eigenen Grundstücksgrenzen.«

Wahrlich der sicherste Platz, dachte ich. Vergrübe man seine Frau im Wald, dann würde sie unweigerlich ein herumstromernder und nach Pfeilspitzen grabender Pfadfinder entdecken.

Littler lächelte wieder. »Wie groß ist Ihr Grundstück?«

»18 mal 45 Meter. Sind Sie sich dessen bewußt, daß es mich Jahre gekostet hat, den Boden in meinem Garten fruchtbar zu machen? Ihre Männer haben sich bis in den Unterboden gewühlt, und ich sehe jetzt überall gelbe Lehmstreifen.«

Er war nun schon seit zwei Stunden hier und immer noch siegesgewiß. »Ich fürchte, Sie werden noch ganz andere Sorgen bekommen als nur Ihren Gartenbau, Mr. Warren.«

Das Küchenfenster gab mir den Blick auf den Garten hinter dem Haus frei. Acht bis zehn städtische Arbeiter verwandelten ihn unter Aufsicht der Polizei in eine Reihe von Schützengräben.

Littler betrachtete sie. »Wir sind sehr gründlich. Wir analysieren auch noch den Ruß Ihres Kamins; wir sieben die Asche Ihres Heizungsofens durch.«

»Ich habe Ölheizung.« Ich schenkte Kaffee nach. »Ich habe meine Frau nicht umgebracht. Ich weiß allerdings nicht, wo sie sich aufhält.«

Littler bediente sich mit Zucker. »Wie erklären Sie sich ihre Abwesenheit?«

»Ich erkläre mir ihre Abwesenheit gar nicht. Emily hat einfach mitten in der Nacht einen Koffer gepackt und mich verlassen. Ist Ihnen nicht aufgefallen, daß einige ihrer Kleidungsstücke fehlen?«

»Woher soll ich wissen, was für Kleider sie hatte?« Littler warf einen Blick auf das Foto meiner Frau, das ich ihm zur Verfügung gestellt hatte. »Nichts für ungut, aber warum haben Sie sie geheiratet?«

»Aus Liebe natürlich.«

Aber das war derart lachhaft, daß es mir nicht einmal der Sergeant abnahm.

»Ihre Frau hatte eine Lebensversicherung über zehntausend Dollar abgeschlossen, oder? Und Sie sind der Begünstigte?«

»Ja.« Die Versicherung hatte gewiß zu ihrem Ableben beigetragen, war aber nicht mein Hauptmotiv gewesen. Ich hatte mich Emilys ganz einfach deshalb entledigt, weil ich sie nicht mehr ertragen konnte.

Ich will nicht sagen, daß ich in den Banden glühender Leidenschaft geschmachtet hätte, als ich Emily heiratete. Das entspricht nicht meinem Naturell. Ich glaube, ich trat vor allem deshalb in den Stand der Ehe, weil ich, einem Herdentrieb folgend, dem Schuldgefühl bezüglich meines prolongierten Junggesellendaseins erlag.

Emily und ich hatten beide bei den Marshall-Papierwerken gearbeitet – ich als leitender Buchhalter, Emily als gestresste Tippse ohne Aussicht auf eine künftige Ehe.

Sie war unansehnlich, still, fügsam. Sie wußte nicht, wie man sich richtig kleidet, ihre Konversation verstieg sich nie weiter als bis zu Bemerkungen über das Wetter, und alle paar Tage schulte sie ihren Intellekt durch Zeitungslektüre.

Kurz und gut, sie war die ideale Ehefrau für einen Mann, der findet, daß die Ehe ein Vertrag, nicht aber eine Liebesromanze sein sollte.

Aber es ist äußerst erstaunlich, wie die Geborgenheit der Ehe eine unansehnliche, stille und fügsame Frau zu einer überzeugten Xanthippe machen kann.

Das Weib hätte zumindest dankbar sein können.

»Wie sind Sie und Ihre Frau miteinander ausgekommen?«

Miserabel! Doch ich sagte: »Wir hatten unsere Meinungsverschiedenheiten, aber hat die nicht jeder?«

Der Sergeant war jedoch im Besitz besserer Informationen. »Wie Ihre Nachbarn aussagen, haben Sie und Ihre Frau sich beinah ständig in den Haaren gelegen.«

Mit »Nachbarn« meinte er zweifelsohne Fred und Wilma Treeber. Da ich das Eckgrundstück besitze, ist ihr Haus das einzige direkt nebenan. Ich bezweifle, daß Emilys Stimme über den Garten und die Straße bis zu den Morrisons gedrungen ist. Doch möglich war es. Mit zunehmendem Gewicht nahm auch ihr Stimmvolumen zu.

»Die Treebers konnten Sie und Ihre Frau beinahe jeden Abend streiten hören.«

»Nur, wenn sie mit ihrem eigenen höllischen Gekeife aufhörten, um zu lauschen. Und es stimmt nicht, daß sie uns *beide* gehört haben. Ich erhebe nie meine Stimme.«

»Ihre Frau wurde zum letzten Mal lebend am Freitag um halb sieben gesehen, als sie dieses Haus betrat.«

Ja, sie war mit Tiefkühlmahlzeiten und Eis vom Supermarkt zurückgekommen. Das war beinahe ihr einziger Beitrag zur Kunst des Kochens. Ich machte mir das Frühstück selbst, ich verzehrte meinen Lunch in der Firmenkantine, und abends kochte ich entweder selbst für mich oder aß irgend etwas, das man vierzig Minuten lang bei hundertfünfundsiebzig Grad aufwärmen muß.

»Das war das letzte Mal, daß *jemand anders* sie sah«, sagte ich. »Aber ich sah sie zum letzten Mal, als wir abends zu Bett gingen. Und als ich morgens aufwachte, stellte ich fest, daß sie ihren Koffer gepackt hatte und weg war.«

Unten begann der Preßlufthammer den Zementfußboden aufzubrechen. Er machte soviel Lärm, daß ich die hintere Tür, die zum Keller führte, zumachen mußte. »Und wer sah denn nun Emily als letzter? Abgesehen von mir, meine ich?«

»Mr. und Mrs. Fred Treeber.«

Es bestanden gewisse Ähnlichkeiten zwischen Wilma Treeber und Emily. Beide waren sie zu Riesenweibern geworden, zu streitbaren Amazonen und geistigen Zwerginnen. Fred Treeber ist ein kleiner Mann und triefäugig von Natur aus oder durch ehelichen Verschleiß. Aber er spielt recht ordentlich Schach, und er bewundert mich schon beinahe wegen meiner inneren Festigkeit, die ihm fehlt.

»Um Mitternacht eben dieses Abends«, sagte Sergeant Littler, »hörte Fred Treeber einen markerschütternden Schrei, der aus diesem Hause kam.«

»Markerschütternd?«

»Genau sein Wort.«

»Fred Treeber ist ein Lügner«, sagte ich knapp. »Ich nehme an, daß seine Frau ihn auch hörte?«

»Nein. Sie hat einen festen Schlaf. Aber er wurde davon wach.«

»Weckte dieser sogenannte markerschütternde Schrei auch die Morrisons auf?«

»Nein. Die schliefen auch, außerdem ist die Entfernung zu ihrem Haus recht beträchtlich. Zu den Treebers sind es nur knappe fünf Meter.« Littler stopfte seine Pfeife. »Fred Treeber überlegte, ob er seine Frau wecken sollte, unterließ es dann aber. Sie scheint jähzornig zu sein. Aber er konnte einfach nicht wieder einschlafen. Und dann um zwei Uhr morgens hörte er aus Ihrem Garten ein Geräusch. Er ging ans Fenster und dort, im Mondschein, sah er Sie in Ihrem Garten graben. Schließlich faßte er sich ein Herz und weckte seine Frau. Beide haben Sie beobachtet.«

»Diese widerlichen Spione. Daher wußten Sie es also.«

»Ja. Warum haben Sie eine so große Kiste genommen?«

»Weil ich keine andere gefunden habe. Aber an Sargformat reichte sie nicht im entferntesten heran.«

»Mrs. Treeber wollte das den ganzen Samstag nicht aus dem Kopf gehen. Und als Sie ihr mitteilten, daß Ihre Frau ›eine Reise mache und nicht so schnell zurückkommen werde‹, da kam sie schließlich zu der Ansicht, daß Sie die Leiche Ihrer Frau ... nun ja ... handlicher und kompakter gestaltet und vergraben hätten.«

Ich schenkte mir Kaffee nach. »Gut, und was haben Sie gefunden?«

Es war ihm immer noch etwas peinlich. »Eine tote Katze.«

Ich nickte. »So habe ich mich also des Vergrabens einer Katze schuldig gemacht.«

Er lächelte. »Sie waren äußerst ausweichend, Mr. Warren. Anfangs haben Sie geleugnet, überhaupt etwas vergraben zu haben.«

»Ich fand, das ging Sie nichts an.«

»Und als wir die Katze fanden, da behaupteten Sie, sie sei eines natürlichen Todes gestorben.«

»Jedenfalls kam es mir so vor.«

»Die Katze gehörte Ihrer Frau, und jemand hatte ihr den Schädel eingeschlagen. Das war nicht zu übersehen.«

»Es gehört nicht zu meinen Gepflogenheiten, tote Katzen zu untersuchen.«

Er zog an seiner Pfeife. »Nach meiner Theorie haben Sie nach Ihrer Frau auch die Katze getötet. Vielleicht, weil ihre Gegenwart Sie an Ihre Frau erinnerte. Oder vielleicht, weil die Katze gesehen hatte, wie Sie die Leiche Ihrer Frau beseitigten und sie uns direkt zum ...«

»Na, na, Sergeant«, sagte ich.

Er wurde rot. »Tiere sollen tatsächlich schon da gescharrt haben, wo man ihr Herrchen oder Frauchen begraben hat. Ich gebe zu, in der Regel sind das Hunde. Aber warum nicht auch Katzen?«

Ich ließ mir das nun doch durch den Kopf gehen. Warum nicht auch Katzen?

Littler lauschte kurz dem Preßlufthammer. »Wenn bei uns jemand als vermißt gemeldet wird, dann schicken wir routinemäßig Rundschreiben durch die Vermißtenabteilung. Und dann warten wir ab. Fast immer kommt der Vermißte nach ein, zwei Wochen nach Hause zurück. Meistens, wenn ihm das Geld ausgegangen ist.«

»Und warum um alles in der Welt haben Sie das in diesem Fall nicht getan? Ich bin sicher, daß Emily in ein paar Tagen wieder nach Hause kommt. Soweit mir bekannt ist, hat sie nur ungefähr hundert Dollar mitgenommen, und ich weiß, daß sie sich fast zu Tode davor ängstigt, für sich selbst aufkommen zu müssen.«

Nun fletschte Littler aber fast die Zähne. »Wenn wir

eine vermißte Ehefrau haben, jemanden, der einen Schrei hört, und *zwei* Augenzeugen einer geheimnisvollen Mondscheinbeerdigung im Garten, dann sprechen alle Anzeichen für Mord. Wir können es uns nicht leisten zu warten.«

Und ich auch nicht. Schließlich würde sich Emilys Leiche nicht ewig halten. Darum hatte ich auch die Katze getötet und beim Vergraben der Kiste für Zuschauer gesorgt. Doch ich sagte scharf: »Und dann greifen Sie auf der Stelle zur Schaufel und zerstören das Anwesen eines Mitmenschen. Ich warne Sie, ich werde Sie verklagen, falls nicht jeder Stock, jeder Stein, jeder Ziegel und jede Humuskrume genau an ihren Platz zurückgebracht wird.«

Littler war nicht aus der Ruhe zu bringen. »Und dann war da noch der Blutfleck auf Ihrem Wohnzimmerläufer.«

»Ich versichere Ihnen, mein eigenes Blut. Ich habe aus Versehen ein Glas zerbrochen und mir dabei die Hand aufgeschnitten.« Abermals zeigte ich ihm die heilende Wunde.

Das beeindruckte ihn nicht. »Ein Täuschungsmanöver, um den Fleck zu erklären«, sagte er. »Die haben Sie sich doch selbst beigebracht.«

Womit er natürlich recht hatte! Aber ich brauchte den Fleck auf dem Läufer, falls die anderen Umstände nicht dafür ausreichten, die Polizei zur Durchsuchung zu veranlassen.

Ich sah, wie Fred Treeber über dem Grundstückszaun lehnte und Littlers Leuten bei ihrem Vernichtungswerk zusah.

Ich erhob mich. »Diese Kanaille werde ich mir einmal vorknöpfen.«

Littler folgte mir nach draußen.

Zwischen Erdhügeln suchte ich mir einen Weg zum Zaun. »Findest du, daß sich ein guter Nachbar so benimmt?«

Fred Treeber schluckte. »Aber Albert, ich habe mir nichts Böses dabei gedacht. Ich glaube ja auch nicht, daß du es wirklich getan hast, aber du kennst doch Wilma und ihre Phantasie.«

Ich funkelte ihn böse an. »Das Schachspielen kannst du dir ein für alle Mal abschminken.« Ich wandte mich an Littler. »Was macht Sie so unendlich sicher, daß ich meine Frau hier vergraben habe?«

Littler nahm die Pfeife aus dem Mund. »Ihr Wagen. Sie sind damit am Freitag um halb sechs zur Eagle-Tankstelle in der Murray Street gefahren. Sie ließen den Wagen schmieren und das Öl wechseln. Der Mechaniker klebte Ihnen die übliche Plakette mit dem Datum der Ausführung und dem derzeitigen Kilometerstand innen in den Türrahmen. Seit der Zeit ist nur ein knapper Kilometer mehr auf Ihrem Kilometerzähler. Und das ist genau die Entfernung von der Tankstelle zu Ihrer Garage.«

Er lächelte. »Mit anderen Worten, Sie sind mit Ihrem Wagen direkt nach Haus gekommen. Samstags arbeiten Sie nicht, und heute ist Sonntag. Ihr Wagen ist seit Freitag nicht gefahren.«

Ich hatte mich darauf verlassen, daß die Polizei die Plakette bemerken würde. Wenn nicht, dann hätte ich sie irgendwie darauf stoßen müssen. Ich lächelte verhalten. »Haben Sie je an die Möglichkeit gedacht, daß ich sie vielleicht zu einem nahegelegenen, leeren Grundstück getragen und dort vergraben habe?«

Littler lachte nachsichtig. »Das nächstgelegene unbebaute Grundstück ist mehr als vier Straßen entfernt. Es ist kaum vorstellbar, daß Sie die Leiche über so eine Entfernung durch die Straßen getragen haben, auch wenn es Nacht war.«

Treeber konnte seinen Blick nur schwer von der Gruppe losreißen, die mit meinem Blumenbeet beschäftigt war. »Albert, da sie dir die Dahlien sowieso ausgraben, würdest du mir wohl ein paar von deinen Gordon Rosa gegen einige meiner Bernstein Goliath eintauschen?«

Ich machte auf dem Absatz kehrt und ging hocherhobenen Hauptes zum Haus zurück.

Der Nachmittag zog sich dahin, und mit den Berichten seiner Männer schwand nach und nach der siegesgewisse Ausdruck auf Littlers Gesicht.

So verging der Tag, und um halb sieben verstummte der Preßlufthammer im Keller.

Ein Sergeant Chilton kam in die Küche. Er sah müde, hungrig und frustriert aus, und seine Hosen waren lehmgestreift. »Da unten ist nichts. Absolut gar nichts.«

Littlers Zähne gruben sich in den Pfeifenstiel. »Sind Sie sicher? Haben Sie auch wirklich alles durchsucht?«

»Dafür lege ich meine Hand ins Feuer«, sagte Chilton. »Wenn es hier eine Leiche gäbe, hätten wir sie gefunden. Die Männer draußen sind auch fertig.«

Littler starrte mich haßerfüllt an. »Ich *weiß*, daß Sie Ihre Frau umgebracht haben. Ich *fühle* es.«

Es hat etwas Bemitleidenswertes, wenn ein normal intelligenter Mensch im Instinkt seine letzte Zuflucht sucht. In diesem Fall jedoch hatte er recht.

»Ich glaube, ich mache mir heute abend Leber mit Zwiebeln«, sagte ich vergnügt. »Das habe ich seit einer Ewigkeit nicht mehr gegessen.«

Ein Polizist kam aus dem Garten in die Küche. »Sergeant, ich habe mich eben mit diesem Treeber-Typ von nebenan unterhalten.«

»Na und?« fragte Littler ungeduldig.

»Er sagt, daß Mr. Warren in Byron County ein Sommerhaus an einem See hat.«

Fast wäre mir die Packung Leber aus der Hand gefallen, die ich gerade aus dem Kühlschrank holte. Dieser Idiot Treeber und sein Geschwafel!

Littlers Augen wurden groß. Auf der Stelle besserte sich seine Laune, und er lachte stillvergnügt in sich hinein. »Da haben wir's! Sie vergraben sie doch *immer* und *immer wieder* auf dem eigenen Grundstück!«

Möglich, daß ich erblaßt war. »Wagen Sie es nicht, auch nur einen Meter dieses Grundstücks anzurühren. Seit dem Kauf habe ich zweitausend Dollar in die Verbesserung des Bodens gesteckt, und ich dulde nicht, daß Ihre Vandalen das Grundstück zur Wüste machen.«

Littler lachte. »Chilton, holen Sie ein paar Flutlichter, und lassen Sie die Männer einpacken.« Er wandte sich zu mir. »Und wo genau ist nun Ihr kleines Refugium?«

»Ich verweigere jede Auskunft. Sie wissen, daß ich sowieso nicht hätte hinfahren können. Sie vergessen, daß mein Kilometerzähler beweist, daß mein Auto seit Freitagnachmittag die Garage nicht verlassen hat.«

Er nahm diese Hürde mit Schwung. »Sie hätten ihn ja zurückstellen können. Also, wo liegt diese Hütte?«

Ich verschränkte die Arme. »Ich verweigere die Auskunft.«

Littler lächelte. »Es hat keinen Zweck, Zeit zu schinden. Oder haben Sie vor, sich heute Nacht dorthin zu schleichen, sie auszugraben und irgendwo anders wieder einzugraben?«

»Ich habe keinerlei Absichten dieser Art. Aber ich bestehe auf meinem verfassungsmäßigen Recht, die Aussage zu verweigern.«

Littler benutzte mein Telefon, um in Byron County die zuständigen Beamten aufzutreiben, und nach einer Dreiviertelstunde wußte er genau, wo sich mein Sommerhaus befand.

»Nun hören Sie mir mal gut zu!« fuhr ich ihn an, als er den Hörer endgültig aus der Hand legte. »Sie können doch das Grundstück nicht genauso verwüsten wie dieses hier. Ich rufe jetzt auf der Stelle den Bürgermeister an und veranlasse, daß man Sie feuert.«

Littler hatte gute Laune und rieb sich tatsächlich die Hände. »Chilton, sorgen Sie dafür, daß morgen eine Mannschaft herkommt und alles wieder in Ordnung bringt.«

Ich folgte Littler zur Tür. »Jede Blume, jeden Grashalm, oder Sie hören von meinem Anwalt.«

An dem Abend schmeckte mir meine Leber mit Zwiebeln nicht.

Um halb zwölf klopfte es leise an meiner Hintertür, und ich öffnete sie.

Fred Treeber machte einen zerknirschten Eindruck. »Es tut mir leid.«

»Warum zum Teufel mußtest du das Sommerhaus erwähnen?«

»Ich unterhielt mich ein bißchen, und da ist es herausgerutscht.«

Es fiel mir schwer, meine Wut unter Kontrolle zu halten. »Die werden da alles kaputtmachen. Und das, nachdem ich es gerade geschafft hatte, endlich einen ordentlichen Rasen hinzukriegen.«

Ich hätte noch länger so weitertoben können, aber ich riß mich zusammen. »Schläft deine Frau?«

Fred nickte. »Die wacht vor morgen früh nicht auf. Tut die nie.«

Ich griff zu Hut und Mantel, und wir gingen nach nebenan in Freds Keller.

Emilys Leiche lag an einer kühlen Stelle unter ein paar Zeltplanen. Ich fand, das war ein recht gutes vorläufiges Versteck gewesen. Wilma kommt dort nie hin, außer an Waschtagen.

Fred und ich trugen Emily zurück in mein Haus und in den Keller. Dort sah es aus wie auf einem Schlachtfeld.

Wir ließen Emily in eine der tiefsten Gruben fallen und schaufelten rund einen halben Meter Lehm und Sand über sie. Das war für unseren Zweck ausreichend.

Fred wirkte etwas besorgt. »Bist du sicher, daß man sie nicht findet?«

»Natürlich nicht. Das beste Versteck für etwas ist dort, wo vorher schon jemand gesucht hat. Morgen kommen die Männer wieder. Sie schaufeln die Löcher zu und machen den Fußboden neu.«

Wir gingen nach oben in die Küche.

»Muß ich wirklich ein ganzes Jahr warten?« fragte Fred wehmütig.

»Aber sicher. Wir dürfen kein Mißtrauen erregen. In zwölf Monaten oder so kannst du deine Frau umbringen, und ich bewahre sie so lange in *meinem* Keller auf, bis die Durchsuchung deines Grundstücks beendet ist.«

Fred seufzte. »Mit Wilma ist das lange. Aber wir haben fair geknobelt, und du hast gewonnen.« Er räusperte sich. »Albert, du hast das doch nicht wirklich so gemeint, oder?«

»Was denn?«

»Daß du nie wieder mit mir Schach spielen würdest?«

Der Gedanke daran, was die Polizei in genau diesem Augenblick in meinem Sommerhäuschen und auf meinem Grundstück anrichtete, ließ mich fast der Versuchung erliegen, diese Frage zu bejahen.

Aber er sah so mitleiderregend und zerknirscht aus, daß ich seufzte und sagte: »Wohl nicht.«

Freds Gesicht leuchtete auf. »Ich hol' gleich das Brett.«

Zwei Fliegen

»Das ist heute das erste Mal, daß ich in einem Flugzeug sitze«, sagte Mrs. Raleigh.

Mrs. Borman nötigte sich ein sparsames Lächeln ab. »Ich bin schon zweimal nach St. Louis geflogen. Vor meiner Heirat.«

Mrs. Raleigh hatte ein rundes Gesicht und kleine braune Augen. »Sagen Sie einfach Bernice zu mir.«

»Stella«, sagte Mrs. Borman. »Ich besuche meine Mutter in Pasadena.«

»Ich kenne in Kalifornien keine Menschenseele«, sagte Bernice. »Aber ich wollte schon immer mal dorthin. Solange ich noch jung bin.«

Stella musterte sie einen Lidschlag lang und hielt es dann für angebracht, keinen Kommentar zum letzten Satz zu geben. Schließlich würden sie rund fünf Stunden nebeneinander sitzen.

Bernice kicherte verhalten. »Ich werde wahrscheinlich in Hollywood vorbeischauen. Man weiß ja nie, was da alles auf einen wartet.«

»Nein«, sagte Stella trocken. »Das weiß man nie.«

»Ich bin Mitglied einer kleinen Theatergruppe in Minneapolis. Früher habe ich immer die jugendlich Naive gespielt, aber jetzt bestehe ich auf reiferen Rollen. Die bieten einem mehr Entfaltungsmöglichkeiten.«

»Normalerweise besucht mich meine Mutter in Chicago«, sagte Stella, »und bleibt jedes Jahr ein, zwei Monate.«

»Ich hätte eigentlich den Zug nehmen sollen«, sagte Bernice. »Henry – das ist mein Mann – ist bei der Bahn. Er hätte mir eine Freifahrt oder zumindest eine verbilligte Fahrkarte besorgen können.«

»Walter, mein Mann, ist auch bei der Bahn. Ein sehr verantwortungsvoller Posten. Aber ich reise lieber im Flugzeug.«

»Wir leben im Zeitalter des Flugzeugs«, sagte Bernice vergnügt.

Stella pflichtete ihr bei. »Man spart soviel Zeit.«

Sie schwiegen eine halbe Minute lang, dann sagte Bernice: »Haben Sie Kinder, Stella?«

»Nein.«

»Ich auch nicht. Vielleicht irgendwann, aber momentan muß ich an meine Figur denken.«

»Mein Bruder hat einen Jungen«, sagte Stella, und der Gedanke an ihn schien ihre Lippen zu verhärten. »Acht Jahre ist er alt, und ich muß ihn wie ein Habicht im Auge behalten, wenn sie bei uns zu Gast sind. Der kriegt alles kaputt.«

»Wir wohnen in einem Vorort von Minneapolis«, sagte Bernice. »Ganze drei Morgen Land, alles im Ranchstil.«

»Meine Möbel sind Kirsche«, sagte Stella. »Allein zwölfhundert Dollar nur für das Schlafzimmer. Ein Kratzer, und es ist völlig ruiniert.«

»In unserer Gegend scheinen alle Leute zwei oder drei Kinder zu haben. Der Lärm, den die machen, und dann ist man so angebunden.«

»Als er das letzte Mal bei uns war, hat er eine Eiswaffel auf den Teppich geworfen«, sagte Stella. »Ich hatte noch zu meinem Walter gesagt, daß er ihm keine kaufen sollte.«

»Wir machen uns nicht soviel aus Möbeln. Ich nehme Schauspielstunden. Sie sind sehr teuer, aber ich bin nun einmal dafür, daß man seinen Verstand schult und seine Persönlichkeit entwickelt.«

Stella verschob ihre Handtasche. »Ich habe zu meinem Walter gesagt, daß ich dieses Jahr nach Pasadena fliege, statt daß meine Mutter nach Chicago kommt. Ich hatte erwartet, es würde deswegen Streit geben, aber er setzte diese hinterhältige Miene auf und sagte: ›Warum nicht? Da schlage ich ja zwei Fliegen mit einer Klappe.‹«

Bernice seufzte. »Mein Henry und ich haben uns deswegen immer wieder gestritten, aber dieses Jahr gab er plötzlich nach und kaufte mir ein Flugticket. Man muß schon sehr hinter seinem Mann her sein, wenn man das aus ihm herausholen will, was man haben möchte.«

»Stellen Sie sich vor, daß mein Walter solch einen Ausdruck gebraucht«, sagte Stella. »Ich hätte es mir doch fast anders überlegt. Nur, um ihm eine Lektion zu erteilen.«

»Gregori – das ist der berühmte Filmregisseur – hat mal eins unserer Stücke in der Aula der High School gesehen. Das war siebenundfünfzig. Er lobte die ganze Aufführung, und ich glaube, er wird sich an mich erinnern.«

»Meine Mutter hat Orangenbäume direkt auf dem Rasen vorm Haus«, sagte Stella, »und zwei Feigenbäume hinten.«

Bernice strich eine blonde Haarsträhne zurück. »Jeden Donnerstag lesen wir bei mir zu Haus mit verteilten Rollen. Meinen Henry schicke ich dann immer in seine Werkstatt im Keller. Er interessiert sich nicht für intellektuelle Dinge, und eigentlich stört er nur dabei.«

»Immer, wenn ich meine Freundinnen zu Besuch habe«, sagte Stella, »schicke ich meinen Walter ins Kino.

Sonst sitzt er nur wie ein Klotz herum, und manchmal schläft er sogar ein.«

»Mein Henry bastelt im Keller herum.«

»Wir haben keinen Keller«, sagte Stella. »In Appartementhäusern gibt es keine Keller, außer für den Hausmeister und als Lagerraum. Darum schicke ich meinen Walter ins Kino. Das ist besser, als wenn er trinkt.«

Bernice nickte. »Deshalb erlaube ich meinem Henry auch, im Keller Unordnung zu machen.«

Stirnrunzelnd sagte Stella: »Aber ab und zu habe ich den Eindruck, daß mein Walter gar nicht ins Kino geht. Ich kann es an seinem Atem riechen. Trotz des Pfefferminz.«

Bernice dachte darüber nach. »Mein Henry trinkt auch ab und zu mal, wenn ich nicht aufpasse.«

»Männer können solche Schwächlinge sein«, sagte Stella. »Alle Entscheidungen im Haus muß ich treffen.«

»Gestern ging ich in Henrys Werkstatt runter«, sagte Bernice, »und ich fragte ihn, was um alles in der Welt er da bis nach Mitternacht macht.«

»Mein Walter kann Mutter nicht ausstehen«, sagte Stella. »Aber das gibt ihm noch lange nicht das Recht, einen Ausdruck zu gebrauchen wie ›zwei Fliegen mit einer Klappe schlagen‹.«

»Mein Henry grinste hämisch, wie er's manchmal tut, und sagte, er mache eine Bombe. Stellen Sie sich das vor! Ich wußte sofort, daß er wieder getrunken hatte.«

»Ich glaube, mein Walter trinkt, wenn er unterwegs ist«, sagte Stella. »Er ist die halbe Woche nicht zu Hause. Sein Job, wissen Sie.«

»Mein Henry auch nicht«, sagte Bernice. »Er ist Ingenieur und betreut die Strecke von Minneapolis nach Chicago.«

Stellas Mund deutete Erstaunen an. »Wie klein die Welt ist! Mein Walter ist auch Ingenieur, und er hat dieselbe Strecke. Vielleicht kennen sich die beiden?«

»Das wäre durchaus möglich«, sagte Bernice und lachte ein bißchen. »Mein Henry hat mal gesagt, einer der Vorteile des Ingenieurberufs sei, daß man an jedem Ende der Strecke eine Frau haben könne.«

Das Schweigen dauerte ungefähr fünfzehn Sekunden, und dann sahen sich die beiden durchdringend an.

Stella sprach als erste. »Mein Walter wiegt ungefähr achtzig Kilo, und die Haare gehen ihm aus.«

Bernice schien zu erblassen. »Mein Henry hat blaue Augen und trägt eine goldgeränderte Brille.«

Stella büßte gleichfalls Farbe ein. »Mein Walter hat eine Brücke unten rechts.«

Bernice schloß die Augen. »Mein Henry hat einen Leberfleck auf der linken Hüfte.«

Und dann fiel Bernice natürlich wieder ein, daß Henry darauf bestanden hatte, ihr die Koffer zu packen, und daß diese nun im Frachtraum hinten im Flugzeug lagen.

Und vielleicht befand sich in einem ein kleiner Apparat, der *tick*, *tick*, *tick* machte.

Um acht Uhr neununddreißig standen beide in der Pilotenkanzel und begannen ganz außer sich, ihre Geschichte zu erzählen.

Im Führerstand der Diesellok auf der Strecke von Minneapolis nach Chicago blickte der Ingenieur zum zehnten Mal in den letzten fünf Minuten auf seine Uhr.

Um acht Uhr vierzig lächelte er. Von einem Ohr zum andern.

Schmerzlos herausgezogen

Es war an einem Sonntagmorgen mit Temperaturen um die 25 Grad, als Jimmy und ich die Hauptstraße unseres Städtchens hinunter spazierten.

Jimmy ist neun und der Sohn meiner Hauswirtin. Er ist ein aufgewecktes Kerlchen, und ich mag ihn sehr, doch wenn er will, kann er eine richtige Nervensäge sein.

Beim Haushaltswarengeschäft stießen wir auf eine Ansammlung von etwa zwanzig, dreißig Leuten.

Ich kannte beinahe jeden und stellte mich neben Fred Metrie. »Was ist denn hier los?«

Fred ist ein großer, freundlicher Mann. »Sie holen den Safe aus dem Büro vom alten Thompson raus.«

Elmo Thompson hat sein Rechtsanwaltsbüro im ersten Stock über dem Haushaltswarengeschäft.

»Dann kriegt Elmo wohl einen neuen Safe?« sagte ich.

Metrie grinste. »Warum würde er wohl sonst seinen alten rausholen lassen?« Er machte den Mund weiter auf und zeigte auf einen seiner unteren rechten Backenzähne. »Seh'n Sie mal, Doktor, die Füllung, die Sie mir da reingemacht haben, hat 'ne rauhe Stelle oder so. Jedenfalls scheuert sie an der Zunge.«

»Schauen Sie morgen in der Praxis herein, Fred«, sagte ich. »Ich schleife sie Ihnen ab.«

Ein roter Zweieinhalbtonner stand mit der offenen Ladeklappe zum Bürgersteig. Auf dem Führerhaus stand »Gebrüder Johnson, Spedition, Pine Creek«. Pine Creek liegt ungefähr zwanzig Meilen nördlich von uns direkt am See.

Jimmy sah zu, wie zwei Männer in Overalls zwei 0,5 mal zwei Meter lange Planken die Treppe rauftrugen. »Wie wollen die denn den Safe rauskriegen?«

Metrie schien sich schon einen Reim darauf gemacht zu haben. »Sie stellen ihn auf einen Läufer, denke ich, und ziehen ihn bis oben an die Treppe. Dann lassen sie ihn auf den Planken nach unten rutschen und schieben ihn das letzte Stück über die anderen Planken direkt in den Lastwagen.«

Jimmy überlegte sich das. »Warum nehmen sie keinen Laster mit Kran und holen den Safe durchs Fenster raus?«

»Weiß ich nicht«, sagte ich. »Vielleicht haben sie einfach keinen Laster mit Kran.«

Zwei Männer waren an der Arbeit. Der eine war groß und schwer und der andere ungefähr gleich groß, nur ziemlich leichtgewichtig.

Aus ihrer Unterhaltung war zu entnehmen, daß der erste Pete und der andere Gus hieß.

Als sie die Planken ausgelegt hatten, holte Pete Seile aus dem Führerhaus, und sie gingen nach oben.

»Ich hab mal den Safe in Mr. Thompsons Büro gesehen«, sagte Jimmy. »Das ist ein ganz schön schweres, altmodisches Ding. Ich glaub nicht, daß bloß zwei Männer das schaffen.«

»Die machen das schon«, sagte ich. Ich warf einen Blick auf die Menschenmenge. Alle waren sie im Sonntagsstaat. »Es wird schon jemand vorbeikommen, der ein bißchen mit anpackt. Jemand, der nicht gerade Sonntagskleider anhat.«

Jimmy besah sich den Laster. »Pine Creek. Warum hat Mr. Thompson das nicht Bill Jenkins machen lassen? Der wohnt doch direkt in der Stadt?«

»Vielleicht hat Thompson seinen Safe an jemanden in Pine Creek verkauft und läßt den für den Abtransport sorgen«, sagte ich.

Die Menschenmenge wuchs an.

»Warum die wohl den Safe sonntags holen?« fragte Jimmy.

»Weil dann auf dem Bürgersteig und auf den Straßen weniger los ist, tippe ich.«

»Ist Mr. Thompson auch da?« fragte Jimmy.

»Weiß ich nicht. Ich habe ihn nicht gesehen.«

Jimmy hielt ein Weilchen den Mund; dann sagte er: »Hast du dir mal ihre Overalls angesehen?«

»Nein. Was ist denn mit ihren Overalls?«

»Die sind funkelnagelneu.«

»Na und?«

»Komisch, daß alle beide gleichzeitig funkelnagelneue Overalls anhaben.«

Ich klopfte ihm auf die Schulter. »Komm, wir gehen rüber und genehmigen uns eine Coke. Keinen Eisbecher. Sonst verderben wir uns den Appetit fürs Mittagessen. Aber eine Coke können wir uns leisten, finde ich.«

Jimmy spähte noch kurz die Treppe hoch, bevor er sich in Bewegung setzte.

Wir gingen in Harders Drugstore. Hinter der Theke stand Ed und füllte den Eiswaffelständer auf.

»Zwei Cokes, Ed«, sagte ich.

Er nickte und öffnete den Kühlschrank. »Wie man sieht, holen sie den Safe vom alten Thompson raus.«

»Macht ganz den Eindruck«, sagte ich. »Hat wohl jemand in Pine Creek gekauft.«

Ed sah aus dem Fenster. »Ich hätte gedacht, daß Thompson sich dafür Bill Jenkins nehmen würde. Der wohnt doch am Ort und hätte das gut machen können.«

»Haben Sie Mr. Thompson gesehen?« fragte Jimmy.

»Nee«, sagte Ed. »Der ist wahrscheinlich angeln gegangen.«

»Man sollte doch meinen, der ist hier und paßt auf«, sagte Jimmy.

Ed grinste. »Und läßt sich das Angeln durch die Lappen gehen? Außerdem stünde er doch bloß im Weg.«

Jimmy rutschte vom Hocker und zählte das Kleingeld, das er in seiner Hosentasche hatte. »Ich bin gleich wieder da«, sagte er und verschwand in einer Telefonkabine.

Ed Harder griente. »Ruft er seine Freundin an?«

Ich beobachtete Jimmy in der Kabine. »Dazu ist er noch nicht alt genug.«

Ed tippte die zwanzig Cent ein. »Wie läuft's denn so mit dem Zähneziehen?«

»Könnte viel besser gehen«, sagte ich, »wenn jeder seine Rechnungen bezahlen würde.«

Ed grinste wieder. »Mal sehen, was sich am Monatsanfang machen läßt. Ich muß 'ne Menge Rechnungen bezahlen.«

»Ich auch.«

Ed zapfte sich ein Glas Wasser. »Ich hörte, vergangene Woche haben Sie dem alten Thompson sämtliche Zähne gezogen?«

»Nur die oberen, und da gab's nicht mehr viel zu ziehen. Ich mußte ihm Lachgas geben. Bei sowas stellt er sich an wie ein Kleinkind.«

Ich blickte zur anderen Straßenseite und bemerkte, daß jetzt ein paar Einheimische hilfreich zufaßten.

Jimmy kam aus der Telefonkabine. »Ich hab bei Mr. Thompson angerufen. Seine Hauswirtin sagt, daß er angeln ist. Sie weiß nicht genau wo.«

»Das hat dir doch schon Mr. Harder gesagt«, sagte ich, »die zehn Cent hättest du dir sparen können. Warum wolltest du ihn denn anrufen?«

Jimmy blickte auf seine Coke. »Och ... wollte nur rauskriegen, was dieser alte Safe wiegt.« Eine Zeitlang war er still, dann sagte er: »Seine Wirtin weiß nichts davon, daß er den Safe verkauft.«

»Warum sollte sie auch, Jimmy?« fragte ich. »Er erzählt ihr doch nicht alles über seine Geschäfte.«

Von der gegenüberliegenden Straßenseite waren schrille, abgerissene Schreie zu hören, und wir schauten gerade noch rechtzeitig hin, um die Menge auseinanderstieben und Thompsons Safe aus dem Hauseingang schießen, die zum Laster führenden Planken durchbrechen und auf den Bürgersteig krachen zu sehen.

Alle drei rannten wir aus dem Drugstore und über die Straße.

Der Safe lag fast auf der Seite, eine Ecke war eingedrückt und hatte sich in den Bürgersteig gebohrt.

»Was ist passiert?« fragte ich den Lastwagenfahrer.

Pete drehte sich um. »Was kann schon passiert sein?« schnauzte er mich an. »Das verdammte Seil ist gerissen.«

Fred Metrie nickte. »Sie haben den Safe vorsichtig die Planken runterrutschen lassen, und da ist es gerissen. Ich hatte mir schon gedacht, daß das Seil nicht stark genug ist, aber ich wollte nicht auch noch meinen Senf dazugeben.«

Gus besah sich den Safe und lachte nervös. »Wenn's nach mir geht, dann lassen wir ihn einfach hier liegen.«

Pete stützte die Hände in die Hüften. »Wir haben doch 'ne Menge hilfsbereiter Zuschauer. Ein Dutzend von euch könnte den Safe locker hochkriegen.«

Fred Metrie schüttelte den Kopf. »Man kann ihn nirgendwo richtig anpacken, so, wie der sich in den Bürgersteig gekeilt hat.«

Pete blickte finster. »Keiner da, der eine gute Idee hat?«

»Wir könnten Bill Jenkins' Laster holen«, sagte ich. »Der hat eine Winde und Ketten.«

Pete blickte mich an. »Wie lange würde das dauern?«

»Nur ein paar Minuten. Bill wohnt gleich um die Ecke. Ich bin sofort wieder da.«

Jimmy und ich gingen los und bogen um die Ecke.

»Hast du ihre Schuhe gesehen?« fragte Jimmy.

»Was ist mit ihren Schuhen?«

»Sonntagsschuhe. Spiegelblank. Kein Mensch zieht sich solche Schuhe an, wenn er einen Safe transportieren muß.«

Bill Jenkins wohnte in einem kleinen Bungalow neben seiner Tankstelle und der Werkstatt. Ich nahm an, daß er wohl zu Hause sein dürfte.

»Hast du dir ihre Hände angesehen?« fragte Jimmy.

Ich seufzte. »Was ist mit ihren Händen?«

»Sie sind ganz weiß und haben gar keine Schwielen. Als ob sie keine richtig schwere Arbeit machen. Ich glaub nicht, daß die Männer die Gebrüder Johnson sind.«

»Mein Junge«, sagte ich geduldig. »Die Gebrüder Johnson können sie doch für heute angeheuert haben. Vielleicht wollen die Johnsons auch sonntags angeln gehen.«

Ich drückte den Klingelknopf an Bill Jenkins' Tür, und kurz darauf kam er heraus.

»Hören Sie, Bill«, sagte ich. »Sie müßten bei einem kleinen Notfall einspringen.«

Bill war auf Strümpfen und hielt einen Teil der Sonntagszeitung in der Hand. »Hat das nicht bis Montag Zeit, Doktor?«

»Leider nein, Bill. Ein paar Jungens aus Pine Creek wollten den Safe vom alten Thompson aus seinem Büro rausholen, und er ist ihnen weggerutscht. Er liegt jetzt mitten auf dem Bürgersteig, und die einzige Art ihn hochzukriegen, ist mit Ihrem Laster und der Winde.«

Bill lächelte. »Dann haben sie also die Sache vermurkst?«

»Sie haben schon davon gehört?«

»Nur, daß jemand den Safe transportiert. Mein Vetter Elmer hat mich vor 'ner Viertelstunde angerufen.«

»Doktor ...« sagte Jimmy.

»Wie geht's Elmer?« fragte ich. »Er hatte sich für Samstagmorgen einen Termin geben lassen, ist aber nicht aufgetaucht.«

»Sie kennen doch Elmer«, sagte Bill. »Wenn der keine Zahnschmerzen mehr hat, dann überlegt er es sich anders.«

Jimmy zupfte mich am Ärmel. »He, Doktor ...«

Bill faltete die Zeitung zusammen. »Warum hat der alte Thompson nicht mich angeheuert?«

»Wir müssen alle leben«, sagte ich. »Auch die Jungs in Pine Creek.«

»Möglich«, sagte er widerstrebend. »Trotzdem finde ich, daß die Einheimischen vorgehen.« Er drehte sich um. »Eine Minute. Ich ziehe mir nur Schuhe an.«

Als Bill im Hausinneren verschwand, zupfte mich Jimmy wieder am Ärmel. »Wir sollten lieber den Sheriff holen.«

Ich zündete mir eine Zigarette an. »Wozu denn?«

Jimmys Gesicht war ganz ernsthaft. »Ich glaube, die Männer stehlen Mr. Thompsons Safe.«

Ich lachte. »Red kein dummes Zeug, Junge. Es ist Sonntagmorgen. Hellichter Tag. Kein Mensch ist so blöd und stiehlt einen Safe, wenn ihm dabei hundert Leute zusehen.«

Jimmy zappelte ungeduldig. »Erinnern Sie sich nicht an die Fernsehsendung letzte Woche? Wo der Mann sagte, der beste Platz für einen Mord ist der Grand-Central-Bahnhof zur Hauptverkehrszeit? Man kann jemanden umbringen, sich unter die Menge mischen und ist weg.«

Ich schüttelte den Kopf. »Jimmy, was hat der Safe vom alten Thompson mit einem Mord und dem Grand-Central-Bahnhof zu tun?«

»Nichts mit Mord. Aber man könnte einen Safe am hellichten Tag stehlen, wie die Männer da, und kein Mensch käme ihnen drauf. Jeder denkt doch, daß sich das niemand traut.«

Ich grinste. »Du hast eine blühende Phantasie, mein Junge. Das muß man dir lassen.«

»Aber wir könnten doch wenigstens mit dem Sheriff *reden.*«

»Das können wir leider nicht. Wenn Thompson angeln geht, dann nimmt er immer den Sheriff mit. Und der Himmel weiß, wo die jetzt sind.«

Jimmys Schultern sackten ein wenig nach unten. »Ja, das hatte ich vergessen.«

Ich versuchte, ihn zu trösten. »Warum sollte irgend

jemand sich die Mühe machen, den Safe vom alten Thompson zu stehlen? Er ist Rechtsanwalt, kein Bankier. Ich bezweifle, daß er jemals auch nur einen Dollar in dem Ding hatte.«

Bill kam aus dem Haus, und wir gingen zur Garage.

Ich setzte mich zu ihm ins Führerhäuschen. »Na komm schon, Jimmy. Hüpf rein.«

Jimmy wollte nicht. »Fahren Sie man los. Ich glaub, ich geh nach Haus und bastle an meinem Modellflugzeug.«

Inzwischen hatte sich vor dem Haushaltswarengeschäft ein Menschenauflauf gebildet. Am Straßenrand parkte Chris Neverts Streifenwagen, er hielt Ruhe und Ordnung aufrecht.

Bill kurvte quer auf die Straße und setzte den Lastwagen dann vorsichtig zurück. Nevert dirigierte das Unternehmen, bis sich die Winde über dem Safe befand.

Als ich aus dem Führerhäuschen kletterte, grinste Nevert mich an. »Schöner Tag heute, Doktor. Sind Sie jetzt unter die Spediteure gegangen?«

»Rieche nur mal ein bißchen rein«, sagte ich.

Ich bemerkte, daß Gus etwas blaß um die Nase aussah, während Pete gereizt wirkte.

Miss Ehrling, die bei uns Stadtschreiber und in den Siebzigern ist, deutete mit ihrem Stock auf den zerstörten Bürgersteig. »Junger Mann«, sagte sie zu Pete, »dafür wird jemand aufkommen müssen.«

Pete schloß sekundenlang die Augen. »Aber gewiß doch, Madam, dafür sorgen wir schon.« Er warf einen Blick auf die Tür seines Lasters. »Schicken Sie die Rechnung einfach an die Gebrüder Johnson, Pine Creek.«

Bill Jenkins ließ den Haken an der Winde runter und befestigte die Ketten um drei Ecken des Safes. Er betätigte den Flaschenzug, bis der Safe ungefähr zwei Meter hoch in der Luft schwebte.

Dann stieg er wieder in seinen Laster, setzte vor und wieder zurück, bis der Safe über der Ladefläche des Lasters aus Pine Creek hing.

Chris Nevert hatte kritisch zugesehen und hob jetzt die Hand. »Stop, das reicht.«

Als der Safe sicher auf ihrem Laster lag, machten Gus und Pete sich auf zum Fahrerhäuschen.

»He, wartet mal«, schrie Chris Nevert.

Pete und Gus blieben stehen, als wären sie gegen eine Mauer gerannt.

Sie drehten sich langsam um, und Pete sagte: »Was?«

»Ihr hättet fast eure Planken vergessen«, sagte Nevert. Er grinste. »Ihr könnt doch nicht einfach eure Abfälle auf unserem Bürgersteig liegenlassen. Dafür könnte ich euch festnehmen.«

Pete holte tief Luft. »Wir laden sie schon auf.«

Fred Metrie war ihnen behilflich. Er warf auch die zerbrochenen Planken auf den Laster. »Das Holz kann man noch gut gebrauchen.«

Als sie fertig waren, blickte Pete uns alle ungefähr fünf Sekunden lang an, dann schüttelte er den Kopf.

Der Motor wurde angelassen, und Pete und Gus brausten in Richtung Norden davon.

Die Menge begann sich zu zerstreuen, und Chris Nevert stieg wieder in seinen Streifenwagen.

Ich lehnte mich in sein offenes Fenster. »Wie macht sich denn Ihr Garten?«

»Nicht allzu gut. Könnte ein bißchen Regen vertragen.« Er drehte den Zündschlüssel. »Ich war auf dem Weg zur Swenson-Farm. Er hat sich beschwert, daß sein

Nachbar Hanson seinen Obstgarten nicht spritzt und das Ungeziefer sich nicht an die Grundstücksgrenze hält.«

»Die beiden liegen sich doch schon seit Jahren in den Haaren«, sagte ich.

Als ich zu meiner Pension zurückkehrte, saß Jimmy ganz still auf den Stufen vor dem Haus, den Kopf in die Hände gestützt, und sah niedergeschlagen aus.

Ich setzte mich neben ihn. »Ist dir die Welt ein Jammertal?«

»Ich bin ja bloß ein Kind«, sagte er verdrossen.

»Das ist kein Grund zum Trübsalblasen. Besser kriegst du es nie wieder. Hast doch noch gar keine Sorgen.«

»Aber niemand hört auf mich. Nicht einmal die Johnsons.«

»Welche Johnsons?«

»Die aus Pine Creek. Ich hab sie angerufen und gefragt, ob man ihren Laster gestohlen hat.«

»Ach?«

»Ich glaube, sie haben an meiner Stimme gemerkt, daß ich ein Kind bin.«

»Was haben sie denn gesagt?«

»Sie haben gesagt, sie hätten keine Zeit für dumme Scherze. Sie ließen sich nicht reinlegen und würden nicht bis zum anderen Ende der Stadt zu dem Schuppen laufen, wo ihr Laster drin steht, bloß weil ich es sage.«

»Mach dir nichts draus«, sagte ich. »Vergiß das Ganze.«

Er seufzte. »Haben sie den Safe mitgenommen?«

»Ja«, sagte ich. »Den haben sie mitgenommen.«

Am Nachmittag, gegen halb drei, wurde ich telefonisch aufgefordert, zum Büro des Sheriffs zu kommen. Eine

Menge Leute waren da, darunter Fred Metrie, Chris Nevert und Bill Jenkins, und fast alle hatten sie rote Köpfe.

Der Sheriff teilte uns mit, daß sich im Safe zwanzigtausend Dollar befunden hätten. Der alte Thompson hatte etwas gegen Banken.

Und er hatte auch eine Menge über den Intelligenzquotienten von Leuten zu sagen, die herumstehen und zusehen, wie vor ihrer Nase ein Safe gestohlen wird und dabei auch noch tüchtig mithelfen.

Mir machte seine Strafpredigt allerdings nicht viel aus.

Ich dachte an zehntausend Dollar. Die würden für mehr reichen als nur für meine Rechnungen. Sie waren mein Anteil am Geld des alten Thompson. Gus und Pete würden sich die anderen zehn teilen.

Ich fand das fair.

Schließlich hatte ich sie aufgetrieben und angeheuert. Ich war derjenige, der wußte, daß der Sheriff und Thompson angeln gehen würden.

Und ich war derjenige, der von den zwanzigtausend Dollar wußte.

Der alte Thompson redet eine ganze Menge, wenn er unter Lachgas steht.

Stadthafte Unschuld

Mrs. Pruit runzelte die Stirn. »Na, na, Mildred, einen jugendlichen Straftäter müßt ihr doch wenigstens haben. Den hat heutzutage jedes Kaff.«

Mildred Wooller schüttelte den Kopf. »Tut mir leid, Clara, aber mir fällt auch nicht ein einziger ein. Wir sind ein sehr kleiner Ort, hier ist ab zehn kein Mensch mehr auf der Straße.«

Clara Pruit nahm einen Schluck von ihrem Tee. »Bedauerlicherweise ist man höheren Ortes auf Ihren Klub aufmerksam geworden, liebe Mildred.«

»O je! Hat man Sie deswegen den ganzen Weg hierher geschickt?«

Clara nickte. »August war von der Vereinigung der Frauenklubs zum Monat der Bedürftigen erklärt worden, aber aus Elmsdale erhielten wir keinen Bericht über erzielte Fortschritte.«

»Ich weiß«, sagte Mildred zerknirscht. »Es gab einfach nichts zu berichten. Hier kümmert sich eben jeder um jeden, darum ist niemand bedürftig.«

Clara setzte ihre Tasse ab. »Es sind Überlegungen im Gange, ob man eurem Klub die Charter entziehen soll, wenn sich nicht bald etwas tut in Elmsdale.«

»Aber die Zentrale greift auch immer Themen auf, mit denen wir nichts anfangen können«, beschwerte sich Mildred. »Wie ›Helft den Behinderten‹ oder ›Monat der psychisch Gestörten‹ oder ›der Unverheirateten‹ ...« Sie machte eine hilflose Geste. »Und diesen Monat ist es nun Jugendkriminalität, und wir haben wieder nichts anzubieten.«

»Seien Sie nicht albern, Mildred«, sagte Clara. »Jungen fressen immer was aus.«

»O ja«, sagte Mildred beflissen. »Ungefähr die Hälfte unserer Kinder sind Jungen.«

»Dann denken Sie mal scharf nach«, sagte Mrs. Pruit bestimmt. »Einige müssen doch schon mal mit dem Gesetz in Konflikt geraten sein.«

»Wir haben hier nicht viel Gesetz, Clara. Nur Mr. Barrow, unseren Gendarm, und den mögen die Jungen alle. Das letzte Mal, daß der jemand festgenommen hat, das war im Sommer sechsundfünfzig, einen Touristen, der unseren Park mit Abfällen verschandelte.«

»Beinahe alles kommt als Jugendkriminalität in Betracht«, sagte Clara nun schon etwas entnervt. »Wie steht es mit Schuleschwänzen?«

Mildred schüttelte den Kopf. »Elmsdale gewinnt immer den Wimpel für den besten Schulbesuch im ganzen Kreis. Vergangenes Jahr hätten wir beinahe überhaupt keinen Schulschwänzer gehabt, wenn nicht Henry Preston einen Nachmittag gefehlt hätte.«

Mrs. Pruit schloß die Augen. »Ich gebe es auf. Wahrscheinlich werdet Ihr hier alle steinalt, ehe Ihr an Langeweile eingeht.«

»Meine Mutter ist mit ihren achtundsiebzig noch sehr rüstig«, sagte Mildred stolz. »Sie backt immer noch ihr Brot selbst, und Mr. Swanson pflegte zu sagen, daß ihr Grahambrot das beste in der ganzen Stadt wäre.«

»Pflegte zu sagen?« fragte Clara trocken. »Sollte er seine Meinung geändert haben?«

»Nein. Er stürzte von einer Klippe.«

»Ach«, sagte Clara. »Also passiert hier doch mal etwas.«

»Jeden Nachmittag, bei Wind und Wetter machte er seinen Spaziergang durch den Wald und an Feltons Klippen entlang. Und im vergangenen Jahr ist er ausgerutscht und abgestürzt.«

Clara probierte einen Keks. »Vielleicht hat ihm jemand einen Stoß gegeben.«

»Er wohnte ganz allein«, sagte Mildred. »Er war fast achtzig, und alle hier in der Stadt dachten, er hätte eine Menge Geld in den Hauswänden oder im Keller oder sonstwo versteckt. Aber der Gendarm hat gesucht und gesucht und nichts gefunden.«

Von der Veranda her war ein dumpfer Aufprall zu hören, und Mildred sagte: »Die Zeitung. Frank hat jetzt die Route.«

»Jede Stadt hat ihren Sonderling«, sagte Clara. »In neun von zehn Fällen stellt es sich dann heraus, daß er gar kein Geld hatte.«

»Nun ja, man wußte doch nicht *genau*, ob Geld da war, man meinte nur, daß er sein Lebtag hart gearbeitet hatte und nie viel ausgegeben zu haben schien.« Mildred schenkte Tee nach. »Frank ist ein lieber Junge, aber er ist eben doch nicht Henry.«

Clara wirkte nachdenklich. »Andererseits, wenn alle *dachten*, er hätte Geld ...«

»Henry Preston«, sagte Mildred. »Er hat vor Frank die Zeitung ausgetragen. So ein höflicher Junge, ein wahrer Segen für seine Mutter. Sie ist Witwe, und er würde sich umbringen für sie.«

Clara nahm sich zwei Stückchen Zucker. »Woher wollen Sie wissen, daß kein Geld da war? Sie haben dafür nur die Aussage des Gendarms.«

»Mr. Barrow sagt, daß er stundenlang gesucht hat.« Mildred rührte ihren Tee um. »Henry hat mit dem Zeitungsaustragen vergangenes Jahr Schluß gemacht. Wenn ein Zeitungsjunge seine Route aufgibt, verkauft er sie in der Regel an seinen Nachfolger. Wie ein Doktor seine Praxis. Aber Henry schenkte sie Frank. Henry ist wirklich großzügig.«

»Woher wollen Sie wissen, daß Swanson von der Klippe *fiel?* Hat ihn jemand fallen sehen?«

»Nein. Aber der Gendarm sagt, daß es sich so abgespielt haben muß.« Mildred setzte ihre Tasse auf der Untertasse ab. »Henry hat mit dem Zeitungsaustragen aufgehört, weil er meinte, daß es der Schule abträglich sei. Obwohl er, weiß der Himmel, immer glatte Einser hatte.«

»Haben Sie nicht gesagt, daß Swanson allein lebte?« bohrte Clara weiter. »Hatte er denn gar keine Freunde?«

»Nur den Gendarm. Er und Mr. Swanson spielten ab und zu mal zusammen Schach.«

»Aha«, sagte Clara nachdenklich.

»Emily – Henrys Mutter – ist eine ganz reizende Frau. Sie hat acht Jahre lang in McCoys Lebensmittelladen gearbeitet und nicht einen einzigen Tag gefehlt. Aber es war schwer für sie.«

»Dieser Gendarm, dieser Mr. Barrow, was für ein Mensch ist das?«

»Ein prima Kerl«, sagte Mildred, »ist Mitglied in wohl fast allen Klubs der Stadt.«

»Hat er in der letzten Zeit Geld ... naja, außergewöhnlich große Summen ausgegeben?«

»Nicht, daß ich wüßte«, sagte Mildred. »Emily hat ihren Job bei McCoy vergangenes Jahr gekündigt.«

»Er würde natürlich abwarten«, sagte Clara fast zu sich selbst. »Zwei Jahre, vielleicht drei.«

»Es war ein solcher Segen für Emily«, sagte Mildred, »daß sie die Erbschaft von ihrem Onkel in Seattle machte.« Eine Falte erschien auf ihrer Stirn. »Oder war es Portland? Einmal hat Emily Seattle gesagt und ein anderes Mal Portland. Sie muß es wohl durcheinandergebracht haben.«

»Wer hat die Leiche gefunden?« fragte Clara.

»Henry«, sagte Mildred.

Claras Stimme war zum gedankenverlorenen Raunen geworden. »Natürlich. Barrow wollte die Leiche nicht selbst finden. Zu verdächtig.«

»Das war doch an dem Nachmittag, als Henry in der Schule gefehlt und uns den Wimpel für den besten Schulbesuch vermasselt hat.« Mildred lachte vergnügt. »Du liebe Zeit! Da hatte er einfach geschwänzt! Stellen Sie sich vor, Clara. Also da haben wir ja doch noch einen jugendlichen Straftäter aufgetrieben, oder? Käme Henry als solcher in Betracht?«

Aber Mrs. Pruit hörte gar nicht zu. Ihre Gedanken beschäftigten sich immer noch mit Gendarm Barrow.

Leben von Maxtersons Graden

»Du weißt auch nicht zufällig, wo ich ein bißchen Curare herkriegen kann?« fragte Ronnie.

»Nein«, sagte ich entschieden.

»Es wirkt ganz schnell. Ich möchte nicht, daß du leiden mußt.«

»Vielen herzlichen Dank.«

Ronnie hat mich in letzter Zeit merken lassen, daß er mich umbringen möchte, weil auch ich den Namen Maxterson trage.

Er seufzte und räumte das Schachbrett beiseite.

Ich schlage ihn immer im Schach. Nicht etwa, daß er oder ich richtige Schachspieler wären – nein, für mich sind ernsthafte Schachspieler so etwas wie Buchhalter mit Intelligenzwahn – aber das ändert nichts an der Tatsache, daß ich ihn ständig schlage, und das gibt meinem Ego Auftrieb.

Ronnie ist dreizehn, und ich bin siebenundfünfzig, und die Universitätsverwaltung hat in einer Laune beschlossen, uns zu Zimmergenossen zu machen.

»Ich sehe keinen anderen Ausweg«, sagte Ronnie. »Ich muß dich ganz einfach umbringen. Mein Vater hat mir nur soviel Geld hinterlassen, daß ich ein Jahr lang das College besuchen kann, und das ist jetzt fast den Bach runter.«

»Mord ist eine viel zu krasse Lösung«, sagte ich. »Es dürfte dir doch nicht schwerfallen, irgendein Stipendium zu ergattern.«

Er schüttelte den Kopf. »Für alle erreichbaren Stipendien ist festgelegt, daß der Stipendiat mindestens sechzehn Jahre alt sein muß.«

»Dann, fürchte ich, mußt du eben zu Mr. und Mrs. Wicker zurückgehen und auf ein reiferes Alter warten.«

Die Wickers waren seit dem Tod von Ronnies Eltern bei einem Flugzeugunglück vor zwei Jahren seine Vormunde gewesen.

Der bloße Gedanke stimmte ihn trübselig. »Das ist ein so schrecklich kaltes Haus, und Mr. Wicker hat eine randlose Brille, und ich mache ihn nervös.«

Ich hätte mehr Mitleid mit dem Jungen gehabt, aber wenn es dabei außerdem um eine halbe Million Dollar geht, dann neigt das Mitleid dazu, zu versiegen wie ein Brunnen in der Wüste.

Ronnie brütete vor sich hin. »Ich kann doch nicht zurück zu den Wickers und bloß Däumchen drehen, bis ich sechzehn bin. Ich bin ein Genie. Mein Foto war schon in Zeitungen, und ich habe einen phänomenalen I. Q.«

Ich stopfte meine Pfeife. »Ich bin *auch* ein Genie.«

»Ja, aber ein siebenundfünfzigjähriges. Und du hast noch nie im Leben wirklich etwas *gemacht.*«

»Genies haben es nicht nötig, etwas *zu machen«*, sagte ich steif. »Nur unsichere Genies verspüren den Drang, etwas zu *machen.*«

Als Henry Maxterson vor beinah hundert Jahren starb, begründete er mittels seines Testaments einen Treuhandfonds, aus dem Maxtersons studieren sollten – jedoch immer nur ein einziger Maxterson. Solange dieser Student immatrikuliert war und seine Prüfungen ablegte, konnte sein Platz nicht von einem anderen Maxterson mit Beschlag belegt werden.

Über das Erlangen von akademischen Graden oder über die Zeit, die dieser Student an der Universität zubringen durfte, war nichts gesagt.

»Wie lange studierst du schon hier?« fragte Ronnie.

»Ungefähr fünfunddreißig Jahre.«

»Findest du es dann nicht auch fair, jetzt abzutreten und einem anderen Maxterson die Nutznießung des Fonds zu überlassen?«

»Es geht schließlich nicht nur darum, ob ich weiter auf die Uni gehe, und das weißt du genausogut wie ich.«

Der Maxterson-Fonds sollte genau hundert Jahre lang bestehen – Henry Maxtersons Interesse an seinen Nachkommen erstreckte sich nicht über mehr als ein Jahrhundert –, und am Tag seiner Auflösung sollte der Maxterson, der zu diesem Zeitpunkt die Universität besuchte, das ganze Kapital erhalten, vorausgesetzt natürlich, daß noch etwas übriggeblieben war.

Die Verwalter des Maxterson-Fonds hatten klug investiert, oder zumindest mit viel Glück, und so belief sich das Übriggebliebene auf eine halbe Million Dollar. Und in ungefähr einem Jahr sollte der Fonds aufgelöst werden.

Ursprünglich hatte ich natürlich nicht beabsichtigt, fünfunddreißig Jahre an der Universität zu bleiben.

Meinen Bakkalaureus der Philosophie hatte ich 1931 erhalten, aber in jenem Jahr sah es rundum in der Welt so trübe aus, daß ich es vorzog, unter der finanziellen Obhut des Maxterson-Fonds auch noch meinen Magister und meinen Doktor zu machen.

Als ich letzteren erhielt, regierte im Weißen Haus immer noch ein Demokrat, und es schien geraten, noch ein, zwei Jahre abzuwarten, bis sich die Lage gebessert hatte.

Zudem verspürte ich ganz plötzlich ein Interesse für Botanik.

Seit 1928 hatte ich nur etwas mehr als vier Jahre fern der Universität verbracht. Am Morgen des 8. Dezember 1941 stand ich, einunddreißig Jahre alt, vor dem Rekrutierungsbüro und wartete, daß es öffnete.

Ich war im Besitz von Doktorhüten in Geschichte und Botanik und hatte ein abgeschlossenes Jurastudium aufzuweisen, so verstand es sich fast von selbst, daß mich die Armee zu den Pionieren steckte.

Als ich nach Beendigung des Krieges in die Vereinigten Staaten zurückkehrte, stellte ich fest, daß während meiner Abwesenheit niemand den Maxterson-Fonds in Anspruch genommen hatte.

Sofort immatrikulierte ich mich an der Technischen Hochschule. In den folgenden Jahren erwarb ich auf einer ganzen Reihe von Fachgebieten Universitätsgrade.

Jetzt warf ich einen Blick auf die Uhr. Es war beinah Zeit für meine Vorlesung um halb zwei. Ich raffte meine Diätpläne und meine Analyse des Proteingehalts der zehn beliebtesten Cheddarkäsesorten zusammen.

Draußen, auf den Stufen des Studentenheims, fand ich Professor Stevenson, den Tutor der Studenten männlichen Geschlechts, im Gespräch mit einem bemerkenswert hochgewachsenen Studenten, den selbst ich unschwer als den langen Tom McGill ausmachte, einen Basketballspieler.

McGill besucht die Universität als Werkstudent mit einem Sportstipendium, und es wird gemunkelt, daß sein Werk ausschließlich darin besteht, zweimal im Monat das Verwaltungsgebäude zu betreten und den Inhalt eines Papierkorbs in die Verbrennungsanlage zu entleeren.

Professor Stevenson ist mit Begeisterung leitender Angestellter und trägt Fliegen. Er hielt mich an. »Peter, wann treten Sie Ihr Medizinpraktikum an?«

»Nie«, sagte ich entschieden.

»Aber Sie haben Ihr Medizinstudium vergangenes Jahr abgeschlossen, und das *summa cum laude*, möchte ich hinzufügen.«

Ich gab keinen Zentimeter nach. »Dennoch hege ich nicht die allerleiseste Absicht, Medizinalassistent zu werden.«

Würde ich es nämlich, wäre das Maxterson-Stipendium natürlich frei, und Ronnie würde in die Bresche springen. Ich hatte nicht die Absicht, das geschehen zu lassen, jetzt, wo die halbe Million Dollar so greifbar nahe schien.

Stevenson seufzte. »Finden Sie nicht, daß Sie Ronnie das Leben schwermachen? Schließlich möchte auch er eine Ausbildung haben.«

Also hatte der Bengel mit ihm geredet. Aber zweifelsohne hatte er nichts von den fünfhunderttausend Dollar verlauten lassen, die sich verheißungsvoll am Horizont abzeichneten.

Stevenson räusperte sich. »Da ist noch die Frage des Käppis.«

»Käppi? Welches Käppi?«

»Nach den von der Studentenschaft festgesetzten Regeln muß jedes Erstsemester ein Käppi tragen.«

Ich lächelte verkniffen. »Ich bin aber kein Erstsemester. Ich machte meinen Bakkalaureus in Philosophie zu einer Zeit, als diese Universität sich noch ihrer Stipendiaten rühmte.«

Der lange Tom McGill war tief beeindruckt. »Das muß aber ein Weilchen her sein?«

Dekan Stevenson ließ sich nicht vom Thema abbringen. »Peter, Sie sind doch jetzt in Hauswirtschaft immatrikuliert, stimmt's?«

Das gestand ich ein. »Ihrer Universität gehen die Fachgebiete aus.«

»Und Sie *hören* doch Vorlesung 107, Menüplanung? Und 137, Grundlegende Backofentechniken? Und Amerikanische Ernährung 1620 bis 1860? *Alles* Vorlesungen für Erstsemester?«

Es war offenkundig, daß er Nachforschungen über mich angestellt hatte.

Er lächelte triumphierend. »Na also. Vom Standpunkt der Universität aus *sind* Sie zur Zeit ein Erstsemester.«

»Nichtsdestoweniger weigere ich mich, ein Käppi zu tragen.«

Sein Lächeln wurde leicht grimmig. »Peter, wenn Sie kein Käppi tragen, werde ich Sie leider relegieren müssen. Regeln sind dazu da, eingehalten zu werden; und die Studenten haben es gar nicht gern, wenn jemand sie bricht. Ganz besonders nicht die, die sie selbst aufgestellt haben.«

Ich durchschaute das Ganze. Zweifelsohne gab es Hunderte von Erstsemestern, die nie ein Käppi aufsetzten, aber Ronnie hatte die Aufmerksamkeit des Dekans nun auf mich gelenkt. Da hatten sich zwei gefunden, die mich demütigen wollten – eine primitive Form der Einschüchterung –, um zu versuchen, mich von der Universität zu vertreiben.

Ich wurde zornig. Ich würde das alles bis vor das Oberste … Doch dann siegte die Vernunft. Es war klüger, die zwei Dollar zu berappen. Ich begab mich also in den Uni-Laden und erstand ein Käppi.

Als ich ins Zimmer zurückkehrte, hielt Ronnie mir eine offene Pralinenschachtel hin. »Probier mal eine von den Gekringelten.«

Automatisch kam ich der Aufforderung nach.

»Nimm noch eine.«

Ronnie sah mir beim Verzehr der beiden Pralinen mit forschenden Blicken zu. »Spürst du schon ein steifes Gefühl? So eine Art Lähmung?«

Ich starrte ihn mißtrauisch an. »Nein. Warum?«

Er sah enttäuscht aus. »Dann hat es wohl nicht gewirkt?«

»Was hat nicht gewirkt?«

»Das Curare. Es soll einen Menschen innerhalb von zwanzig Sekunden lähmen, und der Tod sollte kurz darauf eintreten.«

Ich war entsetzt. Er wollte mich auf den Arm nehmen. »Du hast Curare in die Pralinen getan?«

Er lächelte.

Panischer Schreck durchzuckte mich, doch dann riß ich mich zusammen. Schließlich war ich noch am Leben und nicht gelähmt, und er hatte tatsächlich gesagt, daß das Gift Curare gewesen war. *Falls* er wirklich etwas in die Süßigkeiten praktiziert hatte.

Ich lächelte verkniffen. »Dein Genie scheint einen Webfehler zu haben. Curare wirkt nur dann toxisch, wenn es direkt in die Blutbahn injiziert wird; oral genommen ist es harmlos.«

»Ich weiß«, gab er zu. »Aber ich hatte gehofft, du hättest ein akutes Magengeschwür.«

Ich riß ihm die Schachtel aus der Hand. »Das hier wird der Universitätsverwaltung übergeben. Vielleicht der Polizei.«

Er ließ sich nicht aus der Ruhe bringen. »Ich habe nur in die zwei Pralinen, die du gegessen hast, Curare hineingespritzt. Und außerdem streite ich ganz einfach alles ab, und dann denken die Leute, daß du ...« Er hielt inne, und blauäugige Unschuld leuchtete aus seinen Augen.

Ich musterte ihn. Man würde argwöhnen, daß ich drauf und dran war, den Verstand zu verlieren. Ging es darum? Und wenn man erst einmal meine geistige Gesundheit in Frage stellte, dann fehlten nur noch ein, zwei weitere Schritte, um mich legal aus dem Maxterson-Stipendium hinauszudrängen.

Ich lächelte tapfer und nahm mir noch eine Praline. »Probier doch auch mal eine, Ronnie. Sie sind wirklich ganz köstlich.«

An jenem Abend hatte ich Schwierigkeiten einzuschlafen, deshalb war ich auch noch wach und hörte Ronnies Bett knarren, als er aufstand.

Er schlich auf Zehenspitzen an meinem Bett vorbei, betrat die Nische mit unserer Waschgelegenheit und schloß die Tür hinter sich.

Ich gähnte. Er holte sich wohl ein Glas Wasser.

Doch ich hörte kein Geräusch von laufendem Wasser, und nach zehn Minuten öffnete sich die Tür wieder. Ronnie ging an meinem Bett vorbei und legte sich wieder in seines.

Ich wartete, bis Ronnie eingeschlafen war, stand dann auf und ging ins Waschkabinett. Ich schloß die Tür hinter mir und knipste Licht an.

Was hatte Ronnie ausgeheckt?

Ich öffnete die Spiegeltür des Medizinschränkchens. Drinnen das übliche Sortiment an Medikamenten –

Aspirin, Hustensaft und verschiedenerlei Tabletten, die schon längst hätten weggeworfen werden müssen.

Hatte er sich daran zu schaffen gemacht?

Ich blickte hinunter und sah Spuren eines weißen Pulvers im Waschbecken. Ich nahm vorsichtig etwas mit der Fingerspitze auf und probierte.

Bitter.

Ich starrte auf etwas Weißes, das aus dem Kaltwasserhahn hervorlugte.

Dieser erfinderische kleine Teufel!

Er hatte das Gift, was es auch immer sein mochte, zu Brei gerührt und in den Wasserhahn hineingedrückt. Und wenn ich mir dann morgens ein Glas Wasser holen wollte, würde das Gift mit in mein Glas fließen.

Ich ließ das kalte Wasser laufen, bis ich überzeugt war, daß kein Pulver im Wasserhahn zurückgeblieben war.

Als unser Wecker am Morgen klingelte, setzte sich Ronnie auf und gähnte ausgiebig.

Ich ließ mich nicht hinters Licht führen. Er wartete voller Spannung.

Ich schlenderte zum Waschbecken, ließ mir ein Glas Wasser einlaufen und nahm es mit zurück. »Möchtest du vielleicht ein Glas Wasser?«

Ronnie wollte nicht. »Nein, danke.«

Ich leerte das Glas bis zur Neige und kleidete mich an.

Nach einer Weile sagte Ronnie: »Kann es sein, daß du gegen Gift immun bist?«

Ich zuckte die Achseln. »Es würde mich ganz und gar nicht überraschen.«

Ronnie seufzte. »Dann muß ich mir etwas anderes einfallen lassen.« Er schlüpfte in seine Schuhe. »Laß uns doch heute mal beim Bogenschießstand vorbeischauen.«

Ich hatte nicht die geringste Absicht, Ronnie mit Pfeil und Bogen näher als fünfhundert Meter an mich heranzulassen. »Nein«, sagte ich bestimmt.

Ich setzte mein Käppi auf und begab mich zum Frühstück.

An diesem Abend bemerkte ich, daß Ronnie dem vor ihm liegenden Lehrbuch keinerlei Aufmerksamkeit schenkte. Seine Augen waren ganz glasig, so tief war er in Gedanken versunken.

Das beunruhigte mich nun doch sehr.

Um neun klappte ich meine Bücher zu und schickte mich zu meinem üblichen Abendspaziergang an.

Ronnie knipste seine Leselampe aus und zog sich die Jacke über.

Wenn er mir bei meinem Spaziergang auf dem Campus Gesellschaft leistet, dann steht sein Mundwerk normalerweise nicht still, doch heute abend trabte er stumm neben mir her.

Der Mond war nur eine hauchdünne Sichel, und der Campus schien fast verlassen, wahrscheinlich weil in der Turnhalle ein Basketballspiel stattfand.

Beim Bootshaus des Kanuklubs gingen wir auf den Anleger hinaus und starrten in die fast schwarzen Fluten.

Ich legte eine Hand um einen der Pfähle. »Falls du den abwegigen Plan hegen solltest, mich ins Wasser zu stoßen, so ist das zwecklos. Ich kann recht gut schwimmen.«

Ein paar Sekunden vergingen, ehe Ronnie den Mund aufmachte. »Ich habe herausgefunden, daß es gar nicht nötig sein wird, dich überhaupt umzubringen.«

Ich zog skeptisch eine Augenbraue hoch. »Immerhin hast du es versucht.«

»Nicht richtig. In den Pralinen war kein Curare.«

»Und was war mit dem Zyanid – oder was es auch immer war im Kaltwasserhahn?«

»Ich habe ein paar Aspirin zerstoßen und sie zu Brei verrührt. Ich habe auch ein bißchen von dem Pulver verstreut, damit du es ganz sicher entdecken würdest. Ich wußte doch, daß du wach warst, und da habe ich mich so verdächtig benommen wie nur möglich.«

Ich war erleichtert. »Dann hast du also beschlossen, den Tatsachen ins Gesicht zu sehen und die Universität zu verlassen?«

Er schüttelte den Kopf. »Nein. Ich werde die Universität mit dem Maxterson-Stipendium besuchen.«

Ich runzelte die Stirn.

Er starrte zu den Lichtern jenseits des kleinen Sees hinüber. »Mir ist eingefallen, daß mein Vater mal gesagt hat, daß es auf der ganzen Welt nur eine Handvoll Maxtersons gibt. Also habe ich deine Brieftasche durchgesehen, als du heute nachmittag unter der Dusche warst, und da habe ich deine Geburtsurkunde gefunden. Und später habe ich ein Ferngespräch mit Boston geführt, wo sie ausgestellt sein sollte, aber beim Standesamt im Rathaus dort hat man mir gesagt, daß bei ihnen niemand unter dem Namen Peter Clayborne Maxterson als am 26. Februar 1912 geboren eingetragen ist.«

Die Luft erschien mir kalt. Sehr kalt.

Ronnie fuhr fort. »Und dann fiel mir ein, daß du fast keinem Menschen Briefe schreibst, daß du aber andererseits gelegentlich Weihnachtskarten oder kleine Geschenke an eine Mrs. Letitia Randall in Spill Falls, Wisconsin, schickst.«

An meine Tante Letitia. Sie ist jetzt zweiundachtzig, und sie war meine Mutter, weil ich keine andere hatte, seit ich geboren wurde. Für sie bin ich inzwischen ein Maxterson, und sie versteht das.

»Also habe ich mit Spill Falls telefoniert«, sagte Ronnie.

»Ich habe mit dem Stadtschreiber gesprochen. Irgendwo habe ich mal gelesen, daß jemand, der eine Geburtsurkunde fälscht, in der Regel sein richtiges Geburtsdatum beibehält und manchmal auch Teile seines richtigen Namens. Ich fand heraus, daß ein Peter Clayborne *Randall* dort am 26. Februar 1912 geboren wurde.«

Ich hatte fast vergessen, daß ich mich einst Randall genannt habe.

Ronnie wandte sich mir zu. »Seit deiner Immatrikulation 1928 hast du dich hier als Maxterson ausgegeben.«

Die Randalls hatten zwar nie Geld, dafür aber Köpfchen, und nur durch den Maxterson-Fonds konnte ich mir die Universität leisten.

»Tut mir leid«, sagte Ronnie, »aber ich *bin* ein Maxterson, und ich werde mit dem Maxterson-Stipendium studieren.«

Ich stellte fest, daß ich schwitzte. Nein! Nicht nach all diesen Jahren. Das würde ich nicht zulassen!

Meine Hände stießen wie von selbst zu.

Überrascht schrie Ronnie auf und fiel kopfüber ins dunkle Wasser.

Plötzlich schien ein schneidender Wind aufzukommen.

Wieder schrie Ronnie aus den dunklen Fluten heraus.

Nach mir.

Ich stand da und erschauerte. Ich, Peter Clayborne *Randall,* Alter siebenundfünfzig, Bakkalaureus der Philosophie, Bakkalaureus der Naturwissenschaften,

Magister der Philosophie, Magister der Naturwissenschaften.

Und ich war drauf und dran, einen dreizehnjährigen Jungen ertrinken zu lassen!

Ich fluchte und riß mir den Mantel vom Leib. Ich streifte die Schuhe ab und sprang ins Wasser.

Ronnie war nur ein paar Meter vom Anleger entfernt, und es gelang mir, einen Arm um seine Brust zu legen und ihn seitlich schwimmend zurück zum Anleger zu schaffen.

An Land spuckte und hustete Ronnie, und ich konnte nichts anderes tun, als ihm auf den Rücken zu klopfen, bis es ihm besser ging.

Als er wieder sprechen konnte, sagte er: »Naja, jedenfalls hast du mich wieder rausgezogen. Immerhin etwas.« Er wischte sich das nasse Haar aus der Stirn. »Aber ich glaube nicht, daß du mich bloß wegen der halben Million Dollar umbringen wolltest.«

»Ach nein?« gab ich bitter zurück. »Ich könnte mir keinen stichhaltigeren Grund vorstellen.«

Er schüttelte den Kopf. »Nicht wegen des Geldes. Nicht wirklich. Sondern weil ich dich daran hindern könnte, weiter die Universität zu besuchen. Und das willst du doch mehr als alles andere, oder? Einfach hierbleiben und bis ans Ende deiner Tage studieren?«

Ich kniff die Augen zusammen.

Ja, natürlich. So war es. Aus Geld machte ich mir im Grunde nichts. Ich wollte nur genug haben, um hierbleiben zu können.

Es ist irgendwie erregend, einen neuen Kursus, ein neues Fachgebiet in Angriff zu nehmen. Es liegt etwas Beruhigendes in der beständigen Wiederentdeckung, daß es auf dieser Welt intelligente Menschen gegeben hat und daß ein paar davon Bücher geschrieben haben.

Aber damit war es nun vorbei.

Ich blickte zurück auf das Wohnheim und auf die Fenster an der Ecke des dritten Stocks. Sie waren jetzt dunkel, aber wenn dort Licht brannte, dann war das Zimmer mein Heim. So wie es das mein ganzes Erwachsenenleben lang gewesen war.

Ich seufzte. Welche Art Arbeit kann ein viel zu gut ausgebildeter Siebenundfünfzigjähriger noch finden?

Unterrichten?

Die Leute meinen immer, daß ein passioniert Lernender auch ein passioniert Lehrender sein müßte.

Ehrlich gesagt, ich hasse Unterrichten.

Der lange Tom McGill hob den Papierkorb auf.

»Einen Augenblick, bitte«, sagte ich. »Der grüne Papierkorb ist deiner, der rote meiner.«

Wir tauschten die Körbe aus und gingen zur Verbrennungsanlage.

Er leerte den seinen aus. »Welche Sportart willst du treiben?«

»Griechisch-römisches Ringen«, sagte ich.

»Ich wußte gar nicht, daß wir dafür eine Mannschaft haben.«

»Ich bin dabei, eine aufzubauen«, sagte ich. »Das kann allerdings Jahrzehnte dauern. Es hat keinen Sinn, derartige Dinge zu übereilen und damit einer guten Sache Schaden zuzufügen.«

Draußen atmete ich tief ein und genoß die frische akademische Luft. Es tat gut, nach einem elenden Jahr als Lehrer wieder Student zu sein. Doch, wer essen will, muß arbeiten – wenigstens bis zur Gründung der Ronald-Maxterson-Stiftung für Sportsenioren.

Oben in unserem Zimmer saß Ronnie schon wartend vor dem Schachbrett.

Ich bewunderte Ronnies Ausdauer, doch großes Genie oder nicht, der Bengel kann einfach nicht Schach spielen.

Plan 19

Es ist Ihnen natürlich klar«, sagte Gefängnisdirektor Brincker, »daß Sie abgesehen von der Einzelhaft auch für sechs Monate Entzug der Kinoerlaubnis erhalten?«

»Mannomann«, sagte Big Duke.

Direktor Brincker seufzte. »Schließlich sind Sie hier ausgerissen und fast ein ganzes Jahr fortgeblieben. Es ist durchaus nicht so, daß ich das *gern* tue, aber Vorschriften sind Vorschriften.«

»Klar«, sagte Big Duke. »Nehm' ich Ihnen nich übel.«

»Es freut mich, daß Sie nicht verbittert sind«, sagte Brincker. »Ich möchte nur, daß Sie nicht denken, ich hätte etwas gegen Sie.«

Big Duke sah an die Decke.

Direktor Brincker wandte sich kurz zu mir. »Fred, würden Sie mir Dukes Akte geben?«

»Jawohl, Sir«, sagte ich.

Vor elf Monaten waren Big Duke und vier seiner Kumpels aus unserem Gefängnis ausgebrochen. Big Duke war der einzige, der bisher aufgegriffen worden war. Er hatte in San Francisco den Fehler begangen, sich wegen Körperverletzung festnehmen zu lassen. Als die Polizei routinemäßig seine Fingerabdrücke überprüfte, kam die Wahrheit ans Licht, und man hatte ihn zurückgebracht.

Die Sprechanlage des Direktors schnarrte, und er drückte auf die Taste. »Ja?«

»Der Gefängnisarzt möchte mit Ihnen ein paar Bestellungen durchsprechen«, sagte die Stimme aus dem Kasten.

»Ich bin augenblicklich beschäftigt«, sagte Brincker.

Aber dann überlegte er es sich anders. »In Ordnung, ich bin sofort da.«

Er überließ das Büro Big Duke, dem Aufseher und mir.

Big Duke musterte mich von oben bis unten. »Ich könnt' schwören, daß dein Knastanzug maßgeschneidert ist.«

Ich schob ein paar Papiere auf dem Schreibtisch zurecht. »Ich habe ein paar Freunde in der Schneiderei, die tun mir ab und zu mal einen Gefallen.«

»Wie kriegst du den durch die Wäscherei und auch wieder zurück? Bei so nem hübschen Anzug steht doch ne Menge dafür, daß er ganz zufällig verlorengeht?«

Ich wischte ein paar Radiergummikrümel auf den Boden. »Ich habe auch in der Wäscherei ein paar Freunde.«

Big Duke lachte. »Von der cleveren Truppe, was? Ihr Oldtimer wißt, wo's lang geht. Wie lange bist du schon hier?«

»Zweiundzwanzig Jahre«, sagte ich.

»Und wie lange mußt du noch?«

»Noch ein Weilchen. Das Urteil lautete auf einhundertneunundneunzig Jahre.«

»Schon mal an Ausbrechen gedacht?«

Ich warf einen kurzen Blick auf den Aufseher. »Wer hat das nicht?«

Direktor Brincker kam zurück. »Also, Duke, wir müssen noch ein paar Dinge klären, für die Akten – beispielsweise Ihren Ausbruch hier.«

Big Duke zuckte die Achseln. »Klar.«

»Offenbar war es ganz einfach. Ihr habt lediglich einen selbstgebastelten Ankerhaken an das Ende eines Seils gebunden, ihn über die Mauer geworfen, und dann seid Ihr fünf hinauf- und hinübergeklettert.«

»Genau so war's«, sagte Big Duke.

Brincker runzelte die Stirn. »Natürlich haben wir den ganzen Vorgang nachgestellt, als wir den Ankerhaken entdeckten. Es gibt tatsächlich einen *toten* Punkt, wenn man es so nennen will, genau an dieser Stelle, so daß die Wächter in den nächsten beiden Türmen den *Fuß* der Mauer nicht sehen können. Die *Mauerkrone* jedoch ist von beiden Türmen her voll einsehbar, und die Wächter schwören, daß sie euch fünf nicht beim Hinüberklettern gesehen haben.«

»Sie vergessen, daß es Bindfäden regnete«, sagte Big Duke. Er klopfte seine Hemdtasche ab, wahrscheinlich auf der Suche nach einer Zigarette; er fand aber keine. »Und außerdem sind Ihre Wachen auch nur Menschen, oder?«

»Hm ... nun ja.«

»Stehen die also wirklich die ganze Zeit da und lassen ihre Augen hundertachtzig Grad hin und her gehen, hin und her, die ganze Zeit? Nein. Die schaun eine Zeitlang in eine Richtung, und irgendwann fangen sie an mit offenen Augen zu träumen. Auf den Augenblick haben wir gewartet, und dann haben wir unser Seil rübergeworfen und sind abgehauen.«

Der Direktor rieb sich den Nacken. »Das ist natürlich möglich, und so *war* es ja auch, aber ich bin immer noch der Meinung, daß ihr unglaubliches Glück gehabt habt.«

Big Duke grinste. »So ist das Leben nun mal, reine Glückssache.«

Nachdem man Big Duke abgeführt hatte, seufzte der

Direktor. »Ich bin wahrscheinlich zu sensibel, aber irgendwie trifft es mich immer persönlich, wenn einer meiner Jungs ausbricht.« Er holte sich eine Zigarre aus dem Feuchthaltebehälter auf seinem Schreibtisch. »Fred, bemühe ich mich nicht nach besten Kräften, daß sich die Leute hier wohlfühlen?«

»Jawohl, Sir«, sagte ich. »Sie haben unzählige Auszeichnungen und Belobigungen von Ihren Amtskollegen erhalten. Und haben Sie nicht erst vergangene Woche die Ehrendoktorwürde der juristischen Fakultät der Landwirtschaft- und Bergakademie von West Colorado bekommen?«

»Ja, ich weiß. Aber ich finde, mein Erfolg läßt sich wirklich nur daran messen, was die Männer *hier drinnen* von mir halten.«

»Wir haben alle große Achtung vor Ihnen«, sagte ich. »Wir wissen, daß Sie nur unser Bestes wollen.«

Er nickte. »Ich kann mich in diesem Gefängnis überall unbewaffnet bewegen. Mich muß nicht einmal ein Aufseher begleiten. Überall bin ich völlig sicher, in den Werkstätten, im Hof und sogar in der Dunkelheit des Kinos.«

»Jawohl, Sir«, sagte ich. »Die Männer wissen es zu schätzen, daß Sie hier nur erstklassige Filme zeigen lassen. Was gibt es denn heute abend, Sir?«

»*Mary Poppins*«, sagte Brincker. »Abgesehen von der Bohne.«

Ich stellte Dukes Akte zurück in den Aktenschrank. »Bohne? Was für eine Bohne, Sir?«

»Wenn das Licht ausgeht«, sagte Brincker, »wirft im Kino stets jemand mit einer Bohne nach mir. Ich weiß, daß es eine Bohne ist, denn einmal hat eine meinen Kopf verfehlt, ist vom Sitz vor mir abgeprallt und mir direkt in den Schoß gesprungen. Fred, irgend jemand hier kann mich nicht leiden.«

»In jeder Herde gibt es ein schwarzes Schaf, Sir«, sagte ich.

Brincker nickte zustimmend. »Wir müssen der Tatsache ins Gesicht sehen, daß die Welt nicht vollkommen ist.«

An diesem Abend bestand das Menü im Speisesaal aus Hackbraten, geschmorten Tomaten, eingemachten Pfirsichen, Kaffee und Brot. Als ich herkam, machte ich mir nicht viel aus Schmortomaten, aber inzwischen habe ich sie durchaus schätzen gelernt.

Nachdem man uns für die Nacht in unseren Zellen eingeschlossen hatte, hängte Hector, mein Zellengenosse, seine Mütze an den Haken. »Wieder ein Tag, wieder ein Dollar.« Er nahm einen Plastikbecher und begoß die Petunie.

Ich streifte meine Schuhe ab und schlüpfte in Mokassins. »Big Duke ist heute zurückgekommen. Er sagt, daß sie es wirklich nur mit dem Ankerhaken über die Mauer geschafft haben.«

Hector schüttelte den Kopf. »Außerordentlich unwissenschaftlich.«

Dem pflichtete ich bei. »Wenn unsere Zeit kommt, machen wir es sicher nicht derart primitiv.«

Wir hatten eine der Außenzellen des Trakts, und Hector sah hinauf zum dämmrigen Himmel. »Schon wieder Schneegestöber.«

Ich nickte. »Dieses Jahr kommt der Frühling spät.«

Hector blinzelte nach oben zu einer Formation von Gänsen, die gerade am Himmel vorbeizogen. »Jetzt ist die Jahreszeit, wo es mich am meisten fertigmacht, wenn ich die Gänse so frei und wild fliegen und nach Süden ziehen sehe.«

»Hector«, sagte ich. »Ich glaube, sie fliegen im Frühling nach Norden.«

»Egal welche Richtung«, sagte Hector. »Wenn ich sie so frei und wild fliegen und ziehen sehe, dann deprimiert mich das total. Ich meine, in so einem Käfig hier zu sein.«

»Laß dich davon nicht unterkriegen«, sagte ich. »Wir sind hier bald raus, oder ich fresse meinen Hut.«

Er zog das kleine Rollo herunter. »Du hast recht, Fred. Und ich glaube, Plan Nummer achtzehn ist die Lösung.«

»Davon bin ich überzeugt«, sagte ich. »Das Dumme bei den anderen siebzehn ist, daß sie zu sehr von speziellen Bedingungen abhängig sind. Alles muß haarscharf stimmen, und bislang haben wir, was das angeht, noch kein Glück gehabt.«

»Stimmt«, sagte Hector. »Aber ich bin überzeugt, daß Plan achtzehn endlich hinhaut. Er ist direkt und einfach. Keine heiklen Unsicherheitsfaktoren.«

Ende Mai war Big Dukes Einzelhaft zu Ende, und Direktor Brincker ließ ihn erneut vorführen.

Brincker hat die Geschichte mit Dunkelheit und Brot-und-Wasser in der Einzelhaft abgeschafft. Jetzt hat man Licht, erhält ausgewogene Nahrung, nur keinen Nachtisch und nicht mehr als zwei Bücher und eine Illustrierte pro Woche. Viele der Alteingesessenen sind der Meinung, daß Einzelhaft auch nicht mehr das ist, was sie früher war, und daß die Welt um etwas ärmer geworden ist.

Big Duke sah gesund und ausgeruht aus.

»Wie geht es Ihnen, Duke?« fragte Brincker.

»Spitzenmäßig. Wann komme ich in die Tischlerei zurück?«

»Nun ja, Duke«, sagte Brincker, »leider liegen die Dinge nicht so einfach. Sie wissen ja, es gibt Regeln und Vorschriften. Als erstes arbeiten Sie natürlich sechs Monate in der Wäscherei. Das ist bei allen Neuankömmlingen so üblich, und nach Ihrem Ausbruch und Ihrer Rückkehr fallen Sie in die Kategorie der Neuankömmlinge.«

»Klaro, klaro«, sagte Big Duke. »Sechs Monate in der Wäscherei. Und dann komme ich doch in die Tischlerei zurück, oder?«

Brincker lächelte entschuldigend. »Wir müssen auch Dringlichkeit und Aufenthaltsdauer in Betracht ziehen, Duke. Nach Ihrer Dienstzeit in der Wäscherei kommen Sie auf die freie Liste. Mit anderen Worten, in den Arbeitspool. Das heißt, daß wir Sie überall dort einsetzen, wo Ihre Dienste benötigt werden, und zweifelsohne wird das ab und zu einen Wechsel mit sich bringen. Erst nach zwei Jahren im Arbeitspool können Sie sich die Arbeit wieder aussuchen.«

Duke sah absolut nicht glücklich aus. »Alles in allem zweieinhalb Jahre?«

Brincker nickte. »Und selbst dann kann ich Ihnen keine freie Stelle in der Tischlerei *garantieren.* Soweit ich weiß, werden die meisten der jetzt dort arbeitenden Männer eher auf Dauer bei uns sein.«

Brincker hatte Big Dukes Akte vor sich auf dem Schreibtisch liegen und blätterte ein paar Seiten weiter. »Ehrlich gesagt, Duke, ich verstehe nicht, warum Ihnen soviel daran liegt, in die Tischlerei zurückzukommen.«

Dukes Augen flackerten. »Was meinen Sie damit?«

»Nach Ihrer Punktzahl im Allgemeinen und im Technischen Begabungstest und nach der Auswertung durch unseren neuen Computer glauben wir, daß Sie sich in der Elektrowerkstatt viel wohler fühlen werden.«

Dukes Augen schweiften zum Fenster. »Ist mir scheißegal, was der Apparat sagt. Ich arbeite gern mit Holz.«

Drei Wochen später erschien Duke erneut im Büro des Direktors, dieses Mal, weil man ihn wegen Fälschung eines Passierscheins und wegen des Versuchs, in die Tischlerei zu kommen, angezeigt hatte.

Direktor Brincker schnalzte mit der Zunge. »Ehrlich gesagt, Duke, Sie enttäuschen mich ein wenig. Das Fälschen eines Passierscheins ist eine ziemlich ernste Sache.«

Duke sah nicht besonders zerknirscht aus. »Ich wollte mir den alten Laden nur mal wieder ansehen.«

Das Telefon des Direktors klingelte. Er nahm den Hörer ab und lauschte. Dann wandte er sich zu mir. »Die Personalabteilung. Wen hatten Sie doch noch für die Bücherei empfohlen?«

»Peterson, Sir.«

»Sind Sie sicher, daß er der Arbeit gewachsen ist?«

»Ja, Sir. Er ist sehr tüchtig.«

Brincker nahm seine Unterhaltung mit der Personalabteilung wieder auf und erteilte die Genehmigung, Peterson aus der Seilerei in die Bücherei zu versetzen.

Nachdem Brincker aufgelegt hatte, wandte er sich erneut an Duke. »Es tut mir leid, Duke, aber ich fürchte, Sie müssen wieder in Einzelhaft.«

Das schien Duke nicht sonderlich zu bekümmern, und wenn doch, so zeigte er es nicht. Er sah mich ein paar Sekunden lang an, ehe er kehrtmachte und vor dem Aufseher aus dem Büro ging.

Ende Juni begann die Baseballsaison mit dem Eröffnungsspiel gegen die Strafvollzugsanstalt Wickman. Hector und ich saßen an unserem Lieblingsabschnitt an der Lauflinie beim 1. Mal, als ich bemerkte, wie Big Duke von seinem Platz aufstand und sich zu uns durchdrängelte. Er ließ sich neben mir nieder und sah sich das nächste Spiel an.

Der Schlagmann von Wickman erwischte einen Ball mit Drall und schlug ihn tief ins Innenfeld. Leoni, unser Zwischenspieler, fing ihn sauber auf und warf ihn weit zurück, um als erstes den Läufer abzufangen.

Duke nahm den Zahnstocher aus dem Mund. »Netter Wurf.«

Ich nickte. »Leoni hat 'nen guten Wurf, und er wird uns wohl noch eine Weile erhalten bleiben, eine recht geraume Weile.«

Duke blickte mich an. »Du hast hier herum 'ne Menge Einfluß, stimmt's?«

»Wir haben gute Aussichten, den Wimpel auch die nächsten Jahre zu kriegen, wenn wir die Mannschaft zusammenhalten können«, sagte ich.

»Was hat's denn Peterson gekostet, um aus der Seilerei in die Bücherei versetzt zu werden?«

»Peterson hatte die Stelle wirklich verdient«, sagte ich. »Und der Direktor verläßt sich wohl auf mein Urteil.«

Duke bearbeitete sich wieder mit dem Zahnstocher. »Was läuft zur Zeit so? Ich meine, was ist die Währung? Geld oder was?«

Hector hatte zugehört. »Von welchem Peterson redet er, Fred? Von dem, der die handgefertigten Brieftaschen gemacht hat, die du dann den Besuchern auf einer Provisionsbasis von sechzig Prozent verkauft hast?«

Duke lächelte. »Geld hab ich überhaupt nich, und für Lederarbeiten bin ich auch nich besonders geeignet. Aber vielleicht hab ich doch was, was euch gefallen könnte, und das ist ein Weg nach draußen.«

»Ich und Fred sind seit fünfzehn Jahren Zellengenossen«, sagte Hector, »und wir haben achtzehn idiotensichere, absolut perfekte Ausbruchspläne ausgearbeitet.«

Big Duke grunzte. »Und wieso seid ihr dann immer noch hier?«

»Tja, die Sache ist die, daß wir zuerst genau die richtigen Bedingungen haben müssen«, sagte Hector. »So muß es zum Beispiel bei sechs von unseren Plänen regnen.«

»Hat's hier nie geregnet?« fragte Big Duke.

»Doch, schon«, sagte Hector, »aber es muß *nachmittags* regnen. An einem gesetzlichen Feiertag.«

Duke schnipste den Zahnstocher fort. »In fünfzehn Jahren hat's nie nachmittags an 'nem gesetzlichen Feiertag geregnet?«

Hector nickte. »Aber der gesetzliche Feiertag muß auf einen Freitag fallen, damit wir ein langes Wochenende haben. Das ist sehr wichtig, sonst bricht der ganze Plan zusammen. Einmal hat es am Nachmittag eines gesetzlichen Feiertags geregnet, aber das war ein Donnerstag. So nah dran waren wir noch nie.«

Big Duke grinste leicht. »Stehn auch Tunnel auf eurer Liste?«

»Wir haben zwei«, sagte Hector. »Aber abgesehen davon, daß man sie graben muß, müßte es eine mondlose Nacht mit einer Temperatur von ...«

»Das reicht, Hector«, sagte ich. »Wir wollen doch nicht unsere ganzen Geheimnisse ausplaudern.«

Duke richtete seine Aufmerksamkeit ganz auf mich.

»Ich kann euch hier rausbringen, und ihr müßt nicht auf Regen oder 'nen gesetzlichen Feiertag oder die richtige Temperatur warten.«

Ich lächelte. »Indem du einen Anker über die Mauer wirfst?« Ich schüttelte den Kopf. »Nicht mit mir.«

»Zum Teufel mit dem Anker«, sagte Big Duke. »Das war frisiert, 'ne Riesenfinte.«

Ich musterte ihn ein paar Sekunden lang, dann wandte ich mich an Hector. »Ich hab ein bißchen Durst, ich geh mal eben einen Schluck Wasser trinken. Paß auf das Spiel auf und erzähl mir nachher, was passiert ist.«

»Du kannst dich auf mich verlassen«, sagte Hector.

Ich drückte mich an den Sitzen vorbei zum Mittelgang und ging an den Holztribünen entlang zum Trinkwasserbrunnen. Big Duke folgte mir. Ich trank und begab mich zu einer verhältnismäßig unbelebten Ecke neben der einen Tribüne. Auch Duke trank und stellte sich dann zu mir.

Wir beobachteten, wie ein hoher Schlag im Innenfeld aufgefangen wurde. Dann redete Duke weiter. »Wir fünf haben sechs Monate an dem Tunnel gearbeitet, ein richtiges Kunstwerk, alles abgestützt, und sogar elektrische Leitung mit Glühbirnen. Wir wurden richtig stolz auf das Ding, und da ham wir uns gedacht, warum sollte überhaupt sonst noch jemand von dem Tunnel wissen? Auch nach unserem Ausbruch? Angenommen, wir würden später geschnappt und wieder hergebracht? Warum sollten wir denselben Tunnel nicht *noch mal* benutzen, um rauszukommen? Bevor wir also abhauten, hängten wir den Ankerhaken und das Seil über die Mauer, damit's so aussah, als ob das unsre wirkliche Route gewesen wär.«

Ich überdachte das. »Ich nehme an, der Tunnelanfang ist irgendwo in der Tischlerei?«

Duke nickte. »Du siehst zu, daß ich dahin versetzt werde, und dann verduften wir beide hier.«

Meine Augen folgten einem flachen Schlag nach links und dem Lauf des Schlagmanns zum 1. Mal. »Dich in die Tischlerei zu versetzen, dazu braucht es ne ganze Menge. Ich glaube nicht, daß ich es in weniger als einem Jahr deichseln kann.«

»Dann vergiß die Versetzung«, fuhr Duke mich an. »Verschaff mir 'nen Passierschein. Ich brauch nur fünf Minuten, und schon bin ich weg.«

Der Tunnel fing wahrscheinlich im Holzlager an, überlegte ich. Das erschien mir als der einleuchtendste Platz.

Duke schien Gedanken zu lesen. »Der Tunnel is in der Tischlerei, wie ich schon gesagt habe, aber Wegweiser haben wir nicht aufgestellt. Ich bin der einzige hier, der genau weiß, wo er ist und wie man hinkommt. Wenn jemand ihn benutzen will, muß er mich schon mitnehmen.«

»Ich versuche ja gar nicht, deinen Tunnel an mich zu bringen«, sagte ich. »Wenn ich gehe, gehst du auch, und umgekehrt.«

Das genügte Duke. »In Ordnung. Je schneller du den Passierschein kriegst, desto eher sind wir draußen.«

»Nicht so schnell, Duke«, sagte ich. »Wenn wir schon mal ausbrechen, dann machen wir das auch auf die richtige Art. Und die richtige Art erfordert wenigstens einen Monat, möglicherweise zwei. Ich muß erst einiges organisieren.«

»Was muß da organisiert werden? Wir kriechen einfach durch.«

»Und fangen in unseren netten Uniformen an zu laufen?« Ich schüttelte den Kopf. »Du und die anderen, ihr habt beim letzten Mal Glück gehabt, aber ich beabsichtige nicht, mich aufs Glück zu verlassen. Ich denke, es wäre äußerst hilfreich, wenn wir bei unserem Aufbruch Zivilkleider trügen und Brieftaschen mit echt aussehenden Ausweisen hätten.«

Duke schluckte das, doch dann fiel ihm etwas anderes ein. »Nur du und ich gehen raus? Niemand sonst?« fragte er argwöhnisch.

»Wir nehmen Hector mit«, sagte ich.

Dukes Augen verengten sich. »Wenn du dem davon erzählst, dann weiß es in einer Woche jeder hier im Knast.«

»Ich habe nicht die Absicht, ihm irgend etwas zu erzählen«, sagte ich. »Erst in letzter Minute.«

Während der nächsten Tage führte ich Gespräche mit meinen Freunden in der Schneiderei und der Druckerei, und sie versprachen, ihr Möglichstes zu tun.

Dennoch vergingen beinahe drei Monate, ehe ich fand, daß alles für unsere Flucht fertig war.

An diesem Nachmittag verließ Direktor Brincker das Büro um halb zwei. Er sollte an einer Sitzung in der Stadt teilnehmen und würde nicht vor dem frühen Abend zurückkehren.

Ich beobachtete vom Fenster aus, wie sein Auto das Tor passierte, und ging dann an seinen Schreibtisch. Ich tellte mir einen Passierschein I aus, für Hector und Duke je einen Passierschein II sowie zwei Anforderungsformulare. Im Lauf der Jahre – und mit Brinckers Zustimmung – hatte ich so viele Passierscheine und andere Papiere mit seinem Namen unterzeichnet, daß im Falle eines

Falles die Unterschrift wahrscheinlich als seine eigene durchgehen würde.

Ich fand Hector im Gemüsegarten beim Hacken der Kohlbeete. Der diensthabende Aufseher des Trupps machte sich gar nicht erst die Mühe, sich meinen Passierschein anzusehen, doch dem Anforderungsformular, das ich ihm reichte, schenkte er einen kurzen Blick.

»Dann muß im Garten des Direktors also Unkraut gejätet werden, und ich soll einen Mann dafür abstellen?«

Ich nickte. »Ich glaube, Hector schafft das.«

Hector schien sich zu freuen, als wir uns entfernten. »Unkrautjäten im Garten des Direktors, das ist ein ganz schön ehrenvoller Job.«

Ich wartete, bis wir um die Ecke waren, dann hielt ich an. »Hector, wir verschwinden auf der Stelle aus diesem Gefängnis.«

Er blinzelte verständnislos, und sein Mund klappte auf. »Du meinst *ausbrechen?*«

»Ganz recht, Hector. Endlich ist die Zeit gekommen.«

Hector blickte etwas unsicher zum Himmel. »Ja, es sieht tatsächlich so aus, als ob es regnen wollte, und die Temperatur ist auch fast richtig, aber es ist doch kein gesetzlicher ...«

»Vergiß das jetzt mal, Hector«, sagte ich. »Hör mir mal gut zu.« Ich gab ihm seinen Passierschein. »Ich möchte, daß du zur Tischlerei gehst. Benutze Eingang C. Dort schiebt Ed Berger Wache. Auch wenn er dich nicht fragt, erkläre ihm, daß du den zivilen Oberaufseher in der Möbelabteilung wegen eines Tischs sprechen willst, den der Direktor aufarbeiten läßt, und daß du, weil das am anderen Ende des Gebäudes ist, dann bei Eingang D wieder rausgehst.«

»Und warum soll ich das machen, Fred?«

»Damit Berger nicht nach dir sucht, wenn du nicht wieder bei ihm rauskommst. Und wenn du dann in der Tischlerei bist, gehst du zum Holzlager, und wenn niemand hinsieht, schlüpfst du rein, suchst dir ein Versteck und wartest.«

»In Ordnung, Fred«, sagte er. »Ich mach' es so, wie du's sagst.«

Inzwischen hatte es zu nieseln begonnen. Hector zog sich die Mütze in die Stirn und zockelte ab.

Ich hatte keinerlei Schwierigkeiten, Big Duke von seiner Arbeit in der Wäscherei freizubekommen.

Wir machten bei der Gefängnisschneiderei halt, um drei Pakete in Empfang zu nehmen, die Elmer Henning, der einsitzende Schneidermeister, für uns weggelegt hatte. Sie enthielten unsere Zivilkleidung, Brieftaschen, Ausweise und sogar etwas Geld.

Vor der Tischlerei musterte Berger die Kartons, die wir trugen, nur mit oberflächlichem Interesse. »Was haste denn da drin, Fred?«

»Polsterstoff«, sagte ich. »Die Frau des Direktors läßt eine Couch und ein paar Stühle aufarbeiten.«

Als es Duke und mir gelungen war, unauffällig ins Holzlager zu schlüpfen, kam Hector aus seinem Versteck hervor.

Ich ließ meine Augen über den großen Raum mit seinen Stapeln von unbearbeitetem Holz schweifen. »Ich tippe, dein Tunnel fängt unter einem dieser Bretterstapel an.« Ich schüttelte den Kopf. »Also wirklich, Duke, mir ist nicht klar, wie du damit durchgekommen bist. Eine Routineuntersuchung der Aufseher hätte doch alles auffliegen lassen.«

Duke grinste und kletterte auf einen der Holzstapel. »Der beste Platz für einen Tunnelanfang ist in der Decke.«

Er drückte mit den Fingerspitzen auf zwei Teile der Plastikverschalung, und ein rechteckiges Stück Decke klappte zurück.

In Windeseile waren Hector und ich oben auf dem Holz bei Duke.

»Dieser Flügel is über hundert Jahre alt«, sagte Duke, »und die Wände sind massiv aus Ziegeln. Als sie hier elektrische Leitungen und Röhren für die Dampfheizung verlegt haben, mußten sie alles außen auf der Wand anbringen. Damit das Ganze hinterher ordentlich aussah, hat man 'ne zweite Decke eingezogen.«

Duke zog sich hoch in die Öffnung. Er nahm die Pakete an, die wir ihm zureichten, und half dann Hector und mir hinauf. Als wir alle im Kriechgang waren, schob Duke das Deckenstück an seinen Platz zurück. Sekundenlang hockten wir in völliger Finsternis, bis Duke eine nackte Glühbirne angedreht hatte.

Wir folgten ihm auf Händen und Knien bis zu der dicken Mauer. Duke und seine Freunde hatten sich hinein- und durchgebuddelt, ähnlich wie man das Kerngehäuse aus einem Apfel entfernt. Wir stiegen hinab in einen kleinen Raum unter den Grundmauern des Gebäudes. Man hatte ihn als Lagerraum für Werkzeuge benutzt, und er war auch der Ausgangspunkt für den richtigen Tunnel. Sie hatten sich sogar die Mühe gemacht, den Sand wegzuschaufeln, zur falschen Decke zu transportieren und ihn dort zu lagern.

Wir ruhten uns in dem kleinen Raum ein wenig aus. »Dieser Tunnel geht unter den Gefängnismauern durch und endet in 'ner schmalen Bodenrinne genau draußen vor der Mauer«, sagte Duke. »Wenn wir draußen sind, gehn wir bloß noch rund hundert Meter in der Rinne lang bis zum Wald, und dann geht's ab.«

Beim Anblick des Lochs vor uns äußerte ich einige klaustrophobische Befürchtungen, aber Duke machte mir Mut. »Alle zehn Meter brennt 'ne Birne, und für'n Tunnel isser ganz schön geräumig. Nichts mit Auf'm-Bauch-Kriechen und so.«

Duke ließ sich wieder auf Hände und Knie nieder und verschwand, eine unserer Schachteln vor sich herschiebend, in der Öffnung. Ich folgte, Hector mir auf den Hacken. Die Kriecherei schien kein Ende nehmen zu wollen, vor allem dann, wenn Dukes Gestalt das Licht vor mir und Hector das Licht hinter mir verdeckte.

Endlich jedoch roch ich köstliche, regenfrische Luft und kam ins Freie. Hector erschien gleich nach mir. Wir befanden uns tatsächlich in einer Art Bodenrinne, deren Überhang uns vor dem Blick der Wachen auf der Mauer und vor dem Nieselregen schützte.

Duke bedeckte unseren Ausstieg wieder mit Gestrüpp. »Wer weiß? Vielleicht müssen wir den Tunnel eines Tages noch mal benutzen.«

Als er fertig war, folgten Hector und ich ihm den matschigen Grabenboden entlang. Als wir dann im Wald in Deckung waren, fiel schon ein recht stetiger Regen.

Duke suchte unter einer großen Kiefer Schutz und riß den Karton auf, den er trug. »Hoffentlich ist ein Regenmantel dabei.«

»Selbstverständlich«, sagte ich. »Ich denke an alles.«

Duke schaffte es, sich in weniger als zwei Minuten in einen Zivilisten zu verwandeln.

Er klappte die Hutkrempe runter, stellte den Kragen des Regenmantels hoch und grinste. »Also dann, Jungs, von jetzt an ist jeder auf sich selbst gestellt.« Er winkte uns zu und verschwand im strömenden Regen.

Hector hatte Schwierigkeiten mit den Hemdknöpfen. »Bist du sicher, daß diese Sachen passen, Fred?«

»Natürlich. Man hat doch bei dir maßgenommen, oder?«

Er wischte sich mit dem Hemdsärmel Wasser vom Gesicht. »Es regnet.«

»Natürlich regnet es«, sagte ich. »Soviel merke ich auch noch.«

»Ich finde, es ist kalt.«

»Na schön, es regnet, und es ist kalt«, fuhr ich ihn an. »Zieh dir deinen Regenmantel über und hör auf zu jammern.«

Er tat, wie ihm geheißen wurde. »Ich war nicht darauf gefaßt, daß es so ist.«

»Wie ›so‹?«

»So naß und so kalt«, sagte Hector. »Und windig. Gräßlich windig.«

Ich war jetzt startklar. »Schon gut, Hector, auf geht's.«

Ich war wohl ein Dutzend Schritte gegangen, bevor ich merkte, daß er mir nicht folgte. Ich drehte mich um.

Hector stand noch da, wo ich ihn verlassen hatte. Den Hut hatte er zwar aufgesetzt, doch er umklammerte immer noch seine Sträflingsmütze.

»Verdammt noch mal, Hector«, sagte ich. »Nun mach schon.«

Er rührte sich nicht.

Ich ging zu ihm zurück und versuchte, ihm die Mütze

wegzunehmen, aber er hielt sie fest. Mit aufgerissenen Augen blickte er starr geradeaus.

»Hector!« brüllte ich ihn an. »Was ist los mit dir?«

Seine Lippen bewegten sich. »Zum Abendbrot gibt es heute Süßkartoffeln, Fred. Und ich mag Süßkartoffeln doch so gern. Oft gibt es die nicht.«

Plötzlich frischte der Wind böig auf, und ich drehte mich ihm entgegen. Vor mir verdeckte eine dichte Regenwand die Welt, die ich vor zweiundzwanzig Jahren verlassen hatte.

Wie es jetzt wohl darin aussehen mochte?

Ich rüttelte Hector an der Schulter. »Wir brauchen uns hier draußen vor nichts zu fürchten. Keine Löwen. Keine Tiger. Nur Leute. Was können dir Leute schon antun?«

Er blickte mich an. »Alles«, sagte er. »Alles.«

Nach dem Abendessen im Speisesaal reihten Hector und ich uns in die Schlange ein, die dem Kino zustrebte. Wir ließen uns auf unseren Stammplätzen nieder.

»Ob sie wohl den Tunnel finden?« fragte Hector.

»Ich weiß nicht«, sagte ich. »Aber sie wissen ja noch nicht, wie Big Duke ausgebrochen ist.«

»Wir kriegen doch wohl keine Schwierigkeiten, oder?«

»Nein. Ich schaffe es schon, das zu vertuschen. Ich habe hier drin ja ein bißchen Einfluß.«

»'ne ganze Menge, Fred«, sagte Hector. »Du bist ein ganz schön wichtiger Mann. Du bringst das schon in Ordnung, Fred.«

Ich lächelte andeutungsweise. Ja, hier drin war ich ein ganz schön wichtiger Mann. Da draußen nicht.

»Der wahre Grund, warum ich zurückgekrochen bin«, sagte Hector, »ist, daß es nicht fair war. Ich meine, den

Tunnel von jemand anders zu benutzen. Und nicht einen, den wir selbst gegraben haben.«

»Klar«, sagte ich. »Ich bin ganz deiner Meinung.«

»Mir ist gerade ein neuer Plan eingefallen«, sagte Hector. »Ich werde ihn Plan neunzehn nennen.«

»Ein eingängiger Name«, sagte ich, aber ohne Bosheit.

»Im Grunde ist er ganz einfach«, sagte Hector. »Sehr einfach. Aber mit etwas Arbeit verbunden.«

Die Lichter erloschen, und die Wochenschau begann.

Ich hielt nach einer vertrauten Silhouette Ausschau und holte dann mein Blasrohr aus der Tasche. Ich nahm eine Bohne in den Mund und pustete.

»Hast du ihn erwischt?« fragte Hector.

»Mitten ins Schwarze«, sagte ich.

Ich lockerte meine Schnürsenkel und machte es mir bequem. Es war gut, wieder da zu sein, wohin ich gehörte.

Eins von Tausend

Der Besitzer des Lebensmittelladens und ich waren ganz allein im Geschäft. Ich kaufte zwei Packungen Zigaretten, riß eine an der Ecke auf und ließ mir Zeit mit dem Anzünden.

Er tippte den Betrag in die Kasse. »Fremd hier?«

»Nein, auf der Durchreise.«

Er grinste verhalten. »Wie wär's mit einem Spielchen?«

»Kommt drauf an was.«

Er griff unter den Ladentisch und förderte ein Glücksbrett zutage. »Ein Versuch zehn Cent.«

Es war eines von der Tausend-Löcher-Sorte und hatte ihn fünf Dollar gekostet. Rund vierzig der Löcher waren schon durchstoßen, was bedeutete, daß er sein Geld schon fast wieder heraus hatte. In einer durchsichtigen Plastiktüte baumelten seitlich zwei Taschenlampen, etliche blecherne Feuerzeuge und ein paar Taschenmesser.

Ich nahm ein paar Züge aus meiner Zigarette und musterte das Brett.

»Einer aus der Gegend hat eine Taschenlampe gewonnen«, sagte er aufmunternd. »So'ne hübsche grüne.«

Und hat dafür wahrscheinlich einen Dollar ausgegeben, dachte ich. Die Taschenlampen waren vielleicht neununddreißig Cent wert. »Ich bin bestens versehen. Ich habe ein Taschenmesser und auch ein Feuerzeug.«

Er beugte sich über den Tresen. »In einem der kleinen

Löcher steckt ein Stück Papier mit der Zahl zwanzig. Wenn Sie das kriegen, zahle ich Ihnen zwanzig Dollar.«

Ich machte keinen überzeugten Eindruck. »Sind Sie sicher, daß die noch niemand rausgeholt hat? Sie geben mir doch wohl kein ausgenommenes Brett?«

Er wirkte etwas gekränkt. »Nein, Mister. Der Hauptgewinn ist noch drin.«

Zehn Cent für eine Chance von 960 : 1. Ich legte ein Geldstück auf den Ladentisch, nahm den Stanzer und durchstieß ein Loch. Das fest zusammengerollte Papier strich ich glatt. Eine Niete.

Ich fischte nach mehr Kleingeld. »Ist wie mit Erdnüssen. Man probiert eine und kann nicht wieder aufhören.«

Ich verlor weitere dreißig Cent, und dann durchstieß ich das siebte Loch von links in der achten Reihe von oben auf dem Mittelfeld. Ich wickelte den Streifen auf und reichte ihn ihm.

Ihm fiel der Kiefer runter.

»Das erste Mal in meinem Leben, daß ich was gewinne«, sagte ich.

Er brachte eine Weile mit traurigem Kopfschütteln zu, ehe er sich soweit erholt hatte, daß er Nullbon eintippen und mir zwei Zehndollarnoten überreichen konnte.

Das nächste Glücksbrett befand sich in Swedes Kneipe, einen Block weiter die Hauptstraße runter.

Dort kassierte ich weitere zwanzig.

Das war's in diesem Städtchen. Ich fuhr weiter nach Eaton City.

Angefangen hatte es gestern, als Irene Rogers in mein Büro kam und mir von ihren Sorgen erzählte.

»Wie lange ist Ihr Mann schon verschwunden?« fragte ich.

»Sam sollte mich Montag anrufen oder spätestens Dienstag. Aber er hat's nicht getan.«

Es war Donnerstagnachmittag. »Er ist noch nicht lange überfällig. Vielleicht macht er nur eine Sause?«

»Sam trinkt nicht. Außer ab und zu mal, wenn es sich nicht umgehen läßt, ein kleines Bier.«

»Nicht, daß ich ein Geschäft ausschlagen möchte, Mrs. Rogers, aber warum gehen Sie nicht zur Polizei? Die sind doch viel besser besetzt als ich, außerdem haben sie eine nette, qualifizierte Vermißtenabteilung.«

Sie war Mitte zwanzig, und ihre grünen Augen schienen alles zu taxieren, was sie erblickten. »Falls es gar keinen Grund zur Sorge gibt, möchte ich Sam nicht in Schwierigkeiten bringen.«

»Wie das?«

Sie musterte mich nachdenklich. »Alles, was ich Ihnen erzähle, bleibt unter uns? Es wird nicht weitergegeben?«

»Ich behalte es für mich.«

Das nahm sie mir ab. »Sam und Pete – Pete Cable nämlich – haben zusammen ein kleines Geschäft aufgezogen. Pete ist unterwegs und verkauft überall, wo er sie los wird, Glücksbretter – in Kneipen, Lebensmittelläden, Tankstellen. Die Bretter kosten fünf Dollar pro Stück. Jedes hat die üblichen Preise – billige Kinkerlitzchen –, aber als Anreiz gibt es einen Geldpreis. Zwanzig Dollar. Jeder, der Pete das Brett abkauft, muß das Geld aus eigener Tasche zahlen, wenn die Nummer getroffen wird, aber selbst dann sieht es für den Abnehmer immer noch nach einem guten Geschäft aus.«

Sie nahm eine Zigarette aus einem gewöhnlichen

Blechetui und klopfte sie auf dem Deckel fest. »Jedes Brett hat tausend Löcher, jedes zu zehn Cent. Der Abnehmer hat eine reelle Chance, seinen Einsatz von fünf Dollar wiederzugewinnen und noch ungefähr fünfzig dazu herauszuholen, ehe jemand den Hauptgewinn hat. Wenn er die zwanzig Dollar ausbezahlt hat, bleibt ihm immer noch ein hübscher Gewinn. Der kann bis zu fünfzig Dollar gehen – je nach Glück.«

»Aber so läuft es nicht?«

»Nein. Es sind präparierte Bretter, und Pete weiß, in welchem Loch sich der Geldpreis befindet. Er macht eine Liste von allen Geschäften, in denen er das Brett verkauft hat, und die gibt er mir am Telefon durch. Drei, vier Tage später bereist mein Mann die gleiche Route, kauft ein paar Liter Benzin oder ein Glas Bier und wird zu einem Spielchen mit dem Brett eingeladen. Er gewinnt dann die zwanzig Dollar.«

Ich fragte mich, ob das noch was mit Penny-Einsätzen zu tun hatte. »Wieviel Bretter bringt denn Pete auf seinen Reisen an den Mann?«

»Zehn bis fünfzehn pro Tag.«

Also im Durchschnitt zwölf. Das bedeutete, daß Sam Rogers in Petes Fußstapfen an die zweihundertundvierzig Dollar pro Tag einkassierte, die sie vermutlich fifty-fifty teilten.

Irene Rogers fuhr fort: »Pete setzt seine Bretter immer nur in Kleinstädten ab. Wir waren der Meinung, daß man in Großstädten eher Schwierigkeiten bekommen könnte.«

»Sie haben gesagt, daß Ihr Mann Sie anrufen sollte. Reisen Sie denn nicht mit ihm?«

»Nein. Ich bleibe normalerweise die ein, zwei Monate, die wir in einem Gebiet sind, in einem Hotel. Augenblicklich habe ich ein Zimmer im Washington Hotel. Pete gibt seine Liste von Geschäften telefonisch an mich durch, und während Sam auf Tour ist, gebe ich die Adressen an ihn weiter. In der Regel ruft er mich jeden dritten oder vierten Tag an.«

»Wie lange betreiben Sie drei diese Sache schon?«

»Ungefähr drei Jahre.«

Dann belief sich Sams Anteil über den Daumen auf fünfunddreißig Riesen pro Jahr, und ich glaube nicht, daß er sich die Mühe machte, Uncle Sam daran teilhaben zu lassen. Und noch etwas anderes ging mir durch den Kopf. Fünfunddreißigtausend im Jahr und ein Zimmer im Washington Hotel, das paßte einfach nicht zusammen. Die Zimmer kosteten von vier Dollar an aufwärts, aber nie mehr als sieben. »Weiß Pete, daß Ihr Mann verschwunden ist?«

Sie zögerte. »Nein.«

»Warum haben Sie's ihm nicht gesagt?«

»Ich glaube, er würde nicht wollen, daß ich zu jemandem wie Ihnen gehe.« Sie schnipste Asche in den Aschenbecher. »Als Sam vergangenen Mittwoch anrief, gab ich ihm Petes neueste Liste durch. Er sollte sie entweder Montag oder Dienstag abgehakt haben und dann wieder anrufen. Aber ich habe nichts von ihm gehört.«

»Vielleicht ist er noch nicht mit Kassieren durch.«

Sie schüttelte den Kopf. »Selbst in diesem Fall würde er mich angerufen haben. Mittlerweile jedenfalls.«

»Wo ist Pete Cable jetzt?«

»Ich weiß nicht. Aber wenn er in der Stadt ist, steigt er gewöhnlich im Medford ab.«

Und das sagte mir, daß es zumindest Pete Cable Spaß machte, auf die Pauke zu hauen.

Ihre Augen flackerten. »Es wäre mir lieber, wenn Sie ihn nicht jetzt schon aufsuchen würden. Jedenfalls nicht, ehe Sie selbst einen Versuch unternommen haben.«

»Haben Sie eine Kopie der Liste, die Sie Ihrem Mann bei seinem letzten Anruf durchgegeben haben?«

Sie öffnete ihre Tasche und reichte mir ein Blatt Papier. Ich las die ersten Zeilen.

Rockford – Jacks Werkstatt – L–18–2
Vi & Dicks Kneipe – M–9–11
Harolds Pinte – L–6–14
New Auburn – Red Star Supermarkt – R–12–16
Bierstube zur Eiche – M–17–1

»Auf der Liste stehen siebenundvierzig Läden«, erläuterte Irene. »Die Buchstaben L, M und R bedeuten linkes, mittleres und rechtes Feld. Die erste Zahl bedeutet nach unten gehen, die zweite nach rechts gehen.« Sie holte ein Foto ihres Mannes hervor.

Sam Rogers hatte ein kleines, verkniffenes Gesicht und sah aus, als ob er sich ständig über irgend etwas Sorgen machte.

»Was für einen Wagen fuhr er?«

»Einen einundsechziger Sedan. Dunkelblau.« Sie gab mir die Autonummer.

Ich notierte sie. »Einen einundsechziger Sedan?«

»Sam hielt es für geraten, nicht zu sehr aufzufallen. Manche Leute auf dem Land mißtrauen einem Fremden in einem neuen Auto.«

Etwas anderes fiel mir ein, obwohl es mir nicht allzu wahrscheinlich erschien. »Ist Ihnen jemals der Gedanke gekommen, daß er einfach davongelaufen sein könnte?«

Ihr Gesicht wurde ausdruckslos. »Wenn das so ist, dann will ich es wissen.«

Ich hätte oben auf Irenes Liste beginnen können, aber ich dachte mir, es wäre interessanter, sich von unten nach oben hochzuarbeiten. Außerdem habe ich nichts gegen Zwanzigdollarnoten.

Ich erreichte Eaton City am Freitag ein paar Minuten nach sieben und machte bei Harrisons Drugstore halt. Ich kaufte noch zwei Packungen Zigaretten, und während ich mir eine anzündete, kam Harrison auch schon auf sein Glücksbrett zu sprechen.

Beim vierten Versuch überreichte ich ihm den Zettel und blickte überrascht. »Das erste Mal in meinem Leben, daß ich was gewinne.«

Er seufzte, als er mir den Zwanziger aushändigte, und sah hoch zur Uhr. »Ich hätte wie immer um sieben zumachen sollen.«

Es gab noch ein Geschäft in Eaton City, Turks Tankstelle und Werkstatt.

Mein Tank war voll, das Öl in Ordnung, und die Reifen hatten ausreichend Luft. Ich unterbrach die Leitung zur Hupe und fuhr die Hauptstraße entlang, bis ich die Tankstelle gefunden hatte.

Ein Junge von ungefähr neunzehn, zwanzig kam aus Turks kleinem Büro heraus.

»Irgendwas stimmt nicht mit meiner Hupe«, sagte ich.

Er nickte und machte die Motorhaube auf.

Ich stieg aus und sah ihm zu. »Sind Sie Turk?«

Er grinste. »Nein. Turk ist drinnen.«

Ich warf einen Blick durch die offene Werkstattür. Turk war der stämmige Mann unter einem Wagen auf der Hebebühne. Er sah aus, als ob es ihm egal wäre, womit er seinen Lebensunterhalt verdiente.

Der Junge hatte den Draht in ein paar Sekunden gefunden. »War nur unterbrochen, Mister. Muß rausgerutscht sein.«

Da die Haube einmal offen war, sah er auch noch nach dem Öl und dem Wasser, dann schloß er sie wieder. »Benzin?«

»Nein. Habe gerade vor ein paar Meilen getankt, ehe die Hupe Schwierigkeiten machte. Wieviel schulde ich Ihnen?«

Er zuckte die Schultern. »Nichts. Hat ja nur eine Minute gedauert.«

Er schickte sich an, nach drinnen zu gehen, ohne das Gespräch auf das Glücksbrett gebracht zu haben.

Ich legte die Hand auf den Türgriff meines Autos. »Habe gerade in einen Drugstore etwas weiter die Straße runter reingeschaut. Der Mann hatte ein Glücksbrett, und ich habe einen halben Dollar verloren.«

Der Junge wischte sich die Hände mit einem Lappen ab. »Turk hatte auch eins von den Dingern. Aber nur vier Tage, und schon kommt jemand vorbei und schlägt voll zu. Hat Turk zwanzig Dollar gekostet.«

Das konnte Sam Rogers gewesen sein – oder vielleicht hatte jemand anders die Glückszahl getroffen. Ich schnalzte mitfühlend mit der Zunge. »Wahrscheinlich so'n Typ im Cadillac. Manchen gibt's der Herr im Schlaf.«

Er schüttelte den Kopf. »Nein. Ein einundsechziger Ford. So'n kleiner Mann. Verhärmt. Ich fand, er sah auch ein bißchen krank aus. Tauchte so gegen halb acht abends auf.«

Jetzt konnte ich mir schon eher einen Reim auf die Sache machen. Sam war hier vorbeigekommen und hatte den Zwanziger kassiert. Dann war er weiter zu Harrisons Drugstore gefahren. Aber Harrison machte um sieben oder kurz danach zu.

So war zu vermuten, daß Sam sich entschlossen hatte, die Nacht in der Stadt zu verbringen – es war spät genug, um Feierabend zu machen. Er konnte den Zwanziger bei Harrison am nächsten Morgen kassieren und weiterfahren. Aber so weit war er nie gekommen.

Ich reckte mich. »War ein langer Tag auf der Landstraße. Gibt es hier irgendwas in der Stadt, wo ich übernachten kann?«

»Wir haben nur das Liston-Haus. Es ist zwar klein, aber die Betten sollen bequem sein. Einfach die Hauptstraße runter einen Block weiter.«

Ich parkte mein Auto in einer Nebenstraße und ging mit meiner Reisetasche zum Liston-Haus.

Es war ein altmodisches, dreistöckiges Gebäude, und die Eingangshalle war leer. Der Mann an der Rezeption legte seine Illustrierte beiseite und stand auf. Er war Mitte vierzig und trug eine randlose Brille. Er sah zu, wie ich mich eintrug. »Bleiben Sie länger?«

»Weiß noch nicht. Bin geschäftlich in der Stadt. Könnte ein paar Tage dauern.« Ich warf einen Blick auf die Namen über meinem auf der Liste und sah, daß ich mich heute als einziger eingetragen hatte. »Flaues Geschäft, was?«

»So ist es.«

Ich blätterte eine Seite in dem Buch zurück.

Seine Stimme bekam etwas Scharfes. »Was machen Sie da?«

»Will nur mal nachsehen, ob Sam hier ist. Sam Rogers. Ein Freund von mir.« Ich stieß auf seinen Namen. Er hatte sich vor einer Woche eingetragen. Ich blickte auf. »Welches Zimmer hat er?«

Der Portier drehte das Buch wieder richtig herum. »Der ist nicht da. Er ist nach einer Nacht ausgezogen.«

Ich hob eine Augenbraue. »Das ist komisch. Mir hat er gesagt, daß er eine Woche oder länger bleiben wollte.«

»Ist er aber nicht. Er war am nächsten Morgen weg. Früh.«

Ich runzelte nachdenklich die Stirn. »Bekam er einen Anruf?«

»Nicht, daß ich wüßte.«

»Oder ein Telegramm?«

»Auch kein Telegramm.« Er bewegte einen Kugelschreiber einige Male auf dem Eintragungsbuch hin und her. »Sie sagen, Sie sind ein Freund von ihm?«

»Wir sind wie Brüder. Er erzählt mir alles.«

Er nahm einen Schlüssel vom Brett. »Sie haben Zimmer 204. Soll ich's Ihnen zeigen?«

»Geht schon.« Ich griff nach meiner Tasche. »Sie sind also auch der Hotelpage?«

»Ich bin Mädchen für alles«, sagte er grämlich. »Page, Telefonfräulein, alles. Von sieben Uhr abends bis sieben Uhr morgens.«

Doch ich hatte den Eindruck, daß er sich damit nicht allzu schwer tat. Hinter der Rezeption stand eine abgenutzte Couch, und wahrscheinlich schlief er den größten Teil der Nacht.

Ich ließ meine Tasche auf dem Zimmer und ging raus, um etwas zu essen.

Sam Rogers hatte die Nacht im Liston-Haus verbracht – oder hatte sich zumindest eingetragen. Vielleicht war ihm plötzlich die Idee gekommen, sich aus dem Staub zu machen und unterzutauchen. Ich würde bis morgen warten müssen, ehe ich die erforderlichen Nachforschungen anstellen konnte, und dann, so dachte ich, würde ich sicherlich mehr wissen.

Nach dem Essen ging ich in eine Bar, eigentlich nur um die Zeit totzuschlagen. An einem Freitagabend in einer Kleinstadt kann man ja sonst nicht viel unternehmen.

Ungefähr um halb elf kam ich zurück ins Liston-Haus.

Ein paar Minuten später klopfte es an meine Tür.

Der Mann hatte eine frische Gesichtsfarbe und in der Hand eine 45er. Er schob mich ins Zimmer zurück und schloß die Tür hinter sich. »Du hast also ein bißchen Kleingeld kassiert, was, mein Junge? Hier mal zwanzig, da mal zwanzig, was?«

Ich sagte nichts.

Sein Lächeln reichte nicht bis zu den Augen. »Wo ist Sam? Oder sollte ich lieber fragen, was du mit ihm gemacht hast?«

»Sie haben den Falschen erwischt. Ich kenne niemanden, der Sam heißt.«

Er schüttelte bedauernd den Kopf. »Nicht auf die Tour. Wir wissen beide, über wen und was ich rede.«

Ich zuckte die Achseln. »Na schön. Ich kenne jemand, der Sam heißt. Und dem soll ich also was angetan haben?«

»Ist nur eine Vermutung. Wie sonst könntest du an die Liste gekommen sein? Und erzähl mir nicht, du hättest bei den Glücksbrettern einfach Glück gehabt. Wer zum Teufel bist du überhaupt?«

Die 45er in seiner Hand sagte mir, daß es Zeit war, das Versteckspiel aufzugeben. »Mike Regan.«

»Das ist nichts als ein Name. Wirf deine Brieftasche rüber.«

Er klappte sie auf und besah sich meine Ausweispapiere. Dann blickte er auf.

»Mrs. Rogers hat mich beauftragt, ihren Mann ausfindig zu machen«, sagte ich. »Er ist verschwunden.«

Er ließ sich das ein paar Sekunden durch den Kopf gehen, dann warf er mir die Brieftasche wieder zu. »Warum hat sie mir nichts davon gesagt?«

»Warum sollte Sie das interessieren?«

»Ich heiße Pete Cable. Ich tippe, daß Irene Ihnen von mir erzählt hat.«

Ich nickte. »Wenn Sie nicht gewußt haben, daß Sam verschwunden ist, was führt Sie dann hierher?«

Er blickte auf die Automatik in seiner Hand und ließ sie dann in seine Tasche zurückgleiten. »Die letzten Wochen hat Sam immer behauptet, die Geschäfte liefen schlecht. Wenn er kassiert, dann stehen die Chancen eins zu zwanzig, daß jemand zufällig vor ihm das große Los aus dem Glücksbrett holt. Ich bin ein umgänglicher Mensch und hätte auch noch eins zu zehn geschluckt. Aber seit fast einem Monat berichtet Sam, daß drei-, viermal von zehn das Loch schon durchstoßen war, als er kam. Das hab ich ihm nicht mehr abgenommen und bin ihm nach. Da mußte ich dann feststellen, daß er mich anlog.«

»Warum haben Sie es ihm nicht auf den Kopf zugesagt?«

»Wenn er mit der Liste durch wäre, die Sie jetzt bearbeitet haben, wollte ich mir diesen Spaß machen. Ich hab mir ein Zimmer in Sioux Falls genommen – dem letzten Ort auf der Liste – und gewartet, daß Sam auftaucht. Was er nicht tat. Ich wurde schon ganz zappelig, aber ich blieb und behielt das letzte Brett im Auge. Und heute morgen stelle ich fest, daß der Hauptgewinn gezogen ist. Aber nicht von Sam. Von Ihnen. Ich kriegte Ihre Beschreibung. Ich dachte, ein Fremder kann ja mal Glück gehabt haben, ging aber trotzdem der Sache nach. Die nächste Nummer war auch ausgeräumt. Wieder von Ihnen. Ich fragte mich, was zum Teufel hier vor sich ging. Also blieb ich Ihnen auf der Spur. Als ich hier ankam, hatte Harrisons Drugstore schon dicht, aber ich fuhr weiter zu Turks Tankstelle und erfuhr, daß Sie heute hier übernachten.«

Ich fand eine Zigarette. »Sam hat sich hier vor einer Woche eingetragen und ist dann verschwunden. An dem Punkt bin ich jetzt. Haben Sie irgendeine Vorstellung, was passiert sein könnte?«

Cable zuckte die Schultern. »Keine Ahnung. Sieht mir ganz danach aus, als ob er einfach getürmt wäre. Vielleicht ahnte er, daß ich drauf und dran war, ihm den Hahn abzudrehen. Wahrscheinlich zieht er in eine weit entfernte Gegend, wo er sich einen neuen Partner sucht, mit dem er die Sache nochmal aufziehen kann.«

»Warum hat er seine Frau nicht mitgenommen?«

Cable gluckste. »Sie kennen Sam nicht so gut wie ich. Dem würde es überhaupt nichts ausmachen, sie sitzenzulassen. Das einzige, was er wirklich liebt, ist Geld, und damit war er ganz schön knauserig.« Er zog eine Zigarre heraus und wickelte sie aus. »Was wollen Sie jetzt unternehmen, Regan?«

»Das, wofür ich bezahlt werde. Ihn suchen.«

»Amerika ist groß. Da kann man lange suchen. Aber Ihnen macht's wohl nichts, zu reisen, solange Sie dafür bezahlt werden?«

»Ich habe nichts dagegen.«

Er ging zur Tür. »Ich schlafe eine Nacht hier, dann geht's zurück in die große Stadt. Medford Hotel. Rufen Sie mich an, wenn Sie Sam finden. Könnte mir schon ein paar Hunderter wert sein, wenn ich ihn in die Finger kriegte.«

Als er gegangen war, schloß ich die Tür ab.

Vielleicht war Sam wirklich getürmt. Oder vielleicht hatte er es nur vorgehabt. Wenn er aber jeden Pfennig umdrehte, dann würde er nicht abspringen, bevor er mit dem Einsammeln fertig war – zumindest in dieser Stadt.

Etwas anderes galt es noch zu bedenken. Wenn man vorhat, sich aus dem Staub zu machen – ohne seinen Partner und ohne seine Frau –, dann tut man zumindest eins. Man nimmt sein Geld mit.

Man läßt es nicht in einer Bank oder auf einem Scheckkonto. Die lassen sich nämlich sperren, wenn man nicht auftaucht, wo und wann man erwartet wird.

Am nächsten Morgen besah ich mir den Scheck über den Vorschuß, den Irene Rogers mir gegeben hatte. Der Aufdruck besagte, daß er auf die Whitfield Savings Bank in St. Louis ausgestellt war.

Nach einem späten Frühstück machte ich einen Spaziergang durch die Stadt und stellte fest, daß es in Eaton City eine Zweigstelle gab. Eine kleine nur – eine von der Sorte, die vier Stunden am Tag geöffnet ist und auch dann nicht viel Geschäftsverkehr hat. Das Gebäude war klein und einstöckig, und, soweit ich erkennen konnte, waren eine Sekretärin/Kassiererin und ein Mann, vermutlich ihr Chef, die einzigen Angestellten.

Ich ging in das Café auf der anderen Straßenseite, bestellte einen Kaffee und überlegte, wie ich an die gewünschten Informationen kommen könnte. Die Bank behielt ich im Auge, und um halb elf sah ich den Chef zu seinem Hut greifen. Er kam in Begleitung eines Mannes im Overall aus der Bank und stieg in einen Kleinlastwagen. Wahrscheinlich ein Farmer, der ein Darlehen aushandelt, dachte ich, und der Zweigstellenleiter will sich mit eigenen Augen von dessen Aktiva überzeugen. Ich nahm an, daß sie für meine Zwecke wohl lange genug fortbleiben würden.

Ich ging in die Telefonzelle, suchte mir die Nummer der Eaton-City-Zweigstelle heraus und notierte sie. Dann ließ ich mir ein Ferngespräch mit der Bank in St. Louis geben.

Als ich sie am Apparat hatte und bis zu einem höheren Angestellten durchgedrungen war, sagte ich: »Hier spricht James Rhiordan, Eaton City.«

»Ja?«

»Ich habe hier einen ziemlich hohen Scheck, der mir gerade von einem Mr. Sam Rogers vorgelegt wurde. Um genau zu sein, es handelt sich um zwanzigtausend Dollar. Mr. Rogers behauptet ... *sagt,* daß er bei Ihrer Bank ein Scheckkonto hat.«

Er begriff. »Ihre Position bei der Eaton City Bank, Mr. Rhiordan?«

»Vizepräsident.«

»Und Ihre Telefonnummer?«

Ich gab ihm die Nummer der Eaton City Bank.

»Wir rufen zurück, sowie wir die Information haben.«

Die Whitfield Bank würde nur fünf Minuten, vielleicht auch weniger benötigen, um festzustellen, wieviel Sam Rogers auf seinem Konto hatte, aber der Grund für den Rückruf war der, daß man sichergehen wollte, daß meine

Neugier legal war – daß es eine Eaton City Bank mit einem Vizepräsidenten Rhiordan gab. Ein normaler Bürger kann nicht einfach eine Bank anrufen und erwarten, daß man ihm Auskunft darüber gibt, wieviel jemand anders auf seinem Bankkonto hat.

Ich überquerte die Straße zur Eaton City Bank und wandte mich an die Sekretärin. »Mein Name ist Rhiordan. Haben Sie einen Anruf für mich bekommen? Vielleicht eine Nachricht?«

Sie hob eine Augenbraue.

Ich lächelte. »Ich weiß, es ist eine Zumutung, aber ich bin viel auf Reisen, und es ist schwierig für meine Bank, mit mir in Kontakt zu bleiben, falls irgend etwas Wichtiges anfällt. Ich könnte natürlich auch jeden Tag von mir aus anrufen, aber dabei sammle ich manchmal wochenlang ganz sinnlos Rechnungen für teure Ferngespräche. So haben wir beschlossen, daß meine Bank Nachrichten für mich in den Banken der Städte hinterläßt, die auf meiner Hauptreiseroute liegen.« Ich blickte auf meine Uhr. Es war viertel nach zehn. »Wir haben verabredet, daß meine Bank versucht, mich zwischen zehn Uhr und halb elf anzurufen, falls ich zufällig am Ort sein sollte.« Wieder lächelte ich. »Natürlich muß nicht unbedingt ein Anruf kommen – in der Regel kommt auch keiner –, aber macht es Ihnen etwas aus, wenn ich warte?«

Sie ließ sich die Sache kurz durch den Kopf gehen und kam dann zu dem Schluß, daß es ihr nichts ausmachte.

Vier Minuten später klingelte ihr Telefon, und sie hob den Hörer ab. Ihre Augen weiteten sich etwas, als sie in meine Richtung blickte. »*Vizepräsident* Rhiordan?«

Ich grinste. »Ja. In St. Louis. Aber Henry ist ziemlich pedantisch. Er nennt immer meinen Titel. Sogar am Telefon.« Ich wollte schon nach dem Hörer greifen, zögerte dann aber. »Macht es Ihnen etwas aus, wenn ich den Anruf da drin annehme?« Ich deutete auf das verglaste Büro hinter ihr.

Sie hatte leichte Bedenken, aber entweder veranlaßte sie mein Lächeln – und das hatte ich voll aufgedreht – oder die Tatsache, daß ich *Vizepräsident* war, zustimmend zu nicken.

Ich ging in das Büro und nahm den Hörer ab. Als ich sah, daß sie ihren auflegte, sagte ich: »Rhiordan am Apparat.«

Es war dieselbe Stimme, die ich vorhin gehört hatte. »Zu diesem Scheckkonto. Es läuft auf die Namen Sam und Irene Rogers. Nach unseren Unterlagen befinden sich zur Zeit nur fünfhundertsechsunddreißig Dollar und siebenundzwanzig Cent auf dem Konto.«

»Aha.« Es gab noch eine andere Möglichkeit. Wenn jemand bei einer Bank ein Scheckkonto hat, dann spricht einiges dafür, daß er sein Sparkonto ebenfalls dort hat. »Bitte, bleiben Sie einen Augenblick am Apparat«, sagte ich.

Ich wartete ungefähr vierzig Sekunden, dann sagte ich: »Mr. Rogers ist hier und sagt, da müsse ein Irrtum vorliegen. Er sagt, daß er das Geld auf seinem *Sparkonto* hatte, Ihnen aber eine Vollmacht geschickt hat, zwanzigtausend auf sein Scheckkonto zu transferieren.«

»Einen Augenblick, bitte«, sagte die Stimme.

Drei Minuten verstrichen, dann war die Stimme wieder da. »Mr. Rogers *hatte* ein Sparkonto hier – jedoch nur auf *seinen* Namen. Fünfunddreißigtausendachthundertzwölf Dollar und neunundneunzig Cent. Aber das hat er brieflich gekündigt, und wir haben ihm über den Betrag vor zehn Tagen einen Wechsel zugehen lassen. Danach hat uns eine Bank aus Milwaukee angerufen, und wir haben den Wechsel bestätigt. Unseren Informationen nach hat er den Wechsel dort auch eingelöst.«

»Vielen Dank für Ihre Mühe«, sagte ich. »Ich werde mir Mr. Rogers mal vorknöpfen müssen.«

»Das würde ich an Ihrer Stelle auch tun«, pflichtete mir die Stimme trocken bei.

Wenn ein Mann mit fünfunddreißigtausend Dollar in bar verschwindet, dann tut er das, weil er es will – oder weil jemand anders es so will.

Ich bedankte mich bei dem Mädchen hinter dem Schalter und spazierte zum Liston-Haus zurück.

Der Tagesportier, ein vergnügt wirkender Mann um die Fünfzig, erhob sich.

»Ich habe mich schon eingetragen«, sagte ich. Ich fand, es könne nichts schaden, ihn ein bißchen über Rogers auszuquetschen. »Ob Sie mir vielleicht helfen könnten? Ich suche einen Sam Rogers. Er hat sich hier vor einer Woche eingetragen, und dann scheint er einfach verschwunden zu sein. Vielleicht hat er Ihnen gesagt, wo er hinwollte?«

Der Portier blätterte das Buch durch, bis er Rogers' Namen gefunden hatte, und fing an nachzudenken. Schließlich schüttelte er den Kopf. »Leider kann ich Ihnen nicht helfen. Soweit ich mich erinnern kann, ist er mir überhaupt nicht zu Gesicht gekommen.«

Dann fiel ihm plötzlich etwas ein. »Auf dem Eintragungsbuch lag eine Notiz, daß er um halb sieben geweckt werden wollte. Als ich um sieben kam, sah ich, daß der Zettel nicht abgehakt war. Ich fragte Bert deswegen – vielleicht hatte er ja vergessen, den Mann zu wecken –

aber Bert sagte, ich könnte es vergessen. Rogers wäre schon weg. Bert ist der Nachtportier hier. Bert Dryer.«

»Ich würde mich gern mal mit Bert unterhalten. Wo kann ich ihn finden?«

»Er hat ein Häuschen draußen vor der Stadt. Ziemlich runtergekommen, er lebt da ganz allein.«

Ich ließ mir den Weg genauer beschreiben, dann fuhr ich zu Berts Haus. Es war ein baufälliges Anwesen mit zwei Zweihundert-Liter-Öltanks auf einem Gestell neben dem Küchenfenster. Eine halb verfallene Scheune und ein paar kleine Schuppen standen auch noch auf dem Grundstück. Auf dem Kiesweg vorm Haus stand ein zerbeulter alter Sedan.

Ich parkte dahinter und ging zur Hintertür. Auf mein Klopfen erfolgte keine Antwort. Das Auto in der Einfahrt sagte mir, daß er wahrscheinlich zu Hause war, doch wenn, dann stellte er sich aus irgendeinem Grund tot.

Ich ging rüber zur Scheune und öffnete eine der großen Doppeltüren.

Überall lagen Autoteile verstreut, und irgend jemand hatte ganz offensichtlich einen Schweißbrenner benutzt, um die Karosserie in Stücke zu zerlegen. Mir schien, es hätte ein dunkelblauer einundsechziger Sedan gewesen sein können.

Ich suchte nach den Nummernschildern, fand aber keine. Doch der Motor war noch vorhanden, und ich notierte mir die Getriebenummer.

Ich ging zum Haus zurück und klopfte noch einmal. Dann probierte ich die Tür.

Bert Dryer war da, doch er hatte einen guten Grund gehabt, nicht an die Tür zu kommen. Er lag mit dem Rücken auf dem abfallübersäten Küchenboden. Seine weit geöffneten Augen waren auf nichts in dieser Welt gerichtet. Es war ein schneller Tod gewesen; eine Kugel in die Brust, und die Sache war erledigt.

Ich ging durch das kleine Wohnzimmer und warf einen Blick in das Schlafzimmer. Das Haus war nicht allzu ordentlich, doch war es, soweit ich feststellen konnte, nicht durchsucht worden.

Ich wischte meine Fingerabdrücke vom Griff der Hintertür und ging zu meinem Wagen. Wieder in Eaton City, ging ich in die Telefonzelle eines Drugstores.

Ich ließ mich mit der Verkehrspolizei von Missouri verbinden.

»Sheriff Rhiordan, Eaton City«, sagte ich. »Ich habe hier einen verlassenen Wagen mit einem Nummernschild aus Ihrem Staat.«

Es war zu merken, daß er zum Bleistift griff. »Wie ist die Nummer?«

Ich gab ihm Sam Rogers' Autonummer. »Und prüfen Sie bitte auch die Motornummer. Die Nummernschilder könnten nicht zu dem Wagen gehören.« Und ich gab ihm die Motornummer, die ich in Bert Dryers Scheune notiert hatte.

»Das wird zehn, fünfzehn Minuten dauern«, sagte er. »Soll ich zurückrufen?«

»Nein. Ich bin nicht im Büro. Wahrscheinlich noch für eine ganze Weile nicht. Ich rufe Sie zurück, okay?«

Ihm war es recht. Einen Wagen zu identifizieren war nichts so Vertrauliches wie eine Auskunft über den Kontostand von jemand anderem, darum brauchte er auch keine Nachforschungen über mich anzustellen.

Ich hielt mich zwanzig Minuten an einem Schokoladenshake fest, dann rief ich ihn wieder an.

»Die Autonummer wurde an einen Sam Rogers in St. Louis ausgegeben.« Er gab mir die Adresse eines Hotels in dieser Stadt.

»Was ist mit der Motornummer? Von seinem Wagen?«

»Ja. Stimmt überein.«

Ich bedankte mich und legte auf.

Wer ein Auto loswerden will, der hat so seine Probleme. Stößt er es über eine Klippe oder schiebt er es ins Wasser, wird es in neun von zehn Fällen irgendwann von irgend jemand gefunden, und dann geht es los mit der Fragerei.

Nimmt man aber das Auto auseinander, zerlegt es in seine Einzelteile und deponiert hier mal einen Kotflügel und dort eine Tür – auf einer Müllkippe, im Wald, in einem See –, dann wird niemand allzu neugierig werden, was dieses Stück dort zu suchen hat. Und es sah so aus, als hätte Bert Dryer eben das mit Sam Rogers' Auto gemacht.

Aber warum?

Es bedurfte keiner allzu großen Phantasie, um eine logische Möglichkeit zu finden. Angenommen, Bert hatte Sam Rogers umgebracht. Aber warum sollte er Sam umbringen? Soweit mir bekannt war, waren Bert und Sam sich nie begegnet, bis Sam sich im Liston-Haus eintrug; damit entfielen alle persönlichen Gründe. Und folglich blieb nur ein starkes Motiv: Geld.

Sam hatte vorgehabt, seine Frau und seinen Partner im Stich zu lassen. Er hatte sein Sparkonto in St. Louis aufgelöst und sich den Wechsel in Milwaukee auszahlen lassen. Das Geld hatte er bei sich gehabt, und irgendwie war ihm Bert auf die Schliche gekommen.

Aber jetzt war Bert tot. Meiner Ansicht nach zeigte

das, daß er Hilfe gehabt hatte, als er Rogers beseitigte – jemanden, der befürchten mußte, daß Bert schlappmachen könnte – oder jemanden, der das Geld nicht mit ihm teilen wollte.

Ich rief Irene Rogers an.

»Ich habe leider schlechte Nachrichten für sie«, sagte ich. »Es sieht mir ganz so aus, als ob Ihr Mann tot ist. Ich vermute, daß man ihn umgebracht hat.«

Schweigen, dann eine gelassene Stimme: »Sagen Sie's mir.«

Ich erzählte ihr, was ich wußte und was ich vermutete. »War Ihnen bekannt, daß er die fünfunddreißigtausend Dollar bei sich hatte?«

Sie zögerte, dann entschloß sie sich zur Wahrheit. »Nun kann ich es Ihnen ja sagen. Sam und ich wollten mit Pete Schluß machen, wenn Sam diese letzte Liste abkassiert hatte. Sam ließ sich sein Geld von der Bank auszahlen und trug es bei sich. So ist er nun mal. Er wollte es nicht aus der Hand geben. Wir hatten vor, an die Ostküste zu gehen. Haben Sie die Polizei informiert?«

»Noch nicht. Sollte ich?«

Ihre Stimme klang bestimmt. »Nein.«

»Sie werden schon noch dahinterkommen. Wenn Sams Leiche gefunden wird, dann erfährt die Polizei auch, daß ich mich nach seiner Adresse erkundigt habe. Man wird mich vernehmen, und ich muß zu meiner eigenen Sicherheit alles sagen, was ich weiß.«

»Wenn der Polizei die Fünfunddreißigtausend in die Hände fallen, werde ich sehr viel Mühe haben, meine Ansprüche darauf geltend zu machen. Schließlich ist Sam nicht gerade auf saubere und legale Weise zu dem Geld gekommen. Wenn Sie das Geld vor der Polizei finden –

und den Mund halten – gehören fünftausend davon Ihnen. Beeindruckt Sie das?«

»Ich bin beeindruckt. Ich werde mein Möglichstes tun.«

Als ich aus dem Drugstore kam, stand Pete Cable wartend auf dem Bürgersteig.

Er lächelte. »Tätig gewesen?«

»Ich dachte, Sie wollen in die große Stadt zurück.«

»Ich habe mir das alles noch mal überlegt und kam zu dem Schluß, daß an dieser Sache vielleicht mehr dran ist, als man mit bloßem Auge erkennen kann.« Er wickelte das Zellophan von einer Zigarre. »Da fand ich, es sei besser, in der Gegend zu bleiben und zu sehen, wie Sie vorgehen. Heute morgen bin ich Ihnen zu der Hütte draußen vor der Stadt gefolgt und habe aufgepaßt. Als Sie weggefahren waren, habe ich selbst einen Blick in die Scheune geworfen und Autoteile gesehen. Und da dachte ich so bei mir, die Farbe kenn ich doch. Darauf begab ich mich zum Haus und öffnete die Tür, genau wie Sie. Der Mann war mausetot, ja?«

»Das geht nicht auf mein Konto.«

Er nickte zustimmend. »Hab ich ja auch nicht behauptet. Nicht mal dran gedacht. Außerdem habe ich keinen Schuß gehört. Aber das gab mir noch mehr zu denken. Warum sollte jemand Sams Auto in Stücke zerlegen? Und warum sollte jemand diesen armen alten Mann umbringen wollen? Nachtportier im Liston-Haus, ja? Darum kam ich hierher zurück und fuhr die Hauptstraße ab, bis ich Ihr Auto entdeckte.«

»Hat Ihr ganzes Nachdenken irgendwelche Antworten gebracht?«

»Das nicht gerade. Aber ich meine immer, wenn's Ärger gibt, dann steckt Geld dahinter, oder?«

»Schönes Wetter heute, nicht wahr?«

Er rauchte seine Zigarre an und warf das Streichholz weg. »Als ich dort herumstöberte, ist mir aufgefallen, daß gar keine Bullen auftauchten. Sie haben wohl vergessen, sie anzurufen?«

»Aber dafür dürften Sie an meiner Stelle Sorge getragen haben, oder?«

»Muß mir auch entfallen sein.« Sein Lächeln verschwand jetzt. »Mal ehrlich, worum geht's hier? Ich komme früher oder später doch drauf. Was soll also die Ziererei?«

»Ich ziere mich doch gar nicht. Ich weiß auch nicht mehr als Sie.«

Er funkelte mich böse an. »In dem Haus liegt 'ne Leiche rum und in der Scheune ein zerlegter Wagen. Die Polizei fragt sich sicherlich, warum sich der Nachtportier soviel Mühe gemacht hat, und sie wird das Auto identifizieren. Damit kommt Sam ins Bild. Die Polizei wird nicht lockerlassen, und das heißt, daß Irene, Sie und ich mit in die Sache reingezogen werden. Wie sauber Ihre Weste ist, Regan, weiß ich nicht, aber ich möchte nicht, daß zu viele Leute zuviel über mich erfahren. Eigentlich würde ich lieber verduften, aber mein Verstand sagt mir, daß ich besser bleibe, wenn ich keinen Ärger kriegen will. Was zum Teufel ist Sam zugestoßen? Ist er bloß getürmt, oder gibt es noch was, das ich wissen sollte?«

»Ich habe nichts für Sie, Cable. Ich tappe ja selbst im Dunkeln.« Ich stieg in meinen Wagen und fuhr los.

Und nun ging mir Pete Cable nicht aus dem Kopf. War er in dieser Sache wirklich so unschuldig, wie er sagte? Oder war es möglich, daß er Rogers tatsächlich eingeholt hatte und handgreiflicher geworden war als geplant?

Aber wie paßte dann Bert Dryer ins Bild? Ich konnte mir nicht denken, daß Cable auf einen Fremden zugehen und sagen würde: »Hören Sie, ich muß da eine Leiche und ein Auto loswerden. Wie wäre es, wenn Sie ein bißchen zupacken würden? Ich habe fünfunddreißigtausend Dollar gefunden, die können wir für Ihre Mühe teilen.« Und doch steckte Bert Dryer bis zum toten Hals in der Geschichte.

Ich warf einen Blick in den Rückspiegel. Ein zweifarbiger Buick folgte mir, ganz wie erwartet.

Ich hielt vor einem kleinen Kaufhaus und ging hinein. Der Buick parkte zwanzig Meter hinter mir. Jetzt konnte Cable raten, ob ich vorn oder hinten wieder rauskommen würde. Er konnte nicht an beiden Stellen gleichzeitig sein. Wahrscheinlich fluchte er, entschied sich aber dann, bei meinem Wagen zu bleiben. Wenn ich ihn abschüttelte, dann machte er mich zumindest zum Fußgänger.

Ich benutzte den Hinterausgang und lief die kleine Gasse zurück zum Liston-Haus.

Irene Rogers ging mir nicht aus dem Kopf. Drei Jahre lang war sie mit Rogers zusammengewesen, und man hatte nicht den Eindruck, daß Sam viel Geld für sie hatte springen lassen. Und er schien auch nicht der Typ zu sein, der sich je dazu durchringen würde. War sie der Meinung gewesen, daß dies der beste Zeitpunkt war, die Fünfunddreißigtausend in die Finger zu kriegen – wenn Sam sie bei sich und nicht auf einem Privatkonto hatte?

Hatte sie Berts Hilfe gebraucht, um Leiche und Auto loszuwerden? Oder hatte er sie erpreßt, so daß sie beschlossen hatte, ihn nun auch loszuwerden?

Wenn sie aber das Geld hatte, warum hatte sie mich dann in das Ganze hineingezogen? Sie brauchte mich dann gar nicht, und an meiner Schnüffelei konnte ihr nicht gelegen sein. Sie hätte das Geld einfach verstecken und der Polizei Meldung machen können, daß ihr Mann verschwunden sei – wenn sie sich dieser Mühe überhaupt unterziehen wollte.

Wer also war Bert Dryers Partner? Wenn nicht Cable oder Irene, wer blieb noch übrig? Jeder kam dafür in Frage, aber ich meinte, noch eine gute Karte in der Tasche zu haben.

Der Tagesportier im Liston-Haus blickte auf, als ich eintrat. »Bert angetroffen?«

»Ich hab geklopft, aber er war wohl nicht zu Hause.«

Der Tagesportier war ein kleiner Mann. Genau wie Bert. Waren zwei Männer dieser Größe nötig, um eine Leiche wegzuschaffen?

In der Eingangshalle hatte man einen Kartentisch aufgestellt, und ein Binokelspiel war in vollem Gange. Die Spieler schienen alle weit in den Sechzigern oder Siebzigern zu sein. Ich zündete mir eine Zigarette an und wandte mich wieder an den Tagesportier. »Sie arbeiten hier den ganzen Tag, jeden Tag?«

Er lächelte dünn. »Ich muß wohl. Der Laden gehört mir. Ich heiße Frank Liston.« Er sah den Kartenspielern einen Augenblick zu. »Die Stunden werden einem lang, aber allzu schlimm ist's nicht. Man sitzt meist und wartet, daß etwas passiert, und in den letzten Jahren war das nicht eben viel. Sonntag ist mein einziger freier Tag. Hab einen Studenten angestellt, der mich vertritt. Erst einundzwanzig, aber zuverlässig.«

Der Student interessierte mich nicht. Ich glaubte nicht, daß Bert ihn um Hilfe bitten würde, einen Mord zu vertuschen.

»Schlafen Sie hier?« fragte ich.

»Nein. Meine Frau und ich haben ein Häuschen in der Kastanienallee.«

»Ist Bert Dryer schon lange bei Ihnen?«

»Zwölf Jahre.« Seine Augen gingen an mir vorbei zur Eingangstür, und ich drehte mich um. Ein stämmiger, grauhaariger Polizist drehte den altmodischen Messingknauf.

»Das ist Sergeant Stark«, sagte Liston. »Sieht aus, als ob es was Ernstes wäre.«

Stark kam zum Empfangspult. »Frank, ich hab eine schlimme Nachricht. Bert Dryer ist tot.«

Listons Kiefer klappte nach unten. »Tot? Hatte er einen Unfall?«

Stark schüttelte den Kopf. »Es war kein Unfall, Frank. Er wurde erschossen. Jim Hagen hat ihm vorhin Öl geliefert, und als er dabei war, die Tanks aufzufüllen, schaute er zufällig durch's Küchenfenster. Und da sah er Bert tot auf dem Boden liegen.«

Frank Liston warf mir einen Blick zu, und es schien mir ratsam, etwas über mich zu erzählen, bevor er es tat. »Ich war gerade vor einer Stunde dort draußen, Sergeant. Ich habe angeklopft, aber niemand hat geantwortet, und da bin ich wieder zurück.«

Stark musterte mich interessiert. »Weswegen wollten Sie Bert besuchen?«

Ich zeigte ihm meine Ausweispapiere. »Eine Mrs. Rogers hat mich beauftragt, ihren Mann ausfindig zu machen. Er ist vor ungefähr einer Woche verschwunden. Ich habe ihn bis zu diesem Hotel verfolgt. Er trug sich ein, ging auf sein Zimmer, und laut Bert Dryer ist er früh am nächsten Morgen aufgebrochen. Ich habe versucht, die

Spur von hier aus weiterzuverfolgen, aber ich lief in eine Sackgasse. Also dachte ich, ich sollte Bert noch mal aufsuchen, konnte ja sein, daß ihm noch was eingefallen wäre, was mir weiterhelfen würde.«

»Wie sieht dieser Rogers aus?«

Ich gab ihm das Foto.

Er betrachtete es. »Den hab ich in der Gegend noch nie gesehen.« Er gab mir den Schnappschuß zurück. »Ein Vermißter und Mord? Ist das Zufall, oder gibt es da Zusammenhänge?«

»Keine Ahnung, Sergeant.«

»Sie behaupten also, Sie wären Rogers bis zu diesem Hotel gefolgt? Wie denn?«

Ich erzählte ihm von der Nummer mit dem Glücksbrett, die Rogers und Cable ausgeheckt hatten. Das würde er später sowieso herausfinden, daher machte es einen viel besseren Eindruck, wenn ich es ihm selbst erzählte. »Cable ist augenblicklich in der Stadt. Wenn Sie mit ihm sprechen wollen, bevor er fährt, dann schauen Sie mal die Hauptstraße runter. Ich habe ihn dort vor nicht allzu langer Zeit parken sehen.« Ich beschrieb Cable und seinen Wagen.

Der Sergeant wirkte unschlüssig. Ihm schien klar zu sein, daß das Verschwinden von Rogers und die Glücksbrett-Geschichte Sachen waren, um die er sich kümmern mußte, aber hatten sie tatsächlich irgendwas mit dem Mord zu tun, den er gerade bearbeitete? Man merkte ihm an, wie er zu dem Schluß kam, daß er es sich nicht leisten konnte, das Gespräch mit Cable sausen zu lassen. Er bewegte sich in Richtung Tür. »Bleiben Sie eine Weile in der Stadt, Regan. Kann sein, daß wir noch mehr zu bereden haben.«

Als er gegangen war, schlüpfte ich in die Telefonzelle und rief Irene Rogers an. »Man hat die Leiche des Nachtportiers gefunden. Die Polizei hat mich befragt.«

»Und was haben Sie denen bisher erzählt?«

»Nur daß ich auf der Suche nach Ihrem Mann bin. Von den Glücksbrettern war auch die Rede, aber ich habe nicht erwähnt, daß Ihr Mann fünfunddreißigtausend Dollar bei sich hatte.«

»Die werden schon noch draufkommen.«

»Kann sein. Aber wenn ich den Mund halte und Sie auch, wie sollten sie? Der Mann, der Bert Dryer umgebracht hat? Ich glaube, wir haben immer noch Aussichten, das Geld vor der Polizei zu kriegen. Sie werden sich auch mit Ihnen unterhalten wollen, wenn sie auf die Verbindung zwischen Ihrem Mann und Dryer stoßen. Machen Sie sich darauf gefaßt, daß sie von sich hören lassen.«

»Geht in Ordnung. Von dem Geld sage ich nichts.«

Ich sah Stark nicht vor fünf Uhr nachmittags wieder.

Er machte es sich auf einem der Stühle in der Eingangshalle bequem. »Wir haben Ihren Mann, Sam Rogers, gefunden.«

Ich blickte erfreut drein. »Wo hat er sich versteckt?«

»Unter der Erde.« Stark fand eine Zigarette und zündete sie an. »Wir haben mit ein paar Männern Bert Dryers Grundstück abgesucht. Zuerst fanden sie ein kleines, an die dreißig Zentimeter tiefes Loch hinter einem der Schuppen. Dem Abdruck auf dem Boden nach sah es so aus, als ob jemand eine Geldkassette ausgebuddelt hätte. So'n kleines Ding aus Metall, in dem viele Leute zu Hause ihre Privatpapiere aufbewahren.«

»Hat jemand Bert wegen seines Geldes ermordet?«

»Daran dachten wir auch, obwohl Bert nie viel verdient hat und auch nicht als sparsam galt. Aber dann fanden wir eine Stelle in dem Wäldchen hinter Berts Haus, wo die Erde aufgewühlt war. Wir gruben ungefähr einen Meter tief und fanden Sam Rogers' Leiche.«

»Woran ist er gestorben?«

»Heute nachmittag ist eine Autopsie durchgeführt worden. Er starb an einem Herzanfall.« Stark zog an seiner Zigarette. »Und in der Scheune fanden wir Teile eines Wagens. Wir stellten den Besitzer anhand der Motornummer fest. Er gehörte Rogers. Übrigens sagte mir der Sergeant der Verkehrspolizei von Missouri, daß heute morgen schon jemand wegen dieses Autos angerufen hätte. Ein Sheriff Rhiordan aus Eaton City.«

»Haben Sie mit ihm gesprochen?«

»Es gibt gar keinen Sheriff Rhiordan.« Stark beobachtete mich. »Sie wissen nicht zufällig etwas über diesen Anruf, wie, Regan?«

Ich rückte meinen Heiligenschein zurecht. »Leider nein, Sergeant.«

Stark starrte einige Augenblicke aus dem Fenster. »Die Teile dieses Puzzles liegen weit verstreut, und viele Stückchen fehlen, aber ich versuche mal, eine Geschichte zusammenzukriegen. Es ist die einzige, die mir im Moment einfällt. Rogers trug sich im Hotel ein. Irgendwann in der Nacht hatte er einen tödlichen Herzanfall. Vielleicht hat er es noch geschafft, Bert zu Hilfe zu rufen, ehe er starb. Oder vielleicht hat Bert ihn auch nur gefunden.«

»Das erklärt noch nicht, warum Bert ihn begraben hat.«

»Ich denke mir, der Grund war Geld. Rogers hatte

genug dabei, um Bert zu dem zu veranlassen, was er dann tat. Er fand das Geld und beschloß, es sollte ihm gehören.«

»Warum hat er's dann nicht einfach eingesteckt? Warum sich die Mühe machen, Rogers zu vergraben?«

»Weil ziemlich viel dafür stand, daß jemand darüber Bescheid wußte, daß Rogers viel Geld bei sich hatte. Seine Frau. Vielleicht ein Verwandter. Fand man Rogers' Leiche ohne das Geld, hätte es eine Untersuchung gegeben, und Bert hätte in der Patsche gesessen. Das Geld und Rogers mußten verschwinden – das ergab sich ganz logisch. Passiert jeden Tag.«

»Aber dann hat jemand Bert umgebracht. Warum?«

»Wegen des Geldes. Entweder hat jemand herausgefunden, daß er es hatte, oder Bert hatte Hilfe bei der Sache, und sein Partner kam zu dem Schluß, daß ihm die ganze Summe lieber wäre als zu teilen.«

»Wann wurde Bert erschossen?«

»Der Untersuchungsrichter meint, heute morgen ungefähr um zehn.«

»Haben Sie irgendeine Vorstellung, wer es getan haben könnte?«

»Ich hatte eine gute. Ich dachte an Frank Liston. Wenn Bert sich an jemanden wenden wollte, dann war er die nächstliegende Person. Viele Freunde hatte Bert nicht, und Liston war sicher in Versuchung zu führen. Sein Geschäft geht nicht allzu gut. Wenn aber Liston Berts Partner war, kann er Bert nicht umgebracht haben. Er hat den ganzen Morgen das Hotel nicht verlassen, von neun Uhr bis ich dort eintraf. In der Eingangshalle wurde Binokel gespielt – ab und zu treffen sich da ein paar Pensionäre zum Spielen –, und jeder der Spieler schwört, daß Liston die Rezeption den ganzen Morgen nicht verlassen hat.«

Stark erhob sich. »Ich muß Sie bitten, noch etwas länger in der Stadt zu bleiben. Außerdem hätte ich gern die Adresse von Mrs. Rogers. Ich muß ihr vom Tod ihres Mannes berichten, und ich möchte ihr gern ein paar Fragen stellen.«

Ich gab ihm die Adresse, und nachdem ich seinen Streifenwagen hatte abfahren sehen, holte ich mein Auto.

Als ich in Turks Tankstelle einbog, kam der Junge aus dem Büro.

Dieses Mal zeigte ich ihm meinen Ausweis. »Gestern Abend habe ich Sie nach einem Mann gefragt, der auf Ihrem Glücksbrett den Gewinn geholt hat.« Ich zeigte ihm Rogers' Foto. »Ist er das?«

Der Junge nickte. »Ja, das ist der Mann.«

»Er heißt Sam Rogers. Bitte erzählen Sie mir alles, was sich abspielte, als er hier war. Alles. Was er tat, was er sagte.«

Der Junge dachte nach. »Tja, er kam hier um etwa acht Uhr abends angefahren. Ich mußte seinen Ölstand prüfen, aber am Stab sah man, daß er keins brauchte. Dann ließ er die Bemerkung fallen, daß er sich in River Falls am Glücksbrett versucht, aber Pech gehabt hätte. Also sagte ich ihm, wir hätten auch eins, und vielleicht hätte er hier mehr Glück. Wir gingen ins Büro, und Turk holte das Brett heraus. Nach zwei, drei Versuchen hatte Rogers die Glückszahl.«

»Dann ging er?«

»Nein. Er fragte, wo Harrisons Drugstore sei. Ich sagte es ihm, aber ich sagte auch, daß Harrison um sieben zumacht, außer samstagabends. Dann fragte Rogers, ob man hier irgendwo übernachten könne. Ich sagte ihm, im Liston-Haus, nur eben die Straße runter.«

»Und das war alles?«

»Nein. Er sagte, er hätte einen Platten. Den Ersatzreifen im Kofferraum. Sei ihm unterwegs passiert, und er hätte ihn selbst wechseln müssen. Turk sagte, wir hätten momentan viel zu tun, und es würde ein Weilchen dauern, bis er sich daranmachen könne. Wir hatten gar nicht zuviel zu tun, aber Turk kochte immer noch, weil Rogers die Glückszahl getroffen hatte, und ich schätze, er wollte es ihm irgendwie heimzahlen. Also sagte Rogers, er würde uns den Reifen da lassen und wann wir morgens aufmachten, daß er ihn abholen könne. Turk sagte neun Uhr. Rogers ließ sich das durch den Kopf gehen, dann meinte er, daß er gern eher gefahren wäre. Also sagte Turk, er würde ihm den Reifen ins Hotel bringen, wenn er geflickt wäre. Rogers sollte sein Auto auf dem Parkplatz hinter dem Hotel abstellen. Rogers bezahlte ihn im voraus für die Reparatur und fuhr weg.«

Ich warf einen Blick ins Büro. Turk war am Schreibtisch mit dem Ausfüllen von etwas beschäftigt, das wie Auftragsformulare aussah. »Turk hat den Reifen geflickt und ihn dann zum Hotel rübergebracht?«

Der Junge nickte. »Ungefähr eine Stunde später hatte er Zeit dafür. Er nahm den Lieferwagen und fuhr rüber.«

»Ließ Rogers den Schlüssel zu seinem Kofferraum hier?«

Der Junge kratzte sich am Kopf. »Wenn ich es recht bedenke, nein.«

»Wann kam Turk zurück?«

»Gar nicht. Rief mich ’ne halbe Stunde später an und

sagte, es ginge ihm nicht so gut. Sagte, ich solle dann Feierabend machen. Das war viertel vor zehn.«

Ich sah mein Auto an. »Die Reifen sehen mir ein bißchen weich aus. Wie wär's mit etwas Luft?«

Während sich der Junge an die Arbeit machte, ging ich ins Büro. Turk blickte kurz auf, dann widmete er sich wieder seinen Zahlen.

Ich steckte fünf Cent in den Cashew-Apparat und drehte den Griff. »Nette Stadt«, sagte ich. »Aber wie ich höre, gibt's hier auch Ärger.«

Er sah auf. »Was für Ärger?«

»Hörte sowas von Mord. Jemand namens Bert Dryer.«

Er wandte sich wieder seinem Papierkram zu. »Jaja, hab ich auch gehört.«

Ich kaute eine Weile vor mich hin, dann sagte ich: »Mich geht's ja nichts an. Gehört nicht zu meinem Fall.«

Seine Augen kamen hoch.

»Die Kripo hat mich auf die Suche nach einem Sam Rogers geschickt«, sagte ich. »Wir haben die Spur bis in diese Stadt verfolgt, aber hier ist er verschwunden.«

Er biß sich an zwei Worten fest. »Die Kripo?«

Ich nickte und holte das Foto raus. »Sie haben ihn nicht zufällig hier gesehen?«

Sein Gesicht wurde ausdruckslos. »Ich kann mir Gesichter nicht gut merken.«

Ich seufzte. »Bin schon eine Weile hinter ihm her. Nach unseren letzten Informationen hat er fünfunddreißigtausend an Kohle dabei.«

Er schien leicht zu transpirieren. »Kohle?«

Ich kaute die Cashewkerne zu Ende und stäubte mir das Salz von den Fingern. »Fünfunddreißigtausend. Und alles Falschgeld.«

Ich ging raus zu meinem Wagen, gab dem Jungen ein Trinkgeld für das Prüfen des Reifendrucks und fuhr ab. Drei Blocks weiter die Hauptstraße hoch parkte ich den Wagen auf dem Hügel. Ich drehte mich in meinem Sitz um und beobachtete Turks Tankstelle.

Mir war, als könnte ich jetzt eine Geschichte zusammenkriegen, die paßte. Turk hatte den Reifen geflickt und ihn zum Parkplatz des Liston-Hauses gebracht. Er brauchte den Schlüssel, um den Kofferraum von Rogers' Auto zu öffnen. Er war zu Rogers' Zimmer hochgegangen und hatte angeklopft. Niemand antwortete, und Turk hatte den Türknauf ausprobiert. Und hatte Rogers tot vorgefunden.

Was hatte Turk dann gemacht? Seine erste Reaktion mochte gewesen sein, zur Rezeption zu laufen und Bert Dryer zu informieren. Gemeinsam waren sie dann in das Zimmer zurückgekehrt. Nach dem ersten Schreck hatten sie vielleicht ein bißchen herumgeschnüffelt und dabei das Geld gefunden.

Es war mehr, als sie je im Leben gesehen hatten, und sie hatten es nicht über sich gebracht, es liegenzulassen. Sie beschlossen, daß Rogers mitsamt allem, was ihm gehörte, verschwinden mußte.

Aber dann war ich in Eaton City aufgetaucht und hatte Fragen nach Sam Rogers' Verbleib gestellt. Bert hatte Turk angerufen und ihm von mir erzählt. Hatte Turk geglaubt, er sei sicherer, wenn Bert aus dem Weg wäre? Oder einfach reicher? Hatte er Bert gezwungen, zu sagen, wo er seinen Anteil versteckt hatte, und ihn anschließend umgebracht?

So mochte es sich abgespielt haben.

Jetzt besaß Turk fünfunddreißigtausend Dollar und

hatte einen Mord begangen, um dranzukommen. Er würde so schnell nicht aufgeben.

Wohl aber, wenn er das Geld für Falschgeld halten mußte. Dann war es weiter nichts als Papier, jedoch Papier, das ihn auf den elektrischen Stuhl bringen konnte. Er würde es loswerden müssen, je eher desto besser.

Wo hatte Turk die fünfunddreißigtausend versteckt? In seiner Tankstelle? Das glaubte ich nicht. Abgesehen von dem Jungen, der dort arbeitete, gingen Kunden aus und ein. Das Risiko, daß jemand zufällig darüber stolperte, war zu groß.

Bei sich zu Hause? Das hatte was für sich. Sicher wollte er das Geld in seiner Nähe haben.

Weiter unten kam der Lieferwagen aus der Tankstelleneinfahrt; am Steuer konnte ich Turk ausmachen. Ich fuhr eine U-Schleife und fuhr hinterher, hielt mich aber zwei Blocks hinter ihm und paßte auf, daß immer mindestens zwei Autos zwischen uns waren.

Nach einer dreiviertel Meile bog er von der Hauptstraße ab. Es war eine Wohngegend, und ich ließ mich noch weiter zurückfallen. Die Häuser wurden immer spärlicher, bis wir schließlich fast auf dem Land waren.

Er bog in die Einfahrt zu einem bescheidenen Haus ein, das zurückgesetzt auf gut zwei Morgen Land stand. Als ich vorbeifuhr, hatte er geparkt und strebte einer Garage zu.

Ich fuhr weiter, bis ich parken und gleichzeitig das Haus im Auge behalten konnte.

Ich war sicher, daß er das Geld holte – oder das, was er nun für wertlose Papierfetzen hielt.

Ob er es verbrennen würde? Die Gefahr bestand, doch mir war aufgefallen, daß die meisten Leute in der Gegend

Ölheizungen hatten, und in denen kann man nur selten auch Abfälle verbrennen. Sollte er von der Garage ins Haus gehen, hieß es rasch handeln.

Als er aus der Garage kam, trug er ein Päckchen von der Größe eines Schuhkartons. Er stieg wieder in den Lieferwagen und fuhr auf die Straße, diesmal in meine Richtung.

Als er vorbei war, ließ ich den Wagen an. Ich hielt mich eine halbe Meile hinter ihm, bummelte auf offener Landstraße hinter anderen Autos her, behielt ihn aber stets im Auge.

Schließlich hielt er auf einer Brücke über einem kleinen Fluß.

Als ich an ihm vorbeifuhr, verdeckte ich mit einer Hand mein Gesicht, während ich mir eine Zigarette anzündete. Aber er achtete nicht auf den Verkehr. Er hatte die Motorhaube des Lieferwagens geöffnet und beäugte den Motor.

Ich fuhr über den nächsten Hügel und parkte auf dem Seitenstreifen. Dann lief ich bis zu einer Stelle zurück, von wo ich gerade die Brücke und Turks Lieferwagen sehen konnte.

Die Motorhaube stand immer noch offen, und Turk schien darunter an etwas zu arbeiten. Aber immer wieder unterbrach er sich und blickte auf.

Ich wußte, worauf er wartete. Auf eine leere Straße. Und das ergab sich sieben oder acht Minuten später.

Er griff rasch ins Führerhäuschen, holte das Päckchen heraus und warf es in hohem Bogen in den Fluß. Dann sprang er in den Wagen und fuhr zurück nach Eaton City.

Ich rannte zu meinem Wagen und fuhr zur Brücke. Der

Fluß war nur etwa zwanzig Meter breit und floß träge dahin. Wenn das Päckchen nicht untergegangen war, konnte es nicht weit abgetrieben sein, aber ich hielt es für wahrscheinlicher, daß Turk es beschwert hatte.

Unter der Brücke zog ich mich bis auf die Unterhose aus. Der Fluß war seicht – nirgendwo ging das Wasser mir höher als bis zur Brust. Ich watete ein halbes Dutzend Mal von einem Ufer zum anderen, bis ich schließlich auf das Päckchen trat.

Ich trocknete mich mit ein paar Taschentüchern ab, und wieder im Auto, öffnete ich die Schachtel. Da waren die fünfunddreißigtausend Dollar, ganz trocken und in zwei Kassetten. Eine davon – da war ich mir sicher – hatte mal Bert Dryer gehört.

Ich fuhr in Richtung Norden durch ein paar kleine Orte, bis ich eine Bushaltestelle mit Schließfächern gefunden hatte. Ich mietete eins, verstaute das Geld darin und fuhr dann zurück nach Eaton City.

Ob die Polizei letztendlich doch noch auf Turk kommen würde? Vermutlich ja. Sie ist ziemlich tüchtig.

Und er würde ihnen erzählen, warum er Bert umgebracht und wo er das Geld weggeworfen hatte. Dann würden sie den Fluß abfischen und es irgendwann aufgeben müssen in der Annahme, daß die Strömung doch stark genug war, um die Schachtel irgendwohin außer Reichweite zu treiben.

Fünfunddreißigtausend Dollar. Fünf für mich und dreißig für Irene?

Ich lächelte.

Ich würde Irene erzählen, daß ich nie auch nur in die Nähe des Geldes gekommen sei.

Es würde traurig für sie sein, aber ich hatte das Gefühl,

daß wir sowieso wieder zusammenkommen würden, Irene und ich, und vielleicht auch Pete Cable.

Der Trick mit dem Glücksbrett sah mir doch recht vielversprechend aus.

Todsicher

Er hatte ein weiches Gesicht und trug eine randlose Brille, aber mit der Automatik ging er mit unverkennbarer Routine um.

Ich war recht überrascht über meine Gelassenheit, als ich den Zweck seines Besuchs erfuhr. »Es wäre doch ein Jammer, unwissend zu sterben«, sagte ich. »Wer hat Sie engagiert, mich umzubringen?«

Seine Stimme war sanft. »Ich könnte doch selbst Ihr Feind sein.«

Ich hatte mir gerade in meinem Arbeitszimmer einen Drink gemixt, als ich ihn gehört und mich umgedreht hatte. »Ich kenne die Feinde, die ich mir gemacht habe, doch Sie sind mir fremd. War es meine Frau?«

Er lächelte. »Ganz richtig. Über ihr Motiv dürfte es wohl keine Zweifel geben.«

»Richtig«, sagte ich. »Ich habe Geld, und anscheinend will sie es haben. Alles.«

Er musterte mich sachlich. »Wie alt sind Sie?«

»Dreiundfünfzig.«

»Und Ihre Frau?«

»Zweiundzwanzig.«

Er schnalzte mit der Zunge. »Es war dumm, etwas von Dauer zu erwarten, Mr. Williams.«

Ich nippte an dem Whisky. »Ich habe mit einer Scheidung nach ein, zwei Jahren und mit einer schmerzlichen Abfindung gerechnet, jedoch nicht mit dem Tod.«

»Ihre Frau ist schön, aber habgierig, Mr. Williams. Es erstaunt mich, daß Ihnen das nicht aufgefallen ist.«

Meine Augen wanderten zu der Pistole. »Ich gehe doch recht in der Annahme, daß dies nicht Ihr erster Mord ist?«

»Ja.«

»Und offenbar genießen Sie das.«

Er nickte. »Ein makabres Vergnügen, gewiß, aber ein Vergnügen immerhin.«

Ich beobachtete ihn und wartete. Schließlich sagte ich: »Sie sind jetzt schon mehr als zwei Minuten hier, und ich lebe immer noch.«

»Kein Grund zur Eile, Mr. Williams«, sagte er sanft.

»Aha, dann ist das Töten an sich nicht ihr größtes Vergnügen. Sie möchten sich an den vorhergehenden Augenblicken weiden.«

»Mr. Williams, Sie sind ein Menschenkenner.«

»Und solange ich Sie unterhalte, auf diese oder jene Art, bleibe ich am Leben?«

»Innerhalb gewisser zeitlicher Grenzen natürlich.«

»Natürlich. Einen Drink, Mr. ...?«

»Smith dürfte das Gedächtnis nicht überanstrengen. Ja, danke. Aber gestatten Sie mir bitte, Ihnen beim Einschenken zuzusehen.«

»Es ist äußerst unwahrscheinlich, daß ich ausgerechnet für eine derartige Situation Gift bereitgelegt haben sollte.«

»Äußerst unwahrscheinlich, doch immerhin möglich.«

Er beobachtete mich, während ich seinen Drink bereitete und machte es sich dann in einem Sessel bequem.

Ich setzte mich auf die Couch. »Wo dürfte sich meine Frau in diesem Augenblick befinden?«

»Auf einer Party, Mr. Williams. Es wird ein Dutzend Leute geben, die beschwören, daß sie sie zur Zeit Ihrer Ermordung ständig im Auge gehabt haben.«

»Dann werde ich also von einem Einbrecher, einem Eindringling erschossen?«

Er stellte seinen Drink auf dem Cocktailtischchen vor sich ab. »Ja. Nachdem ich Sie erschossen habe, werde ich natürlich dieses Glas auswaschen und es in Ihren Barschrank zurückstellen. Und wenn ich gehe, werde ich von allen Türgriffen, die ich berührt habe, die Fingerabdrücke abwischen.«

»Und Sie werden ein paar Kleinigkeiten mitnehmen, damit die Einbrecher-Eindringling-Geschichte glaubwürdiger wirkt?«

»Das wird nicht nötig sein, Mr. Williams. Die Polizei wird zu dem Schluß kommen, daß der Einbrecher in Panik geriet, nachdem er Sie umgebracht hatte, und mit leeren Händen das Weite suchte.«

»Das Bild auf der gegenüberliegenden Wand«, sagte ich, »ist dreißigtausend wert.«

Seine Augen irrten einen Augenblick dorthin ab und kehrten dann schnell zu mir zurück. »Durchaus eine Versuchung, Mr. Williams. Aber ich trachte nicht nach Besitz, der mich auch nur in den entferntesten Zusammenhang mit Ihnen bringen könnte. Ich liebe Kunst, vor allem wegen ihres Geldwerts, doch nicht so sehr, daß ich dafür den elektrischen Stuhl riskiere.« Dann lächelte er. »Oder wollten Sie mir etwa mit dem Bild ein Angebot machen? Als Gegenwert für Ihr Leben?«

»Der Gedanke kam mir.«

Er schüttelte den Kopf. »Bedaure, Mr. Williams. Wenn ich einmal einen Auftrag annehme, kann mich nichts mehr von ihm abbringen. Das gehört zum Berufsethos.«

Ich stellte meinen Drink auf dem Tisch ab. »Warten Sie darauf, daß ich Angst zeige?«

»Das werden Sie schon noch.«

»Und dann töten Sie mich?«

In seinen Augen flackerte es. »Das zerrt an den Nerven, nicht wahr, Mr. Williams? Angst zu haben und sie nicht zeigen zu dürfen.«

»Erwarten Sie von Ihren Opfern, daß sie um Gnade bitten?« fragte ich.

»Sie tun es, jeder auf seine Art.«

»Und sie appellieren an Ihre Menschlichkeit – was aussichtslos sein dürfte?«

»Es ist aussichtslos.«

»Sie bieten Ihnen Geld?«

»Sehr häufig.«

»Und das ist auch aussichtslos?«

»Jedenfalls bislang, Mr. Williams.«

»Hinter dem Bild, das ich Ihnen zeigte, befindet sich ein Wandsafe, Mr. Smith.«

Er schenkte dem Bild noch einen kurzen Blick. »Ja?«

»Er enthält fünftausend Dollar.«

»Sehr viel Geld, Mr. Williams.«

Ich nahm mein Glas und ging hinüber zu dem Bild. Ich öffnete den Safe, suchte einen braunen Umschlag heraus und trank dann mein Glas aus. Ich stellte das leere Glas in den Safe und drehte den Knopf.

Smiths Augen wurden magisch von dem Briefumschlag angezogen. »Bringen Sie das bitte hierher.«

Ich legte den Umschlag auf das Cocktailtischchen vor ihn hin.

Er betrachtete ihn einige Augenblicke und sah dann zu mir hoch. »Haben Sie wirklich geglaubt, Sie könnten Ihr Leben erkaufen?«

Ich zündete mir eine Zigarette an. »Nein. Sie sind, sagen wir, nichtkorrumpierbar.«

Eine kleine Falte erschien auf seiner Stirn. »Und doch haben Sie mir die Fünftausend gebracht?«

Ich nahm den Umschlag und schüttete den Inhalt auf den Tisch. »Alte Quittungen. Alle vollkommen wertlos für Sie.«

Der Ärger verlieh ihm eine frischere Gesichtsfarbe. »Und was glauben Sie, daß Sie damit erreicht haben?«

»Die Gelegenheit, zum Safe zu gehen und Ihr Glas einzuschließen.«

Seine Augen schossen zu dem Glas vor ihm. »Das war Ihrs, nicht meins.«

Ich lächelte. »Das war Ihr Glas, Mr. Smith. Und ich könnte mir vorstellen, daß die Polizei sich fragen wird, was ein leeres Glas in meinem Safe zu suchen hat. Und höchstwahrscheinlich, gerade weil es sich in diesem Fall um Mord handelt, werden sie so schlau sein, die Fingerabdrücke zu untersuchen.«

Seine Augen verengten sich. »Ich habe Sie nicht für eine Sekunde aus den Augen gelassen. Sie können die Gläser nicht vertauscht haben.«

»Nein? Wenn mich mein Gedächtnis nicht trügt, so haben Sie mindestens zweimal zu dem Bild geschaut.«

Automatisch ging sein Blick wieder in diese Richtung. »Aber nur ein, zwei Sekunden.«

»Das hat mir gereicht.«

Er transpirierte ein wenig. »Und ich sage, es war nicht machbar.«

»Ich fürchte, dann werden Sie äußerst überrascht sein, wenn die Polizei Sie abholt. Und nach einem Weilchen dürfen Sie sich auf den Tod auf dem elektrischen Stuhl freuen. Sie werden die Todesfurcht Ihrer Opfer teilen, nur wird Ihnen weitaus mehr Zeit bleiben, sich in Ihrer Phantasie mit diesem Thema zu beschäftigen. Gehe ich recht in der Annahme, daß Sie Berichte über Exekutionen auf dem elektrischen Stuhl gelesen haben?«

Sein Finger schien sich um den Abzug zu spannen.

»Wie Sie wohl sterben werden?« sagte ich. »Sicher haben Sie sich ausgemalt, daß Sie dem Tod ruhig und gefaßt ins Auge blicken. Aber das ist die übliche Täuschung, Mr. Smith. Wahrscheinlicher ist doch ...«

Seine Stimme war kühl. »Öffnen Sie den Safe, oder ich bringe Sie um.«

Ich lachte. »Also wirklich, Mr. Smith, wir sind uns doch beide darüber im klaren, daß Sie mich ganz sicher töten, *wenn* ich den Safe öffne.«

Eine halbe Minute verging, ehe er den Mund auftat. »Was beabsichtigen Sie mit dem Glas zu tun?«

»Wenn Sie mich nicht umbringen – und ich neige zu der Annahme, daß Sie jetzt davon Abstand nehmen – bringe ich es zu einer Detektei und lasse Ihre Fingerabdrücke entwickeln. Diese stecke ich zusammen mit einem Schreiben, das sachdienliche Informationen enthält, in einen versiegelten Umschlag. Und ich hinterlasse die Anweisungen, daß der Umschlag im Fall meines gewaltsamen Todes – auch wenn die Begebenheit wie ein Unfall wirken sollte – der Polizei zu übergeben ist.«

Smith blickte mich starr an, dann holte er tief Luft. »Das dürfte alles nicht nötig sein. Ich werde jetzt gehen, und Sie werden mich nie wiedersehen.«

Ich schüttelte den Kopf. »Mein Plan sagt mir mehr zu. Er bietet mir Schutz für die Zukunft.«

Das stimmte ihn nachdenklich. »Warum gehen Sie nicht gleich zur Polizei?«

»Ich habe meine Gründe.«

Seine Augen wanderten zu seiner Pistole, und dann steckte er sie in die Tasche. Ihm kam eine Idee. »Es wäre Ihrer Frau doch ein leichtes, einen anderen Mörder zu engagieren.«

»Ja. Das wäre es wohl.«

»Man würde mich Ihretwegen des Mordes anklagen. Ich könnte auf den elektrischen Stuhl kommen.«

»Möglich. Es sei denn ...«

Smith wartete.

»Es sei denn, sie wäre nicht in der Lage, jemanden zu engagieren.«

»Aber es gibt wahrscheinlich ein halbes Dutzend andere ...« Er hielt inne.

Ich lächelte. »Hat Ihnen meine Frau mitgeteilt, wo sie sich jetzt aufhält?«

»Nur daß sie bei Leuten ist, die Peterson heißen. Sie will um elf nach Haus gehen.«

»Elf? Eine gute Zeit. Heute abend ist es sehr dunkel. Haben Sie die Adresse der Petersons?«

Er starrte mich an. »Nein.«

»Bridgehampton«, sagte ich und gab ihm die Hausnummer.

Eine halbe Minute lang blickten wir uns in die Augen.

»Das müssen Sie nun schon tun«, sagte ich sanft. »Um Ihre eigene Haut zu retten.«

Langsam knöpfte er seinen Mantel zu. »Und wo werden Sie um elf sein, Mr. Williams?«

»In meinem Klub, wahrscheinlich beim Kartenspiel mit fünf, sechs Freunden. Sie werden mir sicherlich ihr herzliches Beileid aussprechen, wenn man mir mitteilt, daß meine Frau ... erschossen wurde?«

»Das hängt alles von den Umständen und der Gelegenheit ab.« Er lächelte dünn. »Haben Sie sie je geliebt?«

Ich nahm ein Jadefigürchen in die Hand und betrachtete es. »Als ich dieses Stück kaufte, gefiel es mir sehr. Inzwischen langweilt es mich. Ich werde für Ersatz sorgen.«

Als er gegangen war, blieb mir gerade noch genug Zeit, um das Glas zu einer Detektei zu bringen, ehe ich mich in den Klub begab.

Selbstverständlich nicht das Glas aus dem Safe. Darauf befanden sich nur meine eigenen Fingerabdrücke.

Ich nahm das Glas, das Mr. Smith bei seinem Abgang auf dem Cocktailtischchen hatte stehenlassen.

Die Abzüge von Mr. Smiths Fingerabdrücken hätten gar nicht deutlicher werden können.

Bodenlos

Mein Pech, daß das Gummiband riß. Es handelte sich um eine ganz gewöhnliche Maske, die man sich über die obere Gesichtshälfte zieht. Ich hatte sie am Tag zuvor in einem Geschäft für Scherzartikel erstanden, wo sie schon lange Zeit im Regal gelegen haben mußte. Ich stieß einen Seufzer aus, als sie zu Boden flatterte, hielt aber meinen Revolver unverwandt aufs Ziel gerichtet.

Der Barkeeper und die vier Gäste starrten mich an. Mein Onkel Theodore starrte gar nicht. Er schloß die Augen.

Na gut, dachte ich ohne rechte Begeisterung, bringen wir also die Sache hinter uns. Ich wandte mich dem Barkeeper zu. »Leeren Sie die Kasse in die Papiertüte hier. Und keine Kurzschlußhandlung, bitte, sonst bringe ich Sie um.«

Er tippte einen Nullbon ein und tat, was er sollte. Mein Onkel und die anderen Gäste hielten die Hände hoch. Zwei trugen Sporthemden, die anderen beiden waren in Jackett und Hut und beobachteten mich mit zusammengekniffenen Augen. Ich hatte das Gefühl, daß sie nur auf die kleinste Unaufmerksamkeit meinerseits warteten.

Ich richtete den Revolver auf sie. »Die Brieftaschen raus und auf die Theke damit. Aber nehmen Sie sich in acht, sehr in acht.«

Sie taten wie geheißen, auch mein Onkel. Ich ließ die Brieftaschen in der Papiertüte verschwinden. »Jetzt alle mit dem Gesicht zur Wand! Die Hände bleiben hübsch oben.«

Der Barkeeper kam hinter der Theke hervor und stellte sich zu den anderen.

Ich griff mir die Papiertüte und bewegte mich rückwärts zur Hintertür. Unterwegs ließ ich die Aktentasche mitgehen, die mein Onkel auf einem Barhocker abgestellt hatte. Sie enthielt Tausende von Dollars.

Draußen schloß ich rasch die Tür und fing an zu laufen. Ich hatte die Absicht, ein paar Gäßchen zu durchqueren und mich dann unter die Menschenmenge auf der nächtlichen Straße zu mischen. Als ich aber die erste Straße erreicht hatte, hing mir schon die Zunge heraus. Derartige Leibesübungen war ich nicht gewohnt.

Am Straßenrand stand ein Streifenwagen.

Die beiden Polizisten schienen sich ihren Zigaretten und einer trägen Unterhaltung zu widmen. Offensichtlich hatten sie mich nicht bemerkt.

Gerade als ich mich dazu entschlossen hatte, so lässig wie möglich an ihnen vorbeizuschlendern, war hinter mir das Geräusch von rennenden Füßen und Polizeipfeifen zu hören. Die beiden blickten auf und sahen mich.

Bedauerlicherweise drehte ich durch. Wie der Blitz schoß ich über die Straße und in das nächste Gäßchen hinein. Ich weiß nicht mehr, über wie viele Zäune ich geklettert und durch wie viele dunkle Durchgänge ich in den nun folgenden zehn Minuten gestolpert bin. Schließlich warf ich die Papiertüte fort, doch die Aktentasche hielt ich fest umklammert. Nach dem Lärm der sich von allen Seiten nähernden Polizeipfeifen und dem Jaulen der Martinshörner schien es mir, als habe man das ganze Polizeipräsidium alarmiert.

Endlich kauerte ich da in der dunklen Ecke eines Gäßchens, völlig außer Atem und vollkommen ratlos, was ich nun tun sollte.

Zweihundert Meter weiter vor mir war ein riesiger Sattelschlepper bei der Laderampe am Hintereingang eines Supermarktes geparkt. Aus dem Ausgang kamen der Fahrer und zwei Männer mit weißen Schürzen. Sie schienen den Martinshörnern zu lauschen und beschlossen dann offensichtlich, einmal nachzusehen. Sie trabten zum anderen Ende des Gäßchens und blickten nach rechts und nach links, woher wohl der ganze Aufruhr kommen mochte.

Das erleuchtete Tor schien als Zufluchtsort verlockend. Ich holte tief Luft, sauste am Sattelschlepper vorbei, die Treppen der Laderampe hoch und nach hinten in den Supermarkt.

Ich war in einen Bereich geraten, der offensichtlich als Lagerraum diente, denn eine Wand trennte ihn vom eigentlichen Laden, und überall waren Kisten mit Waren aufgestapelt.

Ich warf einen Blick in den Laden. Er war erleuchtet, obschon es mindestens eine Stunde nach Geschäftsschluß war. Die Männer, die ich gesehen hatte, schienen Angestellte zu sein, die die Regale in den Abendstunden wieder auffüllten.

Wo sich verstecken? Gewiß nicht im Laden. Mein Blick fiel auf einen Stapel Zuckersäcke zu je hundert Pfund, der fast bis an die Decke reichte. Dort oben schien es eine Art Falltür zu geben. Ich kletterte die Säcke hoch bis zu dieser Tür. Anscheinend war sie jahrelang nicht mehr geöffnet worden, denn es kostete mich einige Mühe, ehe sie nachgab und sich nach oben aufklappen ließ. Unverzüglich zog ich mich hoch in die Finsternis, legte mich hin und bemühte mich, wieder zu Atem zu kommen.

Nach einem Weilchen bemerkte ich einen dünnen Lichtstrahl, der durch einen kleinen Spalt neben der Falltür drang. Ich legte das Auge drauf und spähte nach unten.

Der Lastwagenfahrer und die beiden Lagerarbeiter kamen zurück. Jemand rief ihnen aus dem Keller zu. »Was sollte denn der fürchterliche Lärm?«

Der Fahrer zuckte die Achseln. »Weiß nicht. Wahrscheinlich erfahren wir es morgen aus der Zeitung.«

Die Männer hatten den Sattelschlepper gegen elf ganz ausgeladen, und er wurde fortgefahren. Ich kroch zum nächsten Lichtstrahl ungefähr dreieinhalb Meter weiter und beobachtete, wie die Lagerarbeiter die Kartonstapel zu den richtigen Plätzen in den Gängen rollten. Dort schnitten sie die Kartons auf, klebten die Preise auf die einzelnen Dosen und Schachteln und sortierten sie in die Regale ein.

Um vier Uhr morgens waren sie dann fertig. Sie entfernten die leeren Kartons aus den Gängen und fegten. Ehe sie den Laden verließen, knipsten sie bis auf ein paar strategisch wichtige Lampen hier und da alles Licht aus.

Ich wartete noch eine halbe Stunde, ehe ich die Falltür öffnete und mich herabließ. Im hinteren Lager brannte noch ein Licht, so konnte ich ein Telefon an der Wand ausmachen. Nichts wie hin und gewählt!

Mein Onkel erkannte meine Stimme auf der Stelle. »Du Trottel!«

»Tut mir leid«, sagte ich. »Das Gummiband ist gerissen. Aber mach dir keine Sorgen. Ich hab' mal gelesen, daß Zeugen außerordentlich unzuverlässig sind. Wahrscheinlich haben die Leute aus der Bar also fünf verschiedene Beschreibungen von mir geliefert. Zusammen mit deiner macht das dann sechs.«

»Du Idiot«, sagte Onkel Theodore. »Ich mußte dich doch *identifizieren.*«

»Mich identifizieren? Versteh' ich nicht ganz.«

»Die Sache ist die«, sagte er, »ganz zufällig waren zwei der Gäste dienstfreie Polizisten. In dem Augenblick, als deine Maske runterfiel, hatten die sich dein Gesicht schon unauslöschlich eingeprägt. Was war da noch zu machen? Gemessen an der Größe der Heerscharen, die dich jagten, mußte ich annehmen, daß sie dich ganz sicher erwischen würden. Was konnte ich da noch sagen? Daß ich meinen eigenen Neffen nicht erkannt hätte? Erst mal mußte ich an mich selbst denken und mir über dich später den Kopf zerbrechen.«

Ich war außerordentlich enttäuscht. »Was soll ich jetzt tun?«

»Wo bist du?«

»In einem Supermarkt.«

Er fluchte.

»Das ist okay«, sagte ich. »Der Laden ist dicht, und außerdem weiß niemand, daß ich hier bin. Ich könnte mich hier wahrscheinlich tagelang verstecken.«

»Hast du die Aktentasche?«

»Ja.«

»Dann rühr' dich nicht vom Fleck. Mir fällt schon was ein. Morgen muß ich dich dann aus der Stadt rausbringen. Aus dem Staat, vielleicht sogar außer Landes.«

»Aber lieber Onkel«, sagte ich. »Ich reise so ungern. Ehrlich gesagt, finde ich Reisen gräßlich.«

»Ist mir egal, was du gräßlich findest.« Er schwieg einige Augenblicke. »Wirklich Sorgen macht mir nur, was ich jetzt Big Mac erzählen soll.«

Durch den Hörer vermeinte ich, die Türglocke von Onkel Theodores Appartement läuten zu hören, und fragte mich, wer ihm wohl zu dieser gottverlassenen Zeit einen Besuch abstattete. Nervosität lag in seiner Stimme. »Hör zu, bleib, wo du bist. Und ruf mich ein paar Tage lang nicht an.« Und schon hatte er aufgelegt.

Auch ich legte den Hörer zurück auf die Gabel und ging zur Personaltoilette, wo ich mir den Staub und Schmutz vom Gesicht wusch.

Ich würde hier wenigstens achtundvierzig Stunden ausharren müssen, was bedeutete, daß ich mich wohl besser mit etwas Proviant versorgen sollte. Ich nahm mir eine der weißen Schürzen vom Haken, band sie um und schnappte mir einen leeren Karton. Falls mich irgendein vorbeigehender Frühaufsteher im Laden erblickte, würde er mich vermutlich für einen der Lagerarbeiter halten.

Ein Supermarkt scheint heutzutage eine Mischung aus Gemüsegeschäft, Fleischerei, Drogerie, Boutique und noch viel mehr zu sein. Ich durchwanderte die Gänge mit dem Gefühl, ich wäre ein kleiner Junge, der in einem Süßwarengeschäft frei herumlaufen darf. Ich versorgte mich mit dem Nötigsten – Milch, Brot und Aufschnitt und noch ein paar anderen Dingen, darunter auch importiertem Edamer.

Außerdem ließ ich noch eine Taschenlampe und Batterien mitgehen. Als ich dann wieder meinen Zuckerberg erklomm, hatte mein Karton ein ganz schönes Gewicht. Ich schloß die Falltür hinter mir und knipste die Taschenlampe an.

Hier, wo ich stand, schien der Raum annähernd zweieinhalb Meter hoch und sechs Meter breit zu sein und sich über die Gesamtlänge des Ladens zu erstrecken. Anscheinend hatte der Laden vor dem Supermarkt einem anderen Unternehmen gedient, das den Boden als Lager benutzt hatte. Jetzt jedoch war er leer und mit einer dikken Staubschicht bedeckt.

Im Strahl der Taschenlampe sah ich an der Decke einige leere Lampenfassungen. Das brachte mich auf die Idee, mir ein paar Glühbirnen zu holen. Gerade wollte ich die Falltür hochklappen, als ich unten ein Geräusch hörte. Ich knipste die Taschenlampe aus und legte mein Auge auf den Spalt.

Langsam öffnete sich die Hintertür, und ein ziemlich dünner Mann spähte vorsichtig um die Ecke. Alsdann steckte er den Schlüssel in die Tasche, trat ein und machte die Tür hinter sich zu. Er vergewisserte sich, daß er ganz allein im Laden war. Dann leerte er mehrere große Abfalleimer vor einer Wand aus. Er zog eine Kerze aus der Tasche und stellte sie mitten in dem Altpapierhaufen auf. Er trat einen Schritt zurück, betrachtete sein Werk und lächelte.

Meine Augen wurden groß. Ein Feuerteufel! Die Kerze würde in ungefähr einer halben Stunde bis zum Abfall heruntergebrannt sein, und schon bald stünde der ganze Laden in Flammen.

Noch einmal betrachtete er sein Arrangement, dann machte er sich leise durch die Hintertür davon.

Ich wartete fünf Minuten, darauf stieg ich hinunter. Ich löschte die Kerze und warf sie fort. Also wirklich, dachte ich, einfach unglaublich, was für sonderbare Mitmenschen es doch gibt!

Ich ging durch den Laden und holte mir ein paar Glühbirnen und einen Besen. Nachdem ich gegessen hatte, kehrte ich meine Dachwohnung ein bißchen aus. Dann löschte ich das Licht und legte mich auf den Fußboden; die Aktentasche benutzte ich als Kopfkissen. Ich schloß die Augen und versuchte, etwas zu schlafen.

Onkel Theodore ist Kassierer und arbeitet für Big Mac. So richtig weiß ich nicht, worum es dabei geht, aber er besucht abends verschiedene Lokale in der City, und alle geben sie ihm Geld.

Warum nur hatte er mich für dieses besondere Vorhaben ausgesucht? Mir schien, ich war der am wenigsten geeignete Kandidat dafür. Ich vermute, weil wir verwandt sind und er meint, er könne sich an mich wenden, wenn er in Not ist.

»In der Aktentasche befinden sich mindestens dreißigtausend«, hatte Onkel Theodore gesagt. »Und fünf davon gehören dir. Du kannst doch fünftausend brauchen, wie? Ein bißchen reisen und so?«

Aber ich mache mir nichts aus Reisen. Meinen Jahresurlaub verbringe ich ausschließlich auf dem Weg von der Bücherei zu meiner Wohnung.

»Nein, lieber Onkel«, hatte ich gesagt. »Ich würde von dem Geld gar nichts haben wollen.«

In seinen Augen flackerte es auf. »Dann besten Dank, Fred. Ehrlich gesagt, ich schulde dem Syndikat dreißigtausend, nicht fünfundzwanzig. Die zusätzlichen fünf machen mich vollkommen schuldenfrei.«

»Wie konntest du nur soviel Schulden machen?«

Er zuckte die Achseln. »Sowas passiert nun mal, Fred. Die Pferde sind nicht so gelaufen, wie ich wollte. Und jetzt muß ich das erledigen, damit sie nicht mich erledigen, wenn du verstehst, was ich meine?«

»Ich glaube, Big Mac würde einem seiner Angestellten doch sicher mehr Zeit geben, das Geld zurückzuzahlen? Hast du ihn nicht darum gebeten?«

Onkel Theodore räusperte sich. »Die Sache ist so, Fred. Ich habe nicht bei Big Mac gewettet. Ich bin am Wochenende immer nach St. Louis gefahren, und dort schulde ich auch das Geld.« Er klopfte mir auf die Schulter. »Du und ich, wir haben niemanden sonst auf der Welt als uns beide. Du darfst mich nicht im Stich lassen, Fred. Es ist eine Sache auf Leben und Tod, und das ist leider kein Witz.«

Ich seufzte. »Geht in Ordnung. Aber ehrlich, die ganze Geschichte macht mir Angst.«

Und nun lag ich hier in der Finsternis. Ich bin Buchhalter. Ich stehe um sieben auf. Ich dusche und rasiere mich, ziehe mich an und mache mir mein Frühstück. Um acht gehe ich zur Arbeit. Die Fahrt dauert fast eine Stunde, und ich muß viermal umsteigen. Um sechs bin ich wieder zu Hause. Danach kommt noch eine Stunde für die Zubereitung und das Einnehmen des Nachtmahls.

Und von sieben bis elf lese ich, höre Musik und denke nach. Vier von den vierundzwanzig Stunden des Tages lebe ich.

»Das geht ganz leicht«, hatte Onkel Theodore gesagt. »Du spazierst bloß rein, bringst den Revolver in Anschlag und nimmst allen die Brieftasche weg. Und mir die Aktentasche.«

»Aber du hast doch wohl nicht vor, der Polizei zu erzählen, daß beinahe dreißigtausend Dollar in der Tasche waren?«

»Ganz sicher nicht. Die würden nur aus mir herausquetschen wollen, warum ich denn soviel Geld bei mir hatte, und das könnte Schwierigkeiten geben. Die brauchen nicht mehr zu wissen, als daß es ein schlichter Überfall auf eine Bar war und daß die Aktentasche zusammen mit meiner Brieftasche weg ist.«

»Was willst du Big Mac erzählen?«

»Genau das gleiche. Daß es ein ganz gewöhnlicher Raubüberfall war und ich das Pech hatte, ausgerechnet in *der* Bar zu sein. Und wenn er das nicht schluckt, dann erinnere ich ihn daran, daß eine Menge Ganoven wissen, daß ich Kassierer bin, und daß einer von ihnen sich zu diesem Coup entschlossen haben könnte.«

»Und meinst du, daß er dir das abnimmt?«

»Hör mal«, sagte Onkel Theodore, »in seinem Beruf muß man mißtrauisch sein, das erwarte ich gar nicht anders. Also wird er über drei Sachen nachgrübeln. Erstens: War es bloß ein Überfall? Zweitens: Oder war es tatsächlich ein Überfall von einem Ganoven, der wußte, was gespielt wird? Und drittens: Versucht der Kassierer, mich reinzulegen?«

»Und wenn er bei drittens angelangt ist?«

»Er könnte sogar ein bißchen tätlich werden. Aber für dreißig Riesen lasse ich mir ein paar Beulen gefallen und bleibe dabei so blauäugig, wie er's noch nie erlebt hat. Dann wird ihm einfallen, daß ich seit drei Jahren für ihn arbeite, und das ehrlich. Schließlich wird er sich sagen: ›Na gut, diesmal laß ich ihn laufen. Aber beim nächsten Mal fließt Blut!‹«

»Und das soll der machen nach dem Verlust von dreißigtausend Dollar?«

Onkel Theodore schnaubte verächtlich. »Für den sind dreißig Riesen doch ein Pappenstiel. Was ihm allerdings echt zu schaffen machen könnte, ist das Prinzipielle an der ganzen Sache – daß irgend jemand im Syndikat die Frechheit besitzt, ihn zu berauben.«

Geräusche von unten ließen mich aufmerken; ich begab mich zum Guckloch, das mir einen Panoramablick über den gesamten Laden gewährte. Es war fast acht Uhr, und etliche Angestellte kamen zur Arbeit.

Die nun folgenden Stunden zogen sich in die Länge, obgleich ich häufig ein Nickerchen einlegte. Um neun Uhr abends schloß der Supermarkt, und wie in der Nacht vorher kamen die Lagerarbeiter zur Ablösung und arbeiteten bis vier Uhr in der Frühe.

Nachdem sie fort waren, ging ich nach unten. Ich wusch mich und band mir die weiße Schürze um. Auf mehreren Expeditionen vom Laden zu meinem Versteck transferierte ich weitere Lebensmittel, ein Verlängerungskabel, eine kleine Taschenlampe, einen Bridgetisch und einen Klappstuhl. Ich schmökerte ein wenig im Zeitschriften- und Bücherregal und suchte mir ein halbes Dutzend Taschenbücher aus. Meine Augen schweiften zum Zeitungsstand, und da sah mich doch von einer Titelseite mein Foto an.

Unten auf der Seite befand sich ein zweispaltiger Artikel. »NEFFE RAUBT ONKEL UND ZWEI POLIZISTEN AUS.« Es wurde berichtet, was sich zugetragen hatte, und daß man die beiden Polizisten vom Dienst suspendiert hatte und ihnen eine Untersuchung ins Haus stand.

Man zitierte Onkel Theodore: »Ich weiß gar nicht, was in den Jungen gefahren ist. Vergangenen Monat wollte er sich bei mir ein paar Hunderter borgen, aber ich mußte ihn abweisen. Das muß ihn mächtig verärgert haben, und vielleicht hat er sich gedacht, daß er auf diese Weise an das Geld herankommen würde. Ich hatte nur ungefähr zwanzig Dollar bei mir, aber die hätte ich ihm doch gern gegeben, wenn ich nur geahnt hätte, daß er so verzweifelt ist.«

Ich war oben gerade dabei, die Lampe und die Verlängerungsschnur anzuschließen, als ich unten das Geräusch hörte. Ich knipste das Licht aus und kroch geräuschlos zur Falltür.

Wieder derselbe Mann. Er blickte böse um sich, dann leerte er aufs neue die Abfalleimer vor der Wand aus. Dieses Mal zündete er zwei Kerzen an und baute sie mitten im Papier auf. Er ging prüfend umher, vermutlich suchte er nach einem Luftzug, dann machte er sich befriedigt davon.

Ich seufzte, stieg hinunter und blies die beiden Kerzen aus. Ich durchsuchte den Schreibtisch des Geschäftsführers, bis ich seinen Namen, Adresse und Telefonnummer gefunden hatte; alsdann wählte ich. »Mr. Nelson?«

Seiner verschlafenen Stimme war anzuhören, daß ich ihn aus tiefstem Schlummer gerissen hatte. »Jaa?«

»Sir«, sagte ich. »Es hat leider den Anschein, daß jemand versucht, Ihren Laden abzubrennen. Sie täten gut daran, der Sache einmal nachzugehen.«

Er knurrte mich an. »Wollen Sie mir einen Streich spielen? Ist Ihnen überhaupt klar, wie spät es ist?«

»Ich bitte um Entschuldigung, Sir«, sagte ich. »Aber es ist praktisch die einzige Tageszeit, zu der ich telefonieren kann. Und es handelt sich keineswegs um einen Streich.«

Er schien aufzuwachen. »Wer ist am Apparat?«

»Sagen wir, ein Freund des Supermarktes. Dieses Individuum hat schon zwei Versuche unternommen, Ihren

Laden abzubrennen. Irgendwie sind sie schiefgegangen. Ich hege jedoch den Verdacht, daß er es morgen noch einmal versuchen wird. Irgendwann gegen fünf Uhr morgens, möchte ich meinen.« Ich legte auf und begab mich nach oben.

Im Verlauf des Tages und Abends las ich zwei Bücher aus. Um zehn legte ich mich schlafen und wachte ein wenig steif gegen drei Uhr auf. Der Fußboden war nicht gerade der bequemste Platz zum Schlafen. Ich ging zur Falltür, zog den Bolzen heraus und spähte nach unten.

Die Lagerarbeiter eilten recht betriebsam hin und her, – vermutlich weil der Geschäftsführer zugegen war. In einer Ecke beriet er sich mit zwei uniformierten Polizisten und zwei anderen Männern, wahrscheinlich Kriminalbeamten.

Um vier Uhr morgens waren die Lagerarbeiter fertig und gingen. Der Geschäftsführer und die Polizisten begannen, sich nach guten Verstecken umzusehen.

Einer der Kriminalbeamten kletterte auf den Zuckerberg. Einen Augenblick lang hatte ich das Gefühl, daß wir uns in die Augen blickten und alles verloren wäre. Doch dann wandte er der Falltür den Rücken zu, baute mehrere Säcke zu einer Art Barrikade auf und kauerte sich dahinter.

Alle warteten wir. Nach meiner Uhr war es fünf nach fünf, als die Hintertür aufgeschlossen und geöffnet wurde.

Es war der pünktliche Feuerteufel, und dieses Mal hatte er augenscheinlich kein Vertrauen mehr in die Kerzen. Er trug einen Benzinkanister und wirkte außerordentlich verärgert. Wie schon zuvor häufte er vor der Wand Abfälle auf. Er goß Benzin über seinen Berg und griff in seine Tasche. Eine Streichholzschachtel wurde zum Vorschein gebracht.

Direkt unter mir kam der Kriminalbeamte auf die Beine. »Stehenbleiben! Hier spricht die Polizei! Sie sind verhaftet!«

Die Polizisten kreisten den Unglückseligen ein, und so war es lediglich eine Angelegenheit von Sekunden, bis der bestürzte Mann in Handschellen dastand. Einem der Polizisten fiel die verblüffte Miene des Geschäftsführers auf. »Kennen Sie den Mann?«

Der Geschäftsführer nickte. »Ich habe ihn gefeuert, weil er faul war.«

Als die Aufregung abgeklungen und alle gegangen waren, war es fast schon Tag. Ich ging hinunter und wählte Onkel Theodores Nummer.

»Warum hast du nicht angerufen?« fragte er.

»Du hast es mir doch untersagt.«

»Na, ist jetzt auch egal. Wo bist du?«

»Immer noch im Supermarkt.«

»Ich meine in welchem? Welche Adresse?«

Ich kratzte mich am Kopf. »Die Adresse weiß ich nicht, und auf den Schaufenstern scheinen keine Nummern zu stehen.«

»Du kannst nicht allzu weit von der 8. Straße und Hadley Avenue sein. Dort war jedenfalls die Bar. Nun hör mal gut zu. Ich möchte, daß du zur 9. Straße zwischen Hadley und Atkinson Avenue gehst. Warte in dem Durchgang auf der Seite mit geraden Zahlen. Und vergiß die Aktentasche nicht.«

Ich meinte, ich hätte jemand husten hören, als Onkel Theodore sprach. »Bist du allein? Ich habe jemand husten hören.«

»Das war im Fernsehen«, sagte er. »Eine von den ganz frühen Morgensendungen.«

Ich blickte zum obengelegenen Lagerfenster. »Es wird gerade Tag, Onkel. Findest du nicht, daß mich die Polizei leicht schnappen könnte, wenn ich jetzt rausgehe? Die 9. Straße, Ecke Hadley, das ist vielleicht ein gutes Dutzend Straßen von hier entfernt.«

Einen Augenblick lang kam nichts von ihm, und ich meinte, wieder im Hintergrund den Fernseher zu hören. Dann sagte er: »Also gut, gehen wir auf Nummer sicher. Du bist morgen dort, solange es noch dunkel ist. Wann kannst du es schaffen?«

»Ich glaube, fünf Uhr wäre ungefähr die richtige Zeit«, sagte ich. »Die Lagerarbeiter gehen nicht vor vier oder etwas danach.«

»Sei pünktlich«, sagte Onkel Theodore.

Am nächsten Morgen gingen die Lagerarbeiter zur gewohnten Zeit. Ich wartete zehn Minuten, dann schnappte ich mir die Aktentasche.

Unten klingelte das Telefon. Ich blickte mich um, ob ich auch nichts vergessen hätte, knipste das Licht aus und öffnete die Falltür. Ich stieg den Zuckerberg hinunter und wollte in Richtung der Tür davon.

Immer noch klingelte das Telefon. Da ich sowieso gehen wollte, warum also nicht. Ich hob den Hörer ab. »Hallo.«

Ein kleines Zögern, dann: »Bist du's, Fred?«

»Ja«, sagte ich. »Woher weißt du, daß ich hier bin?«

»Wußte ich gar nicht. Ich bin nur das Telefonbuch durchgegangen und habe jeden Supermarkt um die Hadley Avenue herum angerufen. Was für ein Glück, daß ich dich noch rechtzeitig erwischt habe.«

»Ich wollte gerade aufbrechen, Onkel.«

»Vergiß es. Auf dich warten doch nur ein paar von Big Macs Jungens, die schnappen dich, und was die dann mit dir vorhaben, das könnte dein Ende sein.«

»Aber Onkel, du warst es doch, der mir gesagt hat . . .«

»Also, mein Junge, wenn da ein paar Typen schon Streichhölzer anzünden, und zwar nicht für ihre Zigaretten, dann erzählst du ihnen schließlich doch die Wahrheit.«

»Du hast ihnen von uns erzählt?«

»Das nicht gerade. Ich habe gesagt, ich hätte nicht geahnt, daß du den Raubüberfall geplant hättest, und daß ich dich dazu überreden würde, das Geld zurückzugeben.«

»Und das hat dir Big Mac abgenommen?«

»Dafür würde ich nicht die Hand ins Feuer legen. Aber er hat wenigstens von mir abgelassen, bis er dich in die Finger kriegt.« Onkel Theodore redete schnell. »Sie haben Red Bronson hiergelassen, damit ich nicht ausrücke, aber Reds Aufmerksamkeit ließ nach, und jetzt liegt er hier bei mir auf dem Boden, als gewickelte Roulade mit soviel Wäscheleine, wie ich meiner Hauswirtin nur klauen konnte. Jetzt weiß ich ja, wo du bist. Ich hole dich in fünf Minuten ab. Ich bin nur ein paar Straßen entfernt. Wir treffen uns am Hintereingang des Ladens.«

Ich nahm auf ein paar Kartons Platz und wartete. Dann hörte ich ein Auto in die Gasse einbiegen und mit laufendem Motor halten. Ich schob die Stange beiseite, welche die Hintertür von innen verriegelte. Sie öffnete sich, während die Feststelltaste sie unten angelehnt hielt.

Onkel Theodore hatte sein Auto an der Laderampe geparkt; er war allein.

Ich beugte mich zu ihm und reichte ihm die Aktentasche durch das geöffnete Fenster. »Wohin fahren wir?«

Achselzuckend sagte er: »Was weiß ich? Die Welt ist groß.«

Ich blickte angestrengt in die Dunkelheit.

»Beeil dich«, schnauzte mich Onkel Theodore an. »Wir haben keine Zeit zu verlieren.«

Ich überlegte, wie das nun weitergehen würde. Ob ich tausend Meilen von hier wieder einen Job als Buchhalter bekommen und vier Stunden pro Tag leben könnte? Und dann schüttelte ich den Kopf. »Nein. Fahr du allein.«

Er runzelte die Stirn. »Bist du verrückt?«

»Möglicherweise«, sagte ich. »Aber ich komme nicht mit.«

Er musterte mich ein paar Sekunden. »Gut. Wie du willst. Für Diskussionen ist jetzt keine Zeit. Aber ich hatte schon immer den Verdacht, daß du nicht alle Tassen im Schrank hast.« Er legte den Gang ein und brauste durch die Gasse davon.

Ich ging zurück in den Laden und schloß und verriegelte die Hintertür. Auf dem Boden knipste ich die Lampe an und griff zu einem Buch.

Ja, die Welt war groß, viel zu groß für mich. Hier aber war es angenehm und genau meine Kragenweite.

Ein Schuppen für 15.000 $

Ich brachte es nicht übers Herz, es ihm zu sagen.

Charley war ein kleiner Mann mit sanften blauen Augen, da fragte man sich, wie er so alt hatte werden können, ohne unter die Räder zu kommen.

Er holte sich einen Armvoll Bücher aus dem Wagen und legte sie auf den Tisch. »Nur noch sechzig Tage.«

Jackson, der Neue in der Gefängnisbücherei, machte sich daran, sie in der Kartei auszutragen. »Noch sechzig Tage, und was dann?«

»Ich will mir was Kleines in einem warmen Klima kaufen und den Rest meines Lebens genießen.«

Jackson blickte auf. »Und wo nimmst du die Kohle her?«

Charley lächelte. »Ich habe ein bißchen gespart.«

In der Bücherei zu arbeiten ist der beste Job hier im Knast. Charley und ich müssen nur unsere Wagen von Zelle zu Zelle schieben, Bücher an die ausgeben, die welche haben wollen, und die zurückgegebenen wieder in die Bücherei bringen. Kostet keinen Tropfen Schweiß.

»Hast dir wohl was auf die hohe Kante gelegt?« fragte Jackson.

»Fünfzehntausend«, sagte Charley, und wieder lächelte er. »Der sicherste Platz, Geld aufzubewahren, ist eine Bank.«

Charley, ein Schmalspur-Ganove, und kein allzu guter, hat fast sein halbes Leben hinter Gittern zugebracht.

Nicht an einem Stück, aber alles in allem war's wohl soviel.

Jackson schob den Stapel Bücher beiseite, den er bearbeitet hatte. »Du hast fünfzehntausend? Ist ja toll. Dafür kriegst du doch 'ne richtige Villa und kannst leben wie die Made im Speck.«

Charley schüttelte den Kopf. »Ich brauche zum Glücklichsein keine Villa. Mir reicht ein kleiner Schuppen, dazu vielleicht ein paar Morgen Land. Dann ziehe ich mir alles selbst, was ich brauche.« Er strich sich über das ergraute Haar. »Ehrlich gesagt, das ist das einzige, was mich die ganze Zeit hier aufrecht erhalten hat – der Gedanke an das Häuschen, das ich kaufen will. Ich bin jetzt achtundfünfzig, und ich habe diese dicken vier Wände hier mehr als satt.«

Jackson legte die Tagesstempel zurück in die Schreibtischschublade. »Hör mal, Charley, in dem Augenblick, wo du anfängst was zu kaufen, und wenn es nur ein Schuppen auf einem Morgen Land ist, möchten doch die Bewährungshelfer wissen, wo, wann und wie du zu Geld gekommen bist, und ich kann mir nicht denken, daß dein Geld sauber ist. Und im Handumdrehen bist du wieder hier.«

»Ich bin nicht auf Bewährung draußen, also wird mir auch niemand auf die Finger sehen«, sagte Charley. »Ich sitze die ganze Zeit ab.«

Jackson wirkte ein wenig erstaunt, daß einem so friedlichen Menschen wie Charley dergleichen zustoßen konnte, darum erklärte ich es ihm: »Charley war draußen, aber er hat gegen die Bewährungsvorschriften verstoßen, und so haben sie ihn zurückgebracht.«

Charley nickte. »Das war halt ein recht schwüler

Abend, und ich in so ein Lokal rein, ein kühles Bierchen zischen. Als ich rauskam, da hat mich ein Polyp gesichtet, der wußte, daß ich auf Bewährung bin, und das war's, denn in Kneipen darf man nicht rein. Man hat mich zurückgebracht und auch die restlichen achtzehn Monate noch absitzen lassen, und davon sind jetzt nur noch sechzig Tage übrig.«

Die Essenspfeife schrillte, und wir gingen, um uns in die Schlange einzureihen.

Der Grund, warum ich hier bin, ist Einkommensteuer-Hinterziehung.

Das hatte ich eines Tages kommen sehen. Man kann nicht eine Organisation wie die meine leiten und sich gleichzeitig tüchtig ausleben, ohne daß doch mal irgendwo was durchsickert. Die Bundesfinanzbehörde setzte ihre Schnüffler an und ertappte mich beim Einsparen von lausigen sechzigtausend Dollar Einkommenssteuer. Oder waren es fünfundsechzig? Egal, sie dachten wohl, mehr könnten sie mir nicht nachweisen. Ich bekam vierzehn Monate Zeit zum Bereuen, aber in neun werde ich wegen guter Führung entlassen.

Ich fühle mich hier fast zu Hause, denn als die Finanzbehörde das Netz zuzog, da zappelten eine Menge Fische darin – Donavan, Morgan und Janecki aus meiner Organisation, Big Khan und zwei seiner besten Jungens und Mike Oakley aus dem Norden unseres Staates.

Die grünen Lappen schmieren immer noch gut – drinnen wie draußen –, drum hat Big Khan einen Job im Maschinenhaus, wo er Skalen abliest und sich im Gähnen übt, und Mike Oakley arbeitet im Gartenschuppen und streicht Hacken- und Schaufelstiele. Dieses Jahr ist Orange an der Reihe.

Ich bin, wie schon erwähnt, in der Bücherei, und da lief ich doch am zweiten Tag Charley buchstäblich in die Arme.

Ich schob meinen Wagen die Gänge entlang, holte mir Bücher aus den Regalen, hakte meine Bestelliste ab, und als ich um eine Ecke bog, da stieß ich mit dem alten Charley zusammen. Er schaffte es gerade noch, nicht nach hinten zu kippen, aber sein Buch flog ihm aus der Hand und schlidderte den Gang entlang. Wie ein Hase sauste Charley hinter ihm her, schnappte es und barg es unter dem Arm.

Seine Hektik amüsierte mich. »Hab ich was kaputtgemacht?«

»O nein«, sagte er rasch. »Alles in Ordnung.«

»Du bist ja hinter dem Buch hergewesen, als ob es sich in Luft auflösen könnte.«

Er warf mir ein entschuldigendes Lächeln zu. »Ist doch nur, weil ich mich für diese Bücher verantwortlich fühle und weil ich nicht will, daß einem davon was passiert.«

Ich war neugierig auf das, was er immer noch unter den Arm geklemmt hielt. »Wie heißt es denn?«

Charley zögerte, dann ließ er mich einen Blick darauf werfen – *Die Mühle am Floß.*

Ich erinnerte mich an das Buch und an die Pflichtlektüre in der High School. Ich mußte schon wieder grinsen. »Wer zum Teufel hat denn das angefordert?«

Er räusperte sich. »Eigentlich niemand.«

»Sag bloß, *du* willst das lesen?«

Beinahe hätte er genickt, dann schien er anderen Sinnes zu werden. »Nein. Ich hab es vom Fußboden aufgesammelt. Wollte es gerade zurück an seinen Platz stellen.«

Ungefähr eine Woche später, nachdem wir in der Bücherei für diesen Tag Klarschiff gemacht hatten und auf die Essenspfeife warteten, erzählte mir Charley dann von dem Nummernkonto und von *Angeline*.

»So vor zwölf Jahren habe ich den Entschluß gefaßt, endlich an die Zukunft zu denken«, sagte Charley. »Ich verdiente mit meinen Jobs eine schöne Stange Geld, aber es zerrann mir zwischen den Fingern. All diese Jahre hatten mir nichts eingebracht als ein Strafregister, und so kam ich zu dem Schluß, es wäre ratsam, zumindest einen Teil meiner Einkünfte zurückzulegen. Ich wollte doch nicht eines Tages als Penner auf der Straße enden. Und so hielt ich Ausschau nach einem Plätzchen, wo ich mein Geld sicher aufbewahren konnte – falls man mich wieder für ein Weilchen aus dem Verkehr ziehen sollte –, und dann hörte ich von diesen Nummernkonten bei einigen Banken. Auch schon mal davon gehört?«

Ich konnte gerade noch ein Lächeln unterdrücken. Und ob ich davon gehört hatte! Ich besaß doch ein halbes Dutzend, eines davon sogar in der Schweiz, aber ich antwortete: »Nein, nicht daß ich wüßte.«

»Sie sind echt geheim«, sagte Charley. »Man bekommt nur die Nummer, und das ist dann das Konto. Man zahlt Geld auf dieses Konto ein, und niemand – außer natürlich ein, zwei Bankangestellten – weiß, wem das Konto gehört. Außerdem ist diesen Bankangestellten jeder Name recht, die zucken nicht mal mit der Wimper. Denen ist alles egal, die interessiert nur die Nummer und das Geld, das man auf ihrer Bank hat.«

»Solche Menschen soll es geben«, sagte ich.

Charley pflichtete mir bei. »So hab ich also angefangen, mir einen kleinen Notgroschen zurückzulegen. Wenn ich ein Ding gedreht hatte, schickte ich einen Teil, manchmal auch das ganze Geld, auf das Nummernkonto in San Francisco, und auf diese Weise bin ich zu den Fünfzehntausend gekommen.«

»Und nun willst du dir die Hütte kaufen und mutterseelenallein auf einem gottverlassenen Stückchen Land leben?«

Charley zögerte. »Naja, so ganz allein nun auch wieder nicht. Da ist noch Angeline.«

»Wer ist denn Angeline?«

Charley schien sich ein bißchen zu genieren. »Ein Mädchen, das ich kennengelernt habe, als ich das letzte Mal draußen war. Sie tanzte in dieser Revue, die dann dichtmachte, da war sie arbeitslos. Ich hab ihr hier und da ein bißchen unter die Arme gegriffen, und dabei sind wir uns nähergekommen. Ich bin zwar ein bißchen älter als sie, aber sonst kamen wir gut miteinander aus.«

Ich blickte aus dem Fenster. »Und ihr hast du wohl alles über das Nummernkonto erzählt?«

Charley nickte. »Gerade bevor sie mich dann wegen Verstoßes gegen die Bewährungsvorschriften schnappten.«

»Und hast ihr Vollmacht gegeben, daß sie Geld abheben kann?«

Charley wurde ein wenig aggressiv. »Aber Mr. Regan, wir wollten doch heiraten. Wenn mir nun etwas zustößt? Vielleicht werde ich ja neunzig, aber das weiß man doch nicht im voraus. Wozu wäre denn das ganze Geld nütze, wenn es auf der Bank festläge und sie nicht ran könnte?«

Charley hatte mir früher mal erzählt, daß der einzige Mensch, der sich je an Besuchstagen blicken ließ, sein Bruder war.

»Und wieso besucht sie dich nicht ab und zu mal?«

»Das ist so«, sagte Charley, »wir waren der Ansicht,

daß wir, sollte man mich wegen irgendwas schnappen, lieber keinen Kontakt aufnehmen sollten, damit nicht irgend jemand uns beide miteinander in Verbindung bringt und das mit dem Bankkonto herauskommt. Schließlich ist das Geld gestohlen; man könnte es mir ja wegnehmen.«

»Dann schreibt sie dir?«

»Nein«, sagte Charley. »Das wäre doch auch eine Kontaktaufnahme, Mr. Regan.«

Ich musterte meine Fingernägel. »Hast du ihr von deinem kleinen Pensionierungstraum erzählt?«

»Klar«, sagte Charley. »Sie hat gesagt, daß sie die Großstadt gräßlich findet und sich schon immer einen Garten gewünscht hat.«

»Wie heißt Angeline denn mit Nachnamen?«

»Angeline Del Monico«, sagte Charley. »Manchmal benutzt sie auch ihren Künstlernamen Gloria Fontaine, aber sie hat mir gesagt, daß ihr richtiger Name Del Monico ist.«

Ich konnte mir Angeline Del Monico so richtig beim Unkrautzupfen in den Möhren- und Zwiebelbeeten vorstellen.

Die Pfeife schrillte, und wir verließen die Bücherei.

Während der nun folgenden Wochen lernte ich Charley besser kennen. Wie schon gesagt, hatte er sein halbes Leben in regelmäßigen Abständen hier verbracht und kannte alle Tricks. Ich ließ ihn hin und wieder Besorgungen für mich machen, Kleinkram. Er hätte das umsonst erledigt, aber ich sorgte dafür, daß er Sonderzuwendungen bekam, wie zum Beispiel Süßigkeiten oder Zigarren.

Eines Tages schickte ich Charley dann mit einer Stange Zigaretten zum Sekretär des Gefängnisdirektors, und er kam mit ein paar gefälschten Passierscheinen zurück, so daß ich ein Treffen mit Big Khan und Mike Oakley in der Bücherei arrangieren konnte.

Ich sprach von unseren Organisationen und dem, was mir vorschwebte.

Big Khan schüttelte den Kopf. »Mir gefällt es so, wie es ist Regan. Wir sind uns doch fünfzehn Jahre lang nicht in die Quere gekommen.«

Oakley pflichtete ihm bei. »Wir drei haben doch den Staat schön brüderlich mit genauen Grenzen unter uns aufgeteilt. Warum nicht dabei bleiben?«

»Weil die Zeiten sich geändert haben«, sagte ich, »die großen Fische schlucken jetzt die kleinen.«

Big Khan nahm die Zigarre aus dem Mund. »Das kapier ich nicht.«

»Paßt mal auf, Jungs«, sagte ich, »im Augenblick läuft bei uns noch alles gut, aber wir leben innerhalb einer chinesischen Mauer. Und die geht demnächst kaputt. Und draußen gibt es ein paar ganz schön große Organisationen. Die expandieren immer mehr und machen auch nicht an den Grenzen unseres Staates halt.«

Big Khan mußte gegen seinen Willen nicken. »Da ist was dran.«

»Das langt nicht«, sagte ich. »Überall mal Händeschütteln, das reicht nicht bei dicker Luft oder wenn die Versuchung lockt. Wir würden ja doch jeder nur auf seinen eigenen Vorteil bedacht sein.«

»Was also dann?« fragte Oakley.

»Konsolidierung«, sagte ich. »Legale Konsolidierung. Wir müssen unsere Organisationen in eine Aktiengesellschaft umwandeln.«

Oakley rieb sich das Kinn. »Mit Anteilen und dem ganzen Pipapo. Einem Aufsichtsrat?«

»Warum nicht?« fragte ich.

Big Khan griente. »Und mit einem Aufsichtsratsvorsitzenden, der ein hübsches Gehalt und einen fetten Bonus einstreicht? Und wer von uns darf sich in dieses weiche Nest setzen?«

Oakley grübelte immer noch an dem Vorhaben herum: »Da ist vielleicht was dran, Regan. Aber es wird eine irre Menge Schwierigkeiten geben, wenn wir aus drei Organisationen eine machen wollen. Bei meinem eigenen kleinen Laden mußte ich doch wahrhaftig schon auf Computer umstellen, nur um Schritt halten zu können.«

»Ich erwarte ja auch nicht, daß wir uns eine AG aus dem Ärmel schütteln können«, sagte ich, »aber wir haben doch alle hochbezahlte Buchhalter und Anwälte; sollen die sich eine Zeitlang den Kopf zerbrechen und etwas ausklügeln, das wir alle frohen Herzens unterschreiben können.«

Nachdem sie gegangen waren, half Charley mir, meinen Bücherwagen vollzuladen.

»Als Sie hier ankamen, wußte ich nicht, was ich von Ihnen halten sollte«, sagte er. »Sie haben mich in Erstaunen versetzt.«

»Erstaunen worüber?«

»Naja, Ihr Foto war doch immer in den Zeitungen, und Sie gelten als harter Typ, aber bisher sind Sie noch nicht einmal laut geworden.«

»Aber Charley, ein harter Typ sein heißt doch nicht unbedingt brüllen. Die gewalttätigen Zeiten sind passé, außer vielleicht für ein paar junge Ganoven, die sich zuviel alte Filme ansehen. Und außerdem sind die meisten Dinger, in denen ich meine Finger jetzt drin habe, legal.«

Als wir den Wagen vollgeladen hatten, sagte ich: »Charley, hast du immer noch dieses Konto in San Francisco?«

»Klar doch.«

Ich rückte ein paar Bücher zurecht. »Ich hab mir gedacht, daß sowas für mich doch auch was abwerfen könnte. Ich nehme nicht an, daß jede Bank solche Konten führt?«

»Wohl kaum.«

»Vielleicht könnte ich bei deiner Bank ein Konto eröffnen. Wie hieß sie doch noch?«

Charley zögerte.

Ich grinste. »Was ist denn los, Charley? Traust du mir etwa nicht?«

Er schien sich ein bißchen zu genieren. »Das ist es nicht, Mr. Regan. Man muß eben vorsichtig sein. Selbst, wenn man Leuten vertraut«, setzte er ruhig hinzu.

Ich glaube, ich sah so richtig beleidigt aus. »Was könnte ich dir denn schon anhaben, selbst wenn ich den Namen deiner Bank wüßte? Die Nummer des Kontos kennst nur du, und die wirst du doch wohl nicht ausplaudern.«

»Ganz recht«, sagte Charley. »Nichts für ungut.«

»Natürlich nicht, Charley. Wir sind und bleiben Freunde.«

Jetzt hatte ich ihn weich. »Naja, Ihnen kann ich den Namen ja sagen. Es ist die West Coast Maritime Bank.«

»Danke. Hoffentlich hab ich ihn nicht vergessen, wenn ich rauskomme.«

Ich ordnete ein paar Bücher ins Regal. »Da fällt mir gerade was ein: was ist, wenn du die Nummer deines Kontos vergißt?«

»Kann mir nicht passieren,« sagte Charley fest.

»Du könntest doch mal auf den Kopf fallen. Amnesie. Sowas soll vorkommen.«

Charley lächelte. »Darüber mache ich mir keine Sorgen. Und wenn es wirklich passieren sollte, weiß Angeline die Nummer. Sie hat sie aufgeschrieben.«

»Zettel sollen auch schon verlorengegangen sein.«

»Und wenn er verlorenginge und ich die Nummer vergessen würde, dann stünde sie ja immer noch ...« Er hielt inne.

Ich seufzte. »Hast du den Zettel etwa in der Tasche oder vielleicht irgendwo in deiner Zelle versteckt? Wie unklug, Charley. Wenn er nun bei einer Razzia gefunden würde und wenn dann einer gewitzt genug wäre, sich auszurechnen, was die Zahlen bedeuten?«

Charley schüttelte den Kopf. »Nein. Die finden nichts. Nicht bei mir und auch nicht in meiner Zelle.«

Weder bei ihm noch in seiner Zelle? Wohin konnte Charley sonst noch gehen?

Meine Augen schweiften über die Bücherregale. Ich lächelte.

Als Charley seinen Wagen rausrollte, blieb ich zurück und ging zu den Regalen. Bei der Belletristik machte ich halt und zog unser einziges Exemplar von *Die Mühle am Floß* heraus. Der Tagesstempel besagte, daß es zum letzten Mal 1913 ausgeliehen worden war.

Langsam blätterte ich das Buch durch, und da stand sie auf Seite 186 – die Nummer C–165, mit Tinte geschrieben.

Montag war Besuchstag, da kam mein Anwalt Harry Honeck zu Besuch. Ich erkundigte mich bei ihm nach meinen Kindern – Tommy, dem Elfjährigen, und der neunzehnjährigen Diana, Studentin im zweiten Jahr an der Landesuniversität.

»Was ist los?« fragte Harry. »Schreiben sie etwa nicht?«

»Klar schreiben sie«, sagte ich. »Meine Frau auch. Aber Sie sehen sie doch ab und zu, und mir liegt an Augenzeugenberichten.«

»Also gut«, sagte Harry. »Tommy hat einen Mückenstich am linken Ellenbogen, und Dianas neuester Freund kam zwei Minuten und sechzehn Sekunden zu spät zum Rendezvous.«

»Schon gut, Schlaumeier«, sagte ich. »Wechseln wir das Thema.«

»Haben Sie mit Big Khan und Oakley gesprochen?«

Ich nickte. »Die erste Sitzung hat stattgefunden. Sie lassen sich das noch durch den Kopf gehen, aber ich denke doch, daß es klappt.«

»Gut«, sagte Harry. »Da hat dann doch jeder was davon. Ich weiß, daß der amerikanische Traum immer noch existiert, aber eben nur als Traum. Die Tage der Einzelkämpfer sind vorbei. Heutzutage hat nur das Team, die Firma, die Aktiengesellschaft eine Chance.«

»Harry«, sagte ich, »ich hab ein bißchen Arbeit für Sie.« Ich gab ihm Charleys Kontonummer und erklärte die Situation.

Er rieb sich das Kinn. »Und was genau wollen Sie rausfinden?«

»Wieviel Geld auf dem Konto ist.«

»Das dürfte etwas schwierig werden.«

»Aber, Harry, wir beide wissen doch, wie man mit Schwierigkeiten fertig wird, oder?«

Er griente. »Angenommen, es ist alles noch da? Angenommen, Angeline Del Monico wartet tatsächlich mit einem Exemplar von ›Organischer Gartenanbau‹ im treuen Händchen? Fressen Sie dann Ihren Hut?«

»Nein«, sagte ich. *»Die Mühle am Floß.«*

Aber das war gar nicht nötig.

Am nächsten Besuchstag tauchte Harry wieder auf. »Es sind nur einhundertundein Dollar auf Charleys Konto.«

»Verdammt«, sagte ich. »Warum hat sie nicht alles abgehoben?«

»Weil es das Minimum ist, das auf dem Konto bleiben muß. Ich schätze, sie wollte es nicht auflösen, falls jemanden die Neugier packen sollte herauszufinden, ob es das Konto noch gibt. Soll ich diese Del Monico oder Fontaine aufspüren?«

»Vergiß es. Die hat sich das Geld wahrscheinlich schon vierundzwanzig Stunden, nachdem man Charley wieder hierherschickte, unter den Nagel gerissen. In welchem der fünfzig Staaten wollen Sie sie denn suchen?«

Fünf Minuten später ging Harry, und als ich in die Bücherei zurückkehrte, fegte Charley gerade, denn es war fast Zeit zum Dichtmachen.

Er warf einen Blick auf den Wandkalender. »Wenn nichts schiefgeht, dürfte ich Montag draußen sein. Drei Tage vor Weihnachten.« Er lächelte. »Von jetzt an werde ich alle Weihnachtsfeste draußen feiern.«

»Klar doch, Charley«, sagte ich.

Der Montag war kalt und trübe. Aus dem Fenster der Bücherei konnte ich Charley über den windigen Hof gehen sehen; seinen Hut hielt er gut fest, in der Hand trug er den kleinen Koffer. Das Tor wurde geöffnet, und er schritt hindurch in die Welt da draußen.

Big Khan, Oakley und ich kamen zu einer weiteren Sitzung zusammen – dieses Mal im Gartenschuppen –, und wir beschlossen, unseren Buchhaltern und Anwälten grünes Licht für die Ausarbeitung von Fusionsplänen zu geben. Wenn uns ihre Pläne zusagten (warum sollten sie das nicht?), würden wir die Konsolidierung unterzeichnen.

»Ich überlege immer noch, wer Aufsichtsratsvorsitzender der Aktiengesellschaft werden soll«, sagte Big Khan. »Was wir brauchen, ist ein heller Kopf.« Er polierte seine Nägel und griente.

Oakley fischte in seinen Taschen nach Zigaretten und stellte fest, daß sie ihm ausgegangen waren. Er drehte sich um. »He, Charley, sei so gut und hol mir ...«

Er hielt inne. »Mist, ich hab doch glatt vergessen, daß Charley nicht mehr bei uns ist.«

»Ein netter kleiner Kerl«, sagte Khan. »Hätte dir sein letztes Hemd gegeben.«

Oakley pflichtete ihm bei. »Der hat doch praktisch den Laden hier geschmissen, wo er soviel Jahre seines Lebens hier zugebracht hat.«

Khan nickte. »Kam gelegentlich rüber ins Maschinenhaus zu einem Schwätzchen. Wußtet ihr, daß Charley einen geheimen Notgroschen von fünfzehntausend Dollar hatte?«

»Das wußte doch jeder«, sagte Oakley. »Weißt du aber auch, wieviel ihm dieses widerliche Weib übriggelassen hat? Einhundertundeinen Dollar. Kontonummer L–372, ja, das war's.«

»Nein«, sagte Khan. »Es war Kontonummer B–438. Ich

bin mal um den Generator rumgesaust und mit Charley zusammengestoßen, so daß ihm das Buch aus der Hand flog. Es war *Der Landpfarrer von Wakefield.*«

Oakley schüttelte den Kopf. »Nein, verdammt noch mal. Ich bin mit ihm zusammengestoßen, als ich aus dem Geräteschuppen kam, und das Buch hieß *Timon von Athen.*«

»Nun hör mal gut zu«, sagte Big Khan. »Ich müßte doch Charleys Kontonummer wissen. Schließlich habe ich heimlich fünfzehntausend Dollar auf Kontonummer B–438 überweisen lassen.«

»Verdammter Mist«, fuhr ihn Oakley an. »Es war L–372, und mein Anwalt hat fünfzehntau ...«

Schweigen im Walde.

Big Khan und Oakley warfen sich Blicke zu, dann liefen beide rot an.

Ich hatte so eine Ahnung, daß es gar keine Angeline Del Monico gab und auch nie gegeben hatte. Wieviel weitere Konten mit einhundertundeinem Dollar Charley wohl noch in San Francisco eröffnet hatte? Oder war sein Bruder für diesen Teil des Geschäfts zuständig?

Ich konnte nachfühlen, wie Big Khan und Oakley zumute war. Es war nicht das Geld, sondern hier ging es ums Prinzip.

Auch mich hatte Charley zum Narren gehalten, Nummer C–165, aber ich mußte das ja nicht auch noch öffentlich zugeben.

Statt dessen schnalzte ich mitleidsvoll mit der Zunge. »Erzählt mir bloß nicht, daß zwei große, schlaue Bosse wie ihr sich von einem kleinen, grauhaarigen Mickerling reinlegen lassen! Pfui, schämt euch! Ein schöner Eindruck, wenn sich das jemals rumsprechen sollte.«

Sie schauten mich an.

Plötzlich überkam mich eine Ahnung, daß ich zum Aufsichtsratsvorsitzenden einer großen, neugegründeten Aktiengesellschaft gewählt werden würde.

Ein neues Blatt

Wir waren seit drei Monaten verheiratet, und ich hielt die Zeit nun für gekommen, mich meiner Frau zu entledigen.

Ich durchsuchte das Gewächshaus und den Schuppen, doch die enthielten nur so ungiftige Dinge wie Pfropfwachs, Kalk, Torfmoos und ähnliches mehr.

Ich kehrte zum Haus zurück. »Henrietta, wo bewahrst du die Gifte auf? Ich meine die zum Spritzen und so für den Garten?«

»Aber Lieber«, sagte meine Frau, »wir wenden die organische Methode an. Ohne Spritzen oder irgendwelche Chemikalien. Wir reichern den Boden mit organischen Substanzen an wie die Natur – mit Blättern, gemähtem Gras, vor allem aber mit Grünsilage. Ein gesunder Boden bringt gesunde Pflanzen hervor, und Schädlinge können nun einmal gesunden Pflanzen nichts anhaben. Wofür wolltest du denn das Gift haben, Schatz?«

»Ich habe auf einem der Sträucher einen Käfer gesehen.«

Sie lächelte nachsichtig. »Man sollte Käfer nicht wahllos umbringen, William. Viele von ihnen sind sehr nützlich.«

Ich musterte sie. »Henrietta, ich wollte dich schon lange fragen, wo du deine Kleider kaufst.« Ich hatte auch fragen wollen: »Und warum?«, unterließ es aber.

Sie warf einen schnellen Blick in den Spiegel. »Jeden

Monat oder so rufe ich einfach Elaines Boutique an und lasse mir drei, vier Kleider bringen.«

»Probierst du sie denn nie an, bevor du sie kaufst?«

»Das ist nicht nötig, Schatz. Elaine kennt meine Größe.« Sie blickte an ihrem Kleid herunter. »Gefällt es dir, William?«

»Es sitzt perfekt. Aber wenn du das nächste Mal die Neigung verspürst, ein neues Kleid zu kaufen, dann sollten wir besser zusammen zu Elaine gehen und sehen, was sie anzubieten hat.«

Als mein Vater das Zeitliche segnete, hinterließ er mir ein Erbe, das diese Bezeichnung nicht gerade verdiente. Damit meine ich, daß ich mich gezwungen sah, das Kapital anzugreifen, um wie ein kultivierter Mensch leben zu können. Im Verlauf von fünfzehn Jahren war das Kapital natürlich bis auf Null zusammengeschmolzen. Kurz gesagt, zu der Zeit, als ich Henrietta kennenlernte, lebte ich auf Pump.

Ich habe Arbeit nie für eine Pflicht, ein Vergnügen oder eine Herausforderung gehalten, und ich habe immer den Verdacht gehegt, daß die, denen sie Spaß macht, im Grunde genommen Masochisten sind.

So hatte ich fünfundvierzig Jahre gelebt, ohne mir mit Arbeit die Hände schmutzig zu machen, und ich hielt es für ausgesprochen unfair, dies jetzt von mir zu erwarten.

Mir blieb ein letzter Ausweg. Die Ehe.

Bei anderen habe ich nie etwas gegen diese Institution gehabt. Mir ist bewußt, daß ein durchschnittlicher Kopf sich mit irgendetwas beschäftigen muß, sei es nun Arbeit, Comic-Hefte oder die Ehe. Ich dagegen habe immer meinen Status der Unabhängigkeit geschätzt, und die Aussicht, Mitglied eines »Teams« zu werden – auch wenn dieses Team aus nur zwei Menschen bestand –, bedrückte mich außerordentlich.

Aber ich war mittellos, und daher war es notwendig für mich, in die Ehe einzutauchen.

Nachdem ich mich einmal zu diesem Entschluß durchgerungen hatte, frequentierte ich die Geselligkeiten meiner Kreise mit prüfendem Blick. Trotz meiner verzweifelten Lage fand keine der Kandidatinnen Gnade vor meinen Augen. Schließlich dehnte ich meine Suche auf nachmittägliche Tee-Einladungen aus – und auf einer von diesen erblickte ich Henrietta zum ersten Mal.

Sie machte keinen Eindruck auf mich. Ihre Kleidung war nicht direkt unmodern, erweckte jedoch die Vorstellung, daß sie sie mit verbundenen Augen gekauft hatte. Sie war eine kleine, zerbrechlich wirkende Frau, die allein in einer Ecke saß und dünn vor sich hinlächelte. Man hatte das Gefühl, daß sie ganz zufällig hereinspaziert war und jetzt nicht so recht wußte, wie sie wieder hinauskommen sollte.

Ich hatte gerade ein Gähnen unterdrückt, als Henrietta den Inhalt ihrer Teetasse verschüttete.

Die Augen der Gastgeberin spien Pfeile. »Also wirklich, Henrietta!«

Diese wurde puterrot. »Es tut mir leid, Clara, meine Gedanken waren woanders.«

Claras Schultern zuckten. »Warum kannst du dich nicht besser vorsehen? Der Läufer kommt gerade aus der Reinigung.«

Mir kam der Gedanke, daß eine Frau, die sich wie Henrietta kleidete, entweder arm sein mußte oder zu reich, um dem Wert beizumessen. Als das Geplappere fortgesetzt wurde, wandte ich mich an Hawley Purvis, der rechts von mir saß. »Henrietta? Ist sie nicht eine von den Bartons? Denen, die vergangenes Jahr praktisch ihr ganzes Geld verloren haben?«

»Du lieber Himmel, nein!« sagte Purvis. »Sie ist eine Lowell. Hat diesen phantastischen Besitz am Seeufer. Zwanzig Hektar, so in der Größenordnung, und Scharen von Angestellten.«

»Verheiratet?«

»Nein. Nie gewesen.«

Ich starrte quer durchs Zimmer auf Henrietta. Ein Hausmädchen trat mit der Teekanne zu ihr. Henrietta schien von der Aussicht, wieder eine volle Tasse Tee in der Hand zu haben, beunruhigt. Gerade wollte sie ablehnen, doch es war zu spät. Das Mädchen goß ein.

Henrietta hielt die Tasse behutsam mit beiden Händen.

Ich rieb mir nachdenklich das Kinn. Zwanzig Hektar? Scharen von Angestellten? Verstohlen beobachtete ich Henrietta. Sie trank die Tasse halb leer, und nach fünf Minuten gingen ihre Gedanken offensichtlich wieder auf Wanderschaft. Die Tasse glitt ihr aus der Hand, und der Inhalt ergoß sich auf den Läufer.

Claras Gesicht wurde bläulich, und sie schrie: »Henrietta!«

Dieses Mal erblaßte Henrietta. Wenn sie hätte in Ohnmacht fallen können, so hätte sie es getan, davon war ich überzeugt.

Ich erhob mich und goß den Inhalt meiner eigenen Tasse sorgfältig auf Claras Läufer. »Gnädige Frau«, sagte ich förmlich, »bringen Sie Ihren verdammten Läufer in die Reinigung und schicken Sie mir die Rechnung.« Der Zeitpunkt zum Handeln war gekommen.

Ich bot Henrietta meinen Arm, und wir gingen.

Die größten Widerstände gegen meine Heiratspläne kamen nicht von Henrietta, sondern von Ihrem Anwalt, Adam McPherson.

Ich machte seine Bekanntschaft, eine Woche nachdem Henrietta und ich unsere Verlobung bekanntgegeben hatten. Er kam in mein Appartement, stellte sich vor und starrte mich dann eisig an. »Wieviel wollen Sie?«

»Wofür?«

»Wieviel wollen Sie haben, wenn Sie die Heirat mit Henrietta absagen?«

Ich runzelte die Stirn. »Hat sie Sie geschickt?«

»Nein. Das war meine eigene Idee. Ich biete Ihnen zehntausend.«

»Wenn Sie sich umdrehen, sehen Sie hinter sich eine Tür. Es ist der Ausgang.«

Er ließ sich nicht einschüchtern. »Als ich von Ihnen hörte, habe ich Sie überprüfen lassen. Sie sind arm wie eine Kirchenmaus und haben in nahezu allen Geschäften Schulden, einschließlich Curleys Teppichreinigung.« Seine Lippen wurden schmal. »Sie heiraten Henrietta doch nur wegen ihres Geldes.«

»Tatsächlich? Und was, abgesehen von meiner finanziellen Lage, macht Sie dessen so sicher?«

»Ich habe unter Ihren Bekannten herumgefragt. Sie sind einhellig der Meinung, daß Sie zärtlichen Gefühlen ebenso zugänglich sind wie ein Fisch. Ein kalter Fisch, um genau zu sein.« Er erneuerte sein Angebot. »Zehntausend Dollar.«

Was sind schäbige Zehntausend im Vergleich zu Henriettas Millionen? »Henrietta und ich lieben uns innig«, sagte ich fest. »Ich würde mich von ihr nicht trennen wollen, nicht für weniger als ... alles Geld der Welt.«

»Zwanzigtausend.«

»Niemals.«

»Dreißig. Und das ist mein letztes Wort.«

»Mein ›Nein‹ auch. Ist es Ihr Geld, das Sie da bieten?«

»Ja.«

»Und welches Motiv haben Sie?«

»Ich möchte nicht, daß Henrietta einen Fehler macht, den sie ihr Leben lang bereuen wird.«

Ich wagte einen Schuß ins Blaue. »Haben Sie je um ihre Hand angehalten?«

Er nickte verbittert. »In den vergangenen zwölf Jahren ungefähr viermal im Jahr.«

»Und ihre Gefühle?«

»Für sie bin ich ein lieber, vertrauenswürdiger Freund. Sehr deprimierend.« Ein plötzlicher Einfall heiterte seine Miene wieder auf. »Lieben Sie Henrietta *wirklich*?«

Ich gebrauchte ein mir ungewohntes Wort. »Leidenschaftlich.«

Er rieb sich die Hände. »Dann würden Sie doch sicher nichts dagegen haben, ein Dokument zu unterzeichnen, in dem Sie auf alle Rechte bezüglich Henriettas Vermögen verzichten?«

»Henrietta würde so einer Sache niemals zustimmen.«

»Ich werde sie fragen.«

»Und ich drehe Ihnen den Hals um.« Ich faßte mich wieder. »Wenn es in Ihrem Interesse liegt, Henrietta glücklich zu wissen, dann wird es Ihnen zweifelsohne aufgefallen sein, daß sie, seitdem sie mich kennengelernt hat, sozusagen auf Wolken geht.«

Er gab es widerstrebend zu. Dann seufzte er. »Na gut. Ich werde mich der Heirat nicht länger widersetzen.«

»Nett von Ihnen.«

Er musterte mich einen Moment. »Henrietta muß wirklich beschützt werden.«

Dem pflichtete ich bei. »Sie ist ziemlich naiv.«

Er korrigierte mich. »Treuherzig.« Er ging zur Tür, doch dann drehte er sich um. »Ich nehme an, Sie wissen, daß sie an der Universität lehrt?«

Ich verstand nicht. »Henrietta?«

»Ja. Als außerordentlicher Professor. Botanik. Spendet ihr ganzes Gehalt für die Wohlfahrt.«

Darum also war sie an Wochentagen außer abends nie zu Hause gewesen. »Das hat sie mir nie erzählt.«

»Wahrscheinlich vergessen«, sagte McPherson. »In manchen Dingen ist sie ein zerstreuter Professor.«

Drei Wochen später heirateten Henrietta und ich. Es war eine kleine, intime Zeremonie, die nur dadurch getrübt wurde, daß McPherson schon betrunken ankam und in Tränen ausbrach, als ich Henrietta den Ring an den Finger steckte. Sie war aufgeregt und weinte.

Die Flitterwochen verbrachten wir auf den Bahamas, wo Henrietta unglaubliche Mengen an Farnen und den verschiedensten tropischen Gewächsen für spätere Studien zu Hause sammelte.

Nach der Rückkehr auf ihren Landsitz ertrug ich eine Woche lang schlechten Service und miserables Essen, während ich meine Zeit über den Haushaltsbüchern zubrachte.

An dem Tag, als Henrietta wieder ihren Unterricht an der Universität aufnahm, rief ich die Dienstboten zusammen. Sie betrachteten mich mit einheitlich zusammengekniffenen Augen und kollektiver Unverschämtheit.

Mein erster Angriff galt dem Eckpfeiler – der Haushälterin. »Mrs. Tragger. Ab durch die Mitte.«

Sie verschränkte die Arme. »Wie bitte?«

Ich lächelte zuckersüß. »Sie haben etwas an sich, das mir rätselhaft ist. Warum laufen Sie ewig mit gerunzelter Stirn herum?«

Sie runzelte die Stirn.

Meine Stimme war sanft. »Man sollte annehmen, daß Sie überschäumend fröhlich sein müßten. Vergnügt. Völlig ausgelassen. Tag und Nacht pfeifend. Schließlich ist es Ihnen doch gelungen, die Haushaltsrechnungen in den vergangenen sechs Jahren um achtzehntausend Dollar aufzubauschen.«

Ihr Gesicht wurde finster. »Wollen Sie mich etwa beschuldigen, daß ich ...«

»Ja.«

Sie funkelte böse. »Ich verklage Sie auf der Stelle.«

»O bitte. Sowie Sie aus dem Gefängnis entlassen sind.«

Sie sah verunsichert aus, doch sie sagte: »Sie können mir nichts beweisen.«

Das wäre tatsächlich schwierig gewesen. Ich zeigte ihr jedoch die Zähne. »Verehrteste, ich *kann* es vor jedem Richter und jeder Jury hinlänglich beweisen. Doch ich neige zum Großmut. Haben Sie einen Koffer?«

Sie blinzelte. »Ja.«

»Ausgezeichnet. Dann packen Sie ihn auf der Stelle und gehen Sie. Sie sind entlassen.«

Sie schien etwas Lästerliches und Vernichtendes von sich geben zu wollen, aber vielleicht ließ sie die Art meines Lächelns anderen Sinns werden. Sie fuhr sich mit der Zunge über die Lippen und warf einen Blick auf ihre Zuhörerschaft. Schließlich räusperte sie sich und stolzierte aus dem Zimmer.

Als nächstes nahm ich mir den Chauffeur vor, ein unrasiertes Individuum, das ganz offensichtlich in seiner Uniform schlief. »Simpson.«

»Was?«

»Glauben Sie, daß wir unsere Wagen verramschen sollten?«

»Hä?«

»Ich glaube wirklich, rein wirtschaftlich gesehen, daß wir die Autos losschlagen sollten – und zwar allesamt. Auf Grund Ihrer Kilometer- und Benzinabrechnungen stelle ich fest, daß auch nicht ein einziges weniger als vierzig Liter auf hundert Kilometer verbraucht.«

Er trat von einem Fuß auf den anderen. »Wahrscheinlich sind irgendwo 'n paar Zahlen nicht richtig.«

»Möglich. Aber über die brauchen Sie sich keine weiteren Sorgen zu machen. Ich nehme an, daß Sie auch einen Koffer haben?«

Er schoß finstere Blicke. »Mich kann nur Miss Lowell feuern.«

Ich lächelte. »Miss Lowell ist jetzt Mrs. Graham, und falls ich Sie in einer Stunde noch auf dem Grundstück antreffe, werde ich Sie als Eindringling betrachten. Ich ziele nicht auf Ihren Kopf, denn der ist aus Eisen. Aber es bleibt ja noch genug übrig, so daß ich kaum danebentreffen kann.«

Ich entließ nicht alle Angestellten – lediglich siebzig Prozent – und die Hälfte davon ersetzte ich sofort mit Hilfe einer renommierten Arbeitsvermittlung.

An diesem Abend wurde das Essen pünktlich und tadellos serviert, außerdem war es fein gekocht.

Henrietta nahm von dem Essen keine Notiz – das tut sie selten –, aber gegen Ende der Mahlzeit fiel ihr Blick zufällig auf das Serviermädchen, und sie runzelte nachdenklich die Stirn. »Sind Sie neu hier? Ich habe Sie noch nie gesehen.«

»Ja, gnädige Frau.«

Henrietta wandte sich mir zu.

»Was ist mit Tessie?«

»Ich habe sie entlassen. Sowie etliche von den anderen Dienstboten. Einige habe ich ersetzt, aber nur die, die benötigt werden, damit der Haushalt ordentlich funktioniert. War es wichtig für dich, *drei* untaugliche Zofen zu haben?«

»Drei? Entschuldige, William, aber ich wußte nicht, daß ich überhaupt eine hatte. Mrs. Tragger stellt das ganze Personal ein. Aber abgesehen davon, ich habe nie eine von ihnen gesehen. Ich ziehe mich allein an.« Sie sah mich erwartungsvoll an. »Hast du Mrs. Tragger entlassen?«

»Ja.«

»Und den Chauffeur auch?«

»Ja.«

Ihr Blick drückte tiefste Bewunderung aus. »Ich habe immer ein wenig ... *Angst* ... vor ihnen gehabt. Besonders vor dem Chauffeur. Er wirkte immer so ungehalten, wenn ich ihn bat, mich irgendwohin zu fahren. Deshalb habe ich immer den Bus genommen.«

Nach einem Monat funktionierte der Haushalt mit der angemessenen Effizienz und Ehrlichkeit auf seiten des Personals. Und nun, beim Frühstück, grübelte ich über meinen nächsten Schritt nach – Unabhängigkeit verbunden mit Reichtum. Und das hieß, ich mußte mich meiner Gattin auf Dauer entledigen.

Gift? Ja, eine annehmbare Methode, aber würde ich welches bekommen, ohne irgendwo unterschreiben zu müssen?

Ich hatte noch nie jemanden getötet, doch meinte ich, mit einem gewissen Gleichmut morden zu können. Nicht etwa, daß ich mir den Todeskampf ansehen wollte. Ich würde taktvollerweise das Zimmer verlassen.

»Schatz«, sagte Henrietta, »hast du schon einmal daran gedacht, zu unterrichten?«

»Unterrichten?«

»Ja, Schatz. Diesen Herbst wird eine Assistentenstelle für Geschichte frei, und es hat den Anschein, daß wir sie nicht besetzen können. In letzter Zeit scheinen die meisten Lehrer als Hauptfach nur noch Naturwissenschaften zu haben. Das finden sie wohl patriotischer.«

Rattengift? Irgendwie erschien mir der Gedanke zu plebejisch.

»Du brauchst nichts weiter als das Vordiplom«, sagte Henrietta, »und das hast du ja. Ich könnte es mir so schön vorstellen, wenn wir beide jeden Morgen gemeinsam zur Universität fahren würden.«

»Ich verspüre nicht die leiseste Neigung zu unterrichten. Ich nutze meine Zeit lieber zum Lernen.«

»Aber nur zu lernen ist selbstsüchtig.«

»Ich? *Selbstsüchtig*?«

»Das war doch nicht persönlich gemeint, Schatz«, sagte sie hastig. »Ich wollte nur sagen, daß Lernen *Nehmen* ist und Lehren *Geben*. Und wenn du lehrtest, würdest du dir nützlich vorkommen.«

»Ich will mir aber gar nicht nützlich vorkommen. Das ist mir viel zu gewöhnlich.« Plötzlich erinnerte ich mich an Ralph Winkler. Der hatte vermutlich Gift auf seinem Anwesen herumliegen. Auf dem College waren wir Zimmergenossen gewesen, und er hatte Chemie oder sowas studiert.

Nach dem Frühstück suchte ich mir Ralphs Adresse aus dem Telefonbuch und war eine dreiviertel Stunde später dort. Es war ein erschreckend ordentliches Haus, vor dem sich zehn Meter penibel gemähten Rasens erstreckten.

Ralph schenkte Kaffee ein und lehnte sich in seinem Stuhl zurück. »Ich habe dich nie auf irgendeinem Semestertreffen gesehen.«

»Ralph«, sagte ich, »borgst du mir vielleicht ein bißchen ...«

Nostalgische Erinnerungen trübten seinen Blick. »Erinnerst du dich noch an den guten alten Gillie Stearns?«

»Nein. Es muß ja nicht unbedingt Arsen ...«

»Er konnte mit den Ohren wackeln«, sagte Ralph. »Wurde Anthropologe.«

Mein Blick durchs Fenster fiel auf etwas, das wie Apfelbäume aussah.

»Er war's doch, der damals die Semesterarbeit über den Blinddarm geschrieben hat«, sagte Ralph.

»Wer?«

»Stearns. Kein Mensch weiß, wozu der Blinddarm wirklich nütze ist, aber Stearns stellte die Theorie auf, daß man, um einen gesunden Blinddarm zu haben, mit den Ohren wackeln ...«

»Wie ich sehe, bist du ein tüchtiger Gärtner«, sagte ich.

»Obstzüchter. Ich habe fünf Apfelbäume, zwei Pfirsichbäume und einen Nußbaum.« Eine kleine Falte erschien auf seiner Stirn. »Der Nußbaum scheint nicht zu tragen.«

»Müßte man dazu nicht *zwei* Nußbäume haben?«

»Die Idee ist mir noch nie gekommen.«

»Ralph«, sagte ich, »spritzt du, ich meine deine Obstbäume, häufig?«

Ich hatte sein Lieblingsthema angeschnitten. Begeistert stand er auf. »Komm mit, William.«

Ich nahm meine Tasse mit.

Er führte mich durchs Haus, in den dahinterliegenden Garten und zur Garage. Er suchte einen Schlüssel aus einem beeindruckenden Bund und schloß die Tür auf. »Mein Auto parke ich immer auf der Straße. Hier ist nicht genug Platz.« Er öffnete die Tür und trat beiseite. »Überzeuge dich selbst, William.«

Mein erster Eindruck war, daß ich mich in einer Mischung aus Gartencenter und Apotheke befand. Ein Rasenmäher mit Sitz, ein Trecker und verschiedene Zusatzgeräte verstellten den Boden. Die Regale, die eine ganze Seitenwand füllten, standen voller Flaschen, Krüge, Dosen und Kartons. Eine Auswahl von Handspritzpistolen hing an den Wänden. »Wie groß ist dein Grundstück, Ralph?«

»Ein ganzer Viertelmorgen.«

Ich ließ meine Augen über die Regale schweifen und traf meine Wahl auf gut Glück. »Was hast du denn in der kleinen roten Dose da in der Ecke?«

»Ungefähr mein stärkstes Zeug«, sagte er stolz. »Damit kriegst du alles kaputt.« Er deutete auf eine Gasmaske und einen Gummianzug an einem Haken. »Das muß ich überziehen, wenn ich spritze. Es darf auch nicht ein Zentimeter Haut herausschauen.«

Ich blickte starr auf die Dose. »Und dieses Gift spritzt du auf deine Äpfel?«

»Bessere hast du in deinem ganzen Leben nicht gesehen, William. Nirgends Schorf, kein Apfelblütenstecher oder andere Apfelkrankheiten.«

»Und du ißt diese Äpfel?«

»Ist völlig unschädlich. Das Gift wird nach und nach von Wind und Wetter abgewaschen. Außerdem schäle ich sie vorher.«

Ich trank meinen Kaffee aus und reichte ihm meine Tasse. »Wäre es zuviel verlangt, wenn du noch mal nachschüttest? Ich warte hier auf dich und seh mich mal um.«

Während er weg war, stemmte ich die rote Dose mit einem Schraubenzieher auf. Der Inhalt bestand aus einem widerlichen gelben Pulver. Ich füllte einen Briefumschlag damit, leckte sehr vorsichtig an der Klappe, um ihn zuzukleben und steckte ihn zurück in meine Tasche.

Ralph kehrte mit meiner Tasse zurück. »Erinnerst du dich noch an den guten alten Jimmy Haskins?«

»Nein.« Ich nahm die Tasse. »Was hältst du von der organischen Methode bei der Apfelzucht?«

Das Klima kühlte merklich ab. »Äußerst unwissenschaftlich.«

»Wir haben auf unserem Grundstück an die vierzig Apfelbäume«, sagte ich. »Wir spritzen nie.«

Seine Lippen wurden schmal. »Es gibt solche und solche Menschen.«

Ich hatte den Eindruck, daß er es bereute, mir den Kaffee gebracht zu haben. Es hatte aber keinen Sinn, so frostig voneinander zu scheiden. Ich durchwühlte mein Gedächtnis, dann lachte ich glucksend. »Erinnerst du dich an den guten alten Clarence? Der, von dem wir immer sagten, er könne sich mit einem Bleistiftspitzer die Haare schneiden?«

»Ja«, sagte Ralph kühl. »Das ist mein Bruder.«

Selbstverständlich hatte ich nicht vor, Henrietta in unserem eigenen Haus zu vergiften. Das würde unausweichlich eine Autopsie nach sich ziehen und ebenso unausweichlich den elektrischen Stuhl.

Jedoch hatte mich ein früheres Gespräch mit Henrietta auf eine blendende Idee gebracht.

»Schatz«, hatte sie gesagt, »ich mache jeden Sommer eine Exkursion von ein, zwei Wochen. Wäre es dir recht, wenn ich auch dieses Jahr ginge?«

Gerade hatte ich mich angeschickt, ihr zu sagen, daß ich nichts dagegen hätte, vorausgesetzt, sie erwartete nicht, daß ich sie begleitete – da kam mir ein Gedanke. »Wohin willst du denn?«

»Ich will eine Kanufahrt machen, William«, hatte sie gesagt. »In den Wäldern von Minnesota.«

»Hast du schon öfter solche Fahrten allein gemacht?«

»O nein. In der Regel nehme ich ein paar von meinen Studenten mit. Aber dieses Jahr hatte ich gehofft, daß ... daß nur wir beide fahren würden. Wir könnten uns einen Führer nehmen, wenn du meinst, daß wir einen brauchen, aber eigentlich glaube ich, daß das nicht nötig sein wird, wenn wir uns nicht zu weit vom Lager entfernen.«

Die Vorstellung, sich mit Moskitos herumschlagen zu müssen, war nicht besonders verlockend, doch ich lächelte. »Natürlich begleite ich dich. Und einen Führer benötigen wir nicht.«

Mein Problem war gelöst. Wir würden allein mitten in der Wildnis sein. Ich würde sie ganz einfach umbringen und vergraben.

Dann würde ich die Polizei davon unterrichten, daß meine Frau sich von unserem Lager entfernt und sich verirrt hätte. Man würde natürlich nach ihr suchen, Henrietta jedoch nicht finden.

Welche Mordart kam in Frage? In Gedanken hatte ich mit Erschießen, Erdolchen, Erwürgen und Erschlagen gespielt. Am Ende verwarf ich alle. Dazu mußte man eine primitive Gewalttätigkeit ausüben, die meinem Wesen fremd ist. Seit heute morgen stand mein Entschluß fest: Gift war die einzige zivilisierte Methode.

Als ich von Ralph Winkler zurückkam, schloß ich das Gift gut weg.

Abends brachte Henrietta wie gewöhnlich Notizen und Sekundärliteratur mit ins Wohnzimmer und arbeitete an ihrem neuesten Aufsatz für die *Nachrichten der Botanischen Gesellschaft.* Ich legte einen Stapel Schallplatten auf und machte es mir unter einer Lampe gemütlich, um noch einmal Henriettas Einnahmen und Ausgaben durchzugehen.

Nach einiger Zeit drehte ich mich in meinem Sessel um. »Henrietta, hier ist ein Posten, der immer wieder auftaucht. Jeden Monat hebst du zweitausend Dollar von einem deiner Bankkonten ab. Das Geld scheint sich in Luft aufzulösen. Jedenfalls finde ich hier nirgends einen Nachweis, was damit geschieht.«

Henrietta zögerte. »Das hängt leider mit Erpressung zusammen, Schatz.«

»Erpressung?« Vielleicht hatte ich sie unterschätzt. »Was um alles in der Welt hast du getan, daß man dich erpressen könnte?«

»Nichts, Schatz. Es ist wegen Professor Henrich. Also, er und seine Frau haben ein Kind adoptiert. Nur eben nicht über das Jugendamt. Auf dem schwarzen Markt, oder wie man das nennt. Und sie dachten, alles wäre in

Ordnung. Aber ein Jahr später kam ein Mann zu ihnen und behauptete, er wäre der Vater des Kindes. Er schien Beweismaterial für seine Behauptung zu haben und wollte das Baby zurück, es sei denn ...«

Das lag auf der Hand. »Es sei denn, Professor Henrich zahlte.«

»Ja. Zuerst waren es hundert Dollar im Monat, und nach und nach wurden es fünfhundert. Aber das konnten sich der Professor und seine Frau einfach nicht lange leisten. Sie mußten ihre Ersparnisse anbrechen, und als die dahin waren, kam Professor Henrich zu mir, um sich Geld zu borgen. Er brach mehr oder weniger zusammen und erzählte mir die ganze Geschichte. Und da habe ich die Zahlungen übernommen.«

»*Du* hast die Zahlungen übernommen? Wie konnte Henrich auch nur *zulassen,* daß du das machst?«

»Aber, Schatz, er weiß doch gar nicht, was ich mache. Ich habe ihm nur gesagt, daß ich mit Smith – so heißt der Erpresser – reden würde. Und später habe ich dem Professor erzählt, daß es mir gelungen sei, Smith einzuschüchtern, indem ich ihm mit der Polizei drohte.«

»Aber ganz offensichtlich ist es dir nicht gelungen.«

»Nein. Ich habe darüber nachgedacht, und dann wurde mir bewußt, daß es keinen wirklichen *Beweis* dafür gab, daß Smith ein Erpresser war. Er hat beim Professor immer auf Bargeld bestanden. Wenn ich also der Polizei nicht *beweisen* konnte, daß Smith ein Erpresser war, dann wäre er vielleicht sehr böse über meine Einmischung geworden und hätte das Kind tatsächlich abgeholt. Ich saß in der Klemme, und Geld schien mir der einzige Ausweg zu sein.«

»Zuerst fünfhundert Dollar? Und dann mehr und

mehr? Und heute bist du bei zweitausend im Monat angelangt?«

»Ja, Schatz.«

Ich rieb mir Stirn und Augen. »Ist dir eigentlich klar, daß es am Ende dreitausend sein werden? Viertausend?«

Sie schüttelte den Kopf. »Nein. Zweitausend ist mein absolutes Limit. Das habe ich ihm auch gesagt, als er zweitausendfünfhundert haben wollte. Er schien enttäuscht zu sein, aber dann sah er es wohl ein.« Sie lächelte. »Wenn ich will, kann ich sehr hart sein.«

Es hatte mir fast die Sprache verschlagen. »Wieviel genau hast du diesem niederträchtigen Schuft gegeben?«

»Ich weiß nicht genau. Bis jetzt wohl ungefähr fünfzigtausend Dollar, denke ich.«

»*Fünfzigtausend Dollar* von meinem ... von *unserem* Geld? An einen Menschen, der weder sät noch erntet?«

Sie nickte. »Dabei fällt mir ein, William, du würdest nur drei Stunden am Tag zu unterrichten haben. Das ist deswegen, weil man einen Lehrauftrag in der Regel an Studenten vergibt, die für ihren nächsthöheren Grad arbeiten, und die Universität möchte sie nicht zu sehr belasten. Möchtest du nicht auch für dein Examen arbeiten?«

»Wann willst du dich wieder mit Smith treffen?«

»Er kommt jeden ersten Montag im Monat her. Er ist sehr pünktlich und ruft mich an jedem vorangehenden Sonntag an, um mich daran zu erinnern, daß ich am Montag zur Bank gehe und Bargeld hole.«

Ich ging zum Barschrank und machte mir einen starken Drink. »Laß mich mit ihm reden, wenn er das nächste Mal anruft.«

Der Anruf kam am Sonntagnachmittag, und Henrietta reichte mir den Hörer.

»Würdest du bitte das Zimmer verlassen, Henrietta«, sagte ich. »Ich geniere mich immer ein bißchen, wenn ich mit jemandem ein ernstes Wörtchen reden muß.«

Als sie das Zimmer verlassen hatte, sagte ich in die Muschel: »Sie haben Ihren letzten Cent bekommen, Sie elender Parasit.«

»Wer zum Teufel sind Sie?«

Das stellte ich in allen Einzelheiten klar und fügte dann hinzu: »Ich kontrolliere jeden Pfennig, der dieses Haus verläßt, und Sie stehen nicht länger auf der Liste unserer Almosenempfänger.«

»Wenn das so ist, nehme ich dem Professor das Kind weg.«

»Ich bezweifle sehr, daß Sie dazu in der Lage sind. Ihre Referenzen sind nicht gerade die besten – wie Professor Henrich und seine Frau und ich und meine Frau gern vor jedem Gericht bestätigen werden.«

»Hören Sie mal, Mister, ich kann Ihnen immer noch 'ne Menge Scherereien machen, 'ne Menge Scherereien.«

»Nur immer zu.« Aber dann durchzuckte mich ein Gedanke. Ein Mann, der sich eines Zweitausend-Dollar-Einkommens im Monat beraubt sieht, neigt dazu, sich rächen zu wollen. Zweifelsohne würde er uns beobachten. Und wenn Henrietta verschwand, würde er sich dann seinen Reim drauf machen? Erpresser sind bekanntermaßen mißtrauisch. Ob er an mich herantreten und Schweigegeld verlangen würde? Und wenn ich nicht zahlte, ob er dann dafür sorgen würde, daß ich in ernsthafte Verlegenheit gegenüber der Polizei käme? Würde er die Behörden veranlassen, die Suche nach Henrietta etwas sorgfältiger wieder aufzunehmen – mit geschärftem Blick für den Boden unter unserem letzten Rastplatz?

Es gibt nur eine Methode, mit Erpressern fertig zu werden – mit realen oder potentiellen.

»Einen Augenblick noch«, sagte ich. »Haben Sie Beweise dafür, daß Sie der Vater des Kindes sind? Echte Beweise?«

»Der Professor hat die Papiere gesehen.«

»Aber ich nicht. Ich bezweifle, daß Sie überhaupt Beweise haben. Aber wenn, dann bringen Sie sie am Montagabend her. Ohne Beweise kein Geld.« Damit legte ich auf.

Ich setzte Henrietta auseinander, daß ich mit Smith allein sein wollte, wenn er käme – um ihn zur Vernunft zu bringen –, und so fuhr sie am Montagabend vergnügt zur Universität, um sich eine Vorlesung über das flache Wurzelsystem des Mammutbaums anzuhören.

Als sie fort war, trug ich dafür Sorge, daß die Dienstboten sich auf ihre Zimmer zurückzogen, und ging dann zum Barschrank im Arbeitszimmer.

Ich öffnete den Umschlag mit Winklers gelbem Pulver. Wieviel von diesem Zeug mochte wohl ausreichen, einen Menschen zu töten? Ich wußte es nicht. Ich löste das Problem, indem ich den gesamten Inhalt des Umschlags in eine Flasche Scotch schüttete.

Smith erschien um halb neun. Er war ein etwas vierschrötiger Mann mit langen Armen, und sein Haaransatz begann etwa drei Zentimeter über seinen Augenbrauen. Er war teuer, wenn nicht sogar geschmackvoll gekleidet.

Ich schloß die Tür des Arbeitszimmers hinter uns. »Den Beweis, bitte.«

Er bleckte seine quittengelben Zähne und zog einen Revolver aus seiner Tasche. »Nur, damit Sie mir nicht auf komische Ideen kommen.« Dann steckte der das Schießeisen zurück in die Tasche und reichte mir einen Umschlag.

Ich prüfte den Inhalt. Die Papiere waren Originale, keine Fotokopien, und anscheinend echt. Während ich die Geburtsurkunde eines Krankenhauses prüfte, ging ich zum Barschrank und machte mir einen Bourbon mit Soda. Dann blickte ich auf, als ob mir plötzlich eingefallen wäre, daß er auch noch da war. »Einen Drink?«

»Was haben Sie?«

»Scotch.«

Ich goß das Glas gut voll und reichte es ihm. Er leerte es mit einem Zug und leckte sich die Lippen. »Gutes Zeug.«

Das bestätigte eine meiner Vermutungen. Menschen, die Scotch trinken, haben keinen Geschmack.

Er hielt mir sein Glas hin. »Wie wär's mit noch einem Schlückchen?«

»Gern.« Sein affenartiges Aussehen erinnerte mich an den guten alten Gillie Stearns, darum stellte ich ihm eine Frage. »Können Sie mit den Ohren wackeln?«

Er schien ein wenig betrübt. »Konnte ich früher. Aber seit meiner Blinddarmoperation fehlt mir der Draht dafür.«

Als ich bemerkte, daß sich sein Gesicht allmählich purpur verfärbte, schob ich hastig die Papiere in den Umschlag zurück und gab sie ihm. »Sie scheinen in Ordnung zu sein. Wenn Sie mich jetzt entschuldigen wollen, dann hole ich das Geld. Es ist im Safe in der Bibliothek.« Seine Farbe wurde schlimmer.

Ich ging in die Bibliothek und setzte mich. Ich rauchte eine Pfeife und kehrte dann ins Arbeitszimmer zurück.

Smith lag auf dem Boden, mausetot, und es hatte den

Anschein, als ob sein Abgang nicht sonderlich angenehm gewesen wäre.

Ich zog ihm den Umschlag aus der Tasche, und dann warf ich mir die Leiche über die Schulter. Durch die Terrassentür trug ich ihn zu dem Auto, das er in unserer geschwungenen Auffahrt geparkt hatte.

Ich fuhr in Richtung Stadtrand, immer einer Buslinie nach. Als mir die Gegend verhältnismäßig unbelebt schien, bog ich von der Straße ab und parkte den Wagen.

Ich ging ein halbes Dutzend Blocks zurück, ehe ich einen Bus bestieg.

Vielleicht würde Smiths Foto in der Zeitung erscheinen, wenn man seine Leiche fand. Falls das geschah und falls Henrietta es bemerken sollte, würde ich ihr erklären, daß ein Mann wie Smith zweifellos viele Feinde hatte und daß einer von ihnen ihn umgebracht hatte. Ich war zuversichtlich, daß sie mir diese Erklärung abnehmen würde.

In der Fremont Street stieg ich aus und ging die beiden Straßen bis zu Ralph Winklers Haus zu Fuß.

Er öffnete die Tür, und seine Miene besagte deutlich, daß ich nicht willkommen war. »Ja?«

»Ralph«, sagte ich. »Wir haben in unserem Apfelgarten ein wenig Ärger mit Feldmäusen.«

Sein sparsames Lächeln ließ auf Rachsucht schließen. »So, so, grüne Gärtner haben also Probleme mit Feldmäusen?«

»Ja, leider. Ob du wohl etwas Durchschlagendes hättest ... irgendeine Chemikalie ... die uns von dieser Plage befreit?«

Augenblicklich war ich willkommen. Er trat beiseite, und wir wanderten durchs Haus zur Garage.

Er musterte seine Apotheke. »Was soll's denn sein? Ich habe Mixturen hier, da winden sich deine Mäuse in Krämpfen.«

Mir fiel das wenig appetitliche Dahinscheiden von Smith ein. »Im Grunde genommen bin ich ein Menschenfreund. Hast du nicht etwas Sanftes, aber trotzdem Tödliches?«

Er war herb enttäuscht von mir. »Wie du willst. Sowas dürfte wohl dabei sein ... irgendwo. Aber du solltest wirklich mal einen Versuch mit E 605 machen. Das nehme ich immer.«

»Hast du Feldmäuse?«

Er nickte verbittert. »Ich kann sie einfach nicht loswerden.«

Als Henrietta abends um elf nach Haus kam, berichtete ich ihr, daß Smith weder sie noch Professor Henrich jemals wieder belästigen würde. »Ich habe ihm mit der Polizei und mit zwanzig Jahren hinter Gittern gedroht. Er ging ganz verstört, bibbernd und zerknirscht.«

Henrietta staunte mich bewundernd an. »Du scheinst alles durchzusetzen, William. Ich fühle mich bei dir so geborgen.«

Die Woche über ißt Henrietta gewöhnlich mittags in der Universität, aber am folgenden Tag kam sie schon um halb eins atemlos und glücklich lächelnd wie ein Kind nach Haus. Sie schwenkte einen Briefumschlag. »Sie ist angenommen.«

»Wer?«

»Die *Alsophila grahamicus.*«

»Alsophila grahamicus?«

»Ein tropischer Baumfarn, William. Ich habe ihn in unseren Flitterwochen entdeckt, und als ich ihn nicht klassifizieren konnte, wurde mir klar, daß es sich vielleicht um eine neue Art handelte. Also habe ich ihn nach dir benannt – daher der *grahamicus* – und ihn zur Bestätigung an die botanische Gesellschaft geschickt.«

Ich ließ mir die Worte auf der Zunge zergehen. »*Alsophila grahamicus.*« Recht angenehm. Vielleicht würde ich noch zur Fußnote in irgendeinem Lehrbuch werden – mein Weg zur Unsterblichkeit.

»Freust du dich, William?«

»Das war sehr aufmerksam von dir.«

»Ich lasse die Spitze von einem Farnwedel in Kunstharz eingießen, dann kannst du es immer bei dir tragen.«

An diesem Abend kam Adam McPherson zum Essen. In den vergangenen zehn Jahren war das an jedem ersten Dienstag im Monat so üblich gewesen, und nach unserer Heirat hatte Henrietta diese Dauereinladung nicht widerrufen mögen.

Ich kam ihm an der Tür entgegen. »McPherson, auf ein Wort, bitte.«

Er fixierte mich einen Moment lang. »Wirklich? Welch ein Zufall. Auch ich hatte die Absicht, mit Ihnen zu reden.« Er blickte sich um. »Wo ist Henrietta?«

»Oben, sie korrigiert Semesterarbeiten.«

Ich führte ihn ins Arbeitszimmer und kam ohne Umschweife zur Sache. »McPherson, Sie sind Henriettas Anwalt und Steuerberater. Sicherlich muß Ihnen doch schon vor meinem Auftauchen aufgefallen sein, daß dieser Haushalt sehr eigenartig geführt wurde – gefälschte Gehaltszettel, überflüssige Dienstboten, astronomische Haushaltsausgaben.«

Er nickte. »Natürlich.«

Meine Augen wurden schmal. »Und doch haben Sie nichts dagegen unternommen?«

»Warum sollte ich? Schließlich war ich derjenige, der für das ganze wunderschöne Arrangement verantwortlich zeichnete.«

»Und das geben Sie *offen* zu?«

»Gewiß.« McPherson ging zum Barschrank und musterte den Inhalt. »Es war für mich ein recht einträgliches Arrangement. Eine Art Provision.« Er blickte sich nach mir um. »Henrietta ist eine hervorragende Botanikerin, aber von Buchführung hat sie nicht den blassesten Schimmer. Und sie vertraute mir.«

Ich hatte das Bedürfnis ihn zu erwürgen. »Es ist mir gleich, wieviel schmutzige Wäsche dabei gewaschen wird, aber ich beabsichtige, Sie zu verklagen.«

Das erschütterte ihn nicht. »Wenn Sie das tun, dann werde ich dafür sorgen, daß Sie mir im Gefängnis Gesellschaft leisten – oder daß es Ihnen noch schlimmer ergeht. Wegen Mordes.«

Das brachte mich natürlich zeitweilig zum Schweigen.

Er holte sich eine Flasche und ein Glas heraus. »Vor ein paar Jahren fiel mir auf, daß Henrietta regelmäßig fünfhundert Dollar von einem ihrer Konten abhob. Eine verhältnismäßig unbedeutende Summe, aber sie bezahlt selten bar, und so wurde ich neugierig. Ich befragte sie, und als sie ganz gegen ihre Art Ausflüchte machte, fragte ich die Dienerschaft aus – die sozusagen unter meinem Kommando stand – und erfuhr schließlich von der Existenz des Mr. Smith. Weitere Nachforschungen meinerseits – wenn man dieses Wort für heimliches Lauschen verwenden darf – erklärten seine monatlichen Besuche.«

McPherson schenkte sich ein Glas ein. »Smith hatte nur wenig Phantasie. Er war anscheinend mit fünfhundert Dollar zufrieden. Ich aber nicht.« Er lächelte. »Deshalb trat ich an ihn mit dem Vorschlag Gefängnis oder Zusammenarbeit heran. Natürlich wählte er die Zusammenarbeit. Von den zweitausend, die er schließlich monatlich von Henrietta erhielt, gingen tausend an mich.«

Starr blickte ich auf die Flasche, die er immer noch in der Hand hielt. Es war der Scotch, der Smith ausgeschaltet hatte. Ich hatte vergessen, ihn wegzuschütten.

McPherson stellte die Flasche ins Fach zurück. »Als Smith mir mitteilte, daß *Sie* ihn persönlich zu sehen wünschten, fragte ich mich, was Sie vorhaben mochten – schließlich hatten Sie mir schon eine meiner Einnahmequellen ruiniert. Und so fuhr ich gestern Abend hierher, parkte auf der Straße und wartete, daß er aus Ihrem Haus käme. Ich hatte die Absicht, ihn unverzüglich über das Treffen mit Ihnen auszufragen.« Er lächelte. »Sein Auto kam aus der Ausfahrt, aber *Sie* saßen am Steuer.« Er schaute erst sein Glas und dann mich an. »Soll ich Ihnen einen Drink machen?«

»Danke, nein«, sagte ich. »Aber bedienen Sie sich nur.«

Er genoß den Inhalt seines Glases bis zum letzten Tropfen. Ein anerkennendes Räuspern, dann griff er erneut zur Flasche. »Ich bin Ihnen gefolgt. Und als Sie Smiths Auto verlassen hatten, sah ich hinein. Smith lag am Boden und war eindeutig tot. Ich schnüffelte nicht nach der Todesursache, sondern machte mich auf der Stelle davon. Wie haben Sie ihn umgebracht?«

»Von hinten erdolcht«, sagte ich.

Er lächelte. »Bitte versuchen Sie das nicht auch bei mir. Ich bin auf der Hut und bleibe Ihnen drei Schritte vom Leib.«

Er versuchte, wachsam zu bleiben.

Und nun war *ich* es, der lächelte. »Ich kann Sie also

nicht bloßstellen, ohne mich selbst bloßzustellen? Und daher haben Sie die Absicht, Henrietta weiterhin zu betrügen? Mit meiner stillen Duldung?«

Er nickte. »Genau.«

Ich bemerkte, daß sein Teint eine farbenprächtigere Tönung annahm. »Lassen Sie uns nach dem Essen weiter darüber sprechen«, sagte ich freundlich. »Und nun werde ich nachsehen, ob Henrietta fertig ist.«

Ich zog mich in die Bibliothek zurück, rauchte eine Pfeife und kehrte ins Arbeitszimmer zurück.

McPherson war tot.

Ich entnahm seiner Tasche den Autoschlüssel und trug seine Leiche raus zu seinem Wagen. Ich verstaute ihn im Kofferraum und parkte das Auto auf der Straße.

Gerade als Henrietta die Treppe herunterkam, kehrte ich ins Haus zurück. »Ist Adam schon da?«

»Nein, mein Schatz.«

Sie lächelte. »Er hat mich ziemlich gern. Wie ungemein aufmerksam von ihm, auf unserer Hochzeit zu weinen.«

Wir warteten eine halbe Stunde mit dem Essen, dann setzten wir uns ohne ihn zu Tisch.

Um zehn Uhr abends, während eines Spaziergangs, entledigte ich mich McPhersons Wagen auf die gleiche Weise wie zuvor bei Smith und kehrte mit dem Bus zurück.

Henrietta erlitt einen beträchtlichen Schock, als sie von McPhersons Tod las, und die Polizei tappte im dunkeln. Henrietta erholte sich, doch die Polizei tappte weiterhin im dunkeln, und so verging die Zeit.

Ende des Semesters packten Henrietta und ich und fuhren nach Norden, ins Seengebiet von Minnesota. Wir mieteten ein Kanu, kauften Vorräte und machten uns an einem warmen Samstagnachmittag tapfer in die Wildnis auf.

Da wir stromabwärts fuhren, war das Paddeln nicht sonderlich ermüdend, und so verging die erste Stunde recht angenehm.

Als wir uns jedoch den ersten Stromschnellen näherten, wurde mir – ein wenig zu spät – klar, daß Wildwasserfahren gelernt sein will.

Ich wäre gern ans Ufer gepaddelt und hätte das Boot an den Schnellen vorbeigetragen, doch ich mußte feststellen, daß die Strömung uns fest im Griff hatte. Es blieb uns keine andere Wahl, als uns festzuhalten und zu versuchen, das Kanu zu steuern.

Zwei Drittel der Schnellen schafften wir gut, und ich war wieder leicht optimistisch geworden, da tauchte direkt vor uns jäh ein zerklüfteter Felsen auf. Verzweifelt versuchte ich, ihm auszuweichen, aber das Heck des Kanus prallte auf das Hindernis, und wir schlugen um.

Das reißende Wasser wirbelte mich durcheinander, meine Finger suchten verzweifelt nach Halt, fanden aber nur glitschige Felsen. Plötzlich merkte ich, daß ich fiel und tief ins Wasser eintauchte. Als ich mich zur Wasseroberfläche zurückgekämpft hatte, stellte ich fest, daß ich alle Hindernisse glücklich passiert hatte und nun in einem verhältnismäßig ruhigen Becken unterhalb der Felsen trieb.

Erleichtert schwamm ich an Land, erklomm das Ufer und blickte stromaufwärts.

Henrietta klammerte sich an einen Felsenvorsprung direkt über dem Becken. Sie war bleich und ihre Augen flehten mich um Hilfe an.

Ich schrie: »Henrietta, laß den Felsen los! Das Wasser trägt dich in das Becken da unten! Es ist völlig sicher!«

Sie blickte nach unten und dann zu mir. »Aber ich kann doch nicht schwimmen!«

Ich hielt den Atem an. *Sie konnte nicht schwimmen.*

Ich spürte mein Herz klopfen. Das war die Gelegenheit! Gift war gar nicht nötig. Es hatte einen Kanuunfall gegeben, und sie war ertrunken. So einfach war das. Und ich würde zum nächsten Ort zurückmarschieren und die Geschichte erzählen.

Wieder schrie ich. »Halt die Luft an und laß den Felsen los. Ich warte unten auf dich und bringe dich ans Ufer.«

Ich zog meine durchweichten Schuhe, Hose und Hemd aus. Dann lächelte ich ihr zu und winkte. »Alles in Ordnung. Laß los.«

Sie zögerte keinen Augenblick.

Die Strömung ergriff sie, und sie stürzte über die Kante und in das Becken.

Ich wandte mich ab. Jetzt mußte ich nur noch warten. Wie lange? Fünf Minuten? Zehn?

Ich blickte auf meine Kleider. Die runde Kunstharzscheibe mit der Farnspitze war mir aus der Tasche gefallen und lag im Gras. *Alsophila grahamicus.*

Ich merkte, daß ich zitterte.

Ich hatte Smith und McPherson getötet; die hatten den Tod jedoch verdient. Aber kann man ein Kind töten?

Ein Kind? Ja, eine Kindfrau, und sie liebte mich. Und auf meine Art hatte auch ich sie inzwischen ziemlich ...

Ich fluchte wild und stürzte mich kopfüber ins Wasser.

Ich fand Henrietta sofort und brachte sie an die Oberfläche. Sie befolgte immer noch meine Anweisung und hielt den Atem an, wenn auch mit letzter Kraft.

Ich umfaßte sie und begann, sie auf dem Rücken schwimmend ans Ufer zu bringen.

»Du darfst jetzt atmen, Henrietta. Aber nur durch den Mund. Nicht durch die Nase. Hol Luft, und wenn du Wasser im Mund hast, spuck es aus und versuch es noch einmal.«

Als wir das Ufer erreicht hatten, setzten wir uns in die Sonne. Es war aber immer noch ein wenig kühl, und so hielt ich sie weiter im Arm.

Sie blickte zu mir auf. »Ich kann mich doch immer auf dich verlassen, ja, William? Mein ganzes Leben lang?«

Fast hätte ich geseufzt. »Es sieht leider ganz danach aus.«

Und im September würde ich wahrscheinlich an der Universität lehren.

Plötzlich freute ich mich darauf.

Jack Ritchie im Diogenes Verlag

Der Mitternachtswürger
Geschichten. Aus dem Amerikanischen von Alfred Probst. detebe 21293

Für alle ungezogenen Leute
Detektiv-Geschichten. Deutsch von Dorothee Asendorf
detebe 21384

Literarische Thriller im Diogenes Verlag

● **Margery Allingham**

Die Handschuhe des Franzosen
Kriminalgeschichten. Deutsch von Peter Naujack. Zeichnungen von Georges Eckert
detebe 20929

● **Eric Ambler**

Die Maske des Dimitrios
Roman. Aus dem Englischen von Mary Brand und Walter Hertenstein. detebe 20137

Der Fall Deltschev
Roman. Deutsch von Mary Brand und Walter Hertenstein. detebe 20178

Eine Art von Zorn
Roman. Deutsch von Susanne Feigl und Walter Hertenstein. detebe 20179

Schirmers Erbschaft
Roman. Deutsch von Harry Reuß-Löwenstein, Th. A. Knust und Rudolf Barmettler
detebe 20180

Die Angst reist mit
Roman. Deutsch von Walter Hertenstein
detebe 20181

Der Levantiner
Roman. Deutsch von Tom Knoth
detebe 20223

Waffenschmuggel
Roman. Deutsch von Tom Knoth
detebe 20364

Topkapi
Roman. Deutsch von Elsbeth Herlin
detebe 20536

Schmutzige Geschichte
Roman. Deutsch von Günter Eichel
detebe 20537

Das Intercom-Komplott
Roman. Deutsch von Dietrich Stössel
detebe 20538

Besuch bei Nacht
Roman. Deutsch von Wulf Teichmann
detebe 20539

Der dunkle Grenzbezirk
Roman. Deutsch von Walter Hertenstein und Ute Haffmans. detebe 20602

Ungewöhnliche Gefahr
Roman. Deutsch von Walter Hertenstein und Werner Morlang. detebe 20603

Anlaß zur Unruhe
Roman. Deutsch von Franz Cavigelli
detebe 20604

Nachruf auf einen Spion
Roman. Deutsch von Peter Fischer
detebe 20605

Doktor Frigo
Roman. Deutsch von Tom Knoth
detebe 20606

Bitte keine Rosen mehr
Roman. Deutsch von Tom Knoth
detebe 20887

Mit der Zeit
Roman. Deutsch von Hans Hermann
detebe 21054

● **Peter Bradatsch**

Waschen, Schneiden, Umlegen
Ein Dutzend Kriminalgeschichten
detebe 21272

● **John Buchan**

Die neununddreißig Stufen
Roman. Aus dem Englischen von Marta Hackel. Mit Zeichnungen von Edward Gorey
detebe 20210

Grünmantel
Roman. Deutsch von Marta Hackel
Mit Zeichnungen von Topor
detebe 20771

Mr. Standfast oder Im Westen was Neues
Roman. Deutsch von Marta Hackel
Mit Zeichnungen von Topor
detebe 20772

Die drei Geiseln
Roman. Deutsch von Marta Hackel
Mit Zeichnungen von Tatjana Hauptmann
detebe 20773

Basilissa
Roman. Deutsch von Otto Bayer
detebe 21249

● W. R. Burnett

Little Caesar
Roman. Aus dem Amerikanischen von Georg Kahn-Ackermann. detebe 21061

High Sierra
Roman. Deutsch von Armgard Seegers und Hellmuth Karasek. detebe 21208

Asphalt-Dschungel
Roman. Deutsch von Walle Bengs detebe 21417

● Anton Čechov

Das Drama auf der Jagd
Eine wahre Begebenheit. Aus dem Russischen von Peter Urban. detebe 21379

● Raymond Chandler

Die besten Detektivstories
Neu aus dem Amerikanischen übersetzt von Hans Wollschläger. Diogenes Evergreens

Der große Schlaf
Roman. Neu übersetzt von Gunar Ortlepp detebe 20132

Die kleine Schwester
Roman. Neu übersetzt von W. E. Richartz detebe 20206

Das hohe Fenster
Roman. Neu übersetzt von Urs Widmer detebe 20208

Der lange Abschied
Roman. Neu übersetzt von Hans Wollschläger. detebe 20207

Die simple Kunst des Mordes
Briefe, Essays, Fragmente. Herausgegeben von Dorothy Gardiner und Kathrine Sorley Walker. Neu übersetzt von Hans Wollschläger. detebe 20209

Die Tote im See
Roman. Neu übersetzt von Hellmuth Karasek. detebe 20311

Lebwohl, mein Liebling
Roman. Neu übersetzt von Wulf Teichmann detebe 20312

Playback
Roman. Neu übersetzt von Wulf Teichmann. detebe 20313

Mord im Regen
Frühe Stories. Vorwort von Prof. Philip Durham. Neu übersetzt von Hans Wollschläger. detebe 20314

Erpresser schießen nicht
Detektivstories I. Neu übersetzt von Hans Wollschläger. detebe 20751

Der König in Gelb
Detektivstories II. Neu übersetzt von Hans Wollschläger. detebe 20752

Gefahr ist mein Geschäft
Detektivstories III. Neu übersetzt von Hans Wollschläger. detebe 20753

Englischer Sommer
Geschichten, Parodien, Aufsätze. Mit einer Erinnerung von John Houseman, einem Vorwort von Patricia Highsmith und Zeichnungen von Edward Gorey. Diverse Übersetzer detebe 20754

● Agatha Christie

Die besten Geschichten von Agatha Christie
Aus dem Englischen von Maria Meinert, Marfa Berger und Ingrid Jacob Diogenes Evergreens

Villa Nachtigall
Geschichten. Deutsch von Peter Naujack und Günter Eichel. detebe 20825

Der Fall der enttäuschten Hausfrau
Geschichten. Deutsch von Günter Eichel detebe 20826

● Friedrich Dürrenmatt

Justiz
Roman. Leinen

Das Versprechen / Aufenthalt in einer kleinen Stadt
Erzählungen. detebe 20852

Der Richter und sein Henker
Kriminalroman. detebe 21435

Der Verdacht
Kriminalroman. detebe 21436

● Celia Fremlin

Klimax
Roman. Aus dem Englischen von Dietrich Stössel. detebe 20916

Wer hat Angst vorm schwarzen Mann?
Roman. Deutsch von Otto Bayer
detebe 21302

● Der goldene Gelbe
Sonderausgabe. Enthält folgende Romane: Raymond Chandler, Der große Schlaf / Patricia Highsmith, Zwei Fremde im Zug / Eric Ambler, Die Maske des Dimitrios
detebe 21412

● Robert van Gulik

Mord im Labyrinth
Roman. Deutsch von Roland Schacht
detebe 21381

Tod im Roten Pavillon
Roman. Deutsch von Gretel und Kurt Kuhn
detebe 21383

Wunder in Pu-yang?
Roman. Deutsch von Roland Schacht
detebe 21382

● Henry Rider Haggard

Sie
Roman. Aus dem Englischen von Helmut Degner. detebe 20236

König Salomons Schatzkammern
Roman. Deutsch von V. H. Schmied
detebe 20920

● Dashiell Hammett

Der Malteser Falke
Roman. Neu aus dem Amerikanischen übersetzt von Peter Naujack. detebe 20131

Rote Ernte
Roman. Neu übersetzt von Gunar Ortlepp
detebe 20292

Der Fluch des Hauses Dain
Roman. Neu übersetzt von Wulf Teichmann
detebe 20293

Der gläserne Schlüssel
Roman. Neu übersetzt von Hans Wollschläger. detebe 20294

Der dünne Mann
Roman. Neu übersetzt von Tom Knoth
detebe 20295

Fliegenpapier
5 Stories. Deutsch von Harry Rowohlt, Helmuth Kossodo, Helmut Degner, Peter Naujack und Elizabeth Gilbert. Vorwort von Lillian Hellmann. detebe 20911

Fracht für China
3 Stories. Deutsch von Elizabeth Gilbert, Antje Friedrichs und Walter E. Richartz
detebe 20912

Das große Umlegen
3 Stories. Deutsch von Walter E. Richartz, Hellmuth Karasek und Wulf Teichmann
detebe 20913

Das Haus in der Turk Street
3 Stories. Deutsch von Wulf Teichmann
detebe 20914

Das Dingsbums Küken
3 Stories. Deutsch von Wulf Teichmann. Nachwort von Steven Marcus. detebe 20915

● E.W. Heine

Wie starb Wagner? Was geschah mit Glenn Miller?
Neue Geschichten für Musikfreunde
detebe 21437

Kuck Kuck
Noch mehr Kille Kille Geschichten. Leinen

Kille Kille
Makabre Geschichten. detebe 21053

Hackepeter
Neue Kille Kille Geschichten
detebe 21219

Wer ermordete Mozart? Wer enthauptete Haydn?
Mordgeschichten für Musikfreunde
detebe 21437

● Patricia Highsmith

Leute, die an die Tür klopfen
Roman. Aus dem Amerikanischen von Anne Uhde. Leinen. Auch als detebe 21349

Nixen auf dem Golfplatz
Erzählungen. Deutsch von Anne Uhde
Leinen

Der Stümper
Roman. Deutsch von Barbara Bortfeldt
detebe 20136

Zwei Fremde im Zug
Roman. Deutsch von Anne Uhde
detebe 20173

Der Geschichtenerzähler
Roman. Deutsch von Anne Uhde
detebe 20174

Der süße Wahn
Roman. Deutsch von Christian Spiel
detebe 20175

Die zwei Gesichter des Januars
Roman. Deutsch von Anne Uhde
detebe 20176

Der Schrei der Eule
Roman. Deutsch von Gisela Stege
detebe 20341

Tiefe Wasser
Roman. Deutsch von Eva Gärtner und Anne Uhde. detebe 20342

Die gläserne Zelle
Roman. Deutsch von Gisela Stege und Anne Uhde. detebe 20343

Das Zittern des Fälschers
Roman. Deutsch von Anne Uhde
detebe 20344

Lösegeld für einen Hund
Roman. Deutsch von Anne Uhde
detebe 20345

Der talentierte Mr. Ripley
Roman. Deutsch von Barbara Bortfeldt. detebe 20481

Ripley Under Ground
Roman. Deutsch von Anne Uhde
detebe 20482

Ripley's Game
Roman. Deutsch von Anne Uhde
detebe 20346

Der Schneckenforscher
Vorwort von Graham Greene
Deutsch von Anne Uhde. detebe 20347

Ein Spiel für die Lebenden
Roman. Deutsch von Anne Uhde
detebe 20348

Kleine Geschichten für Weiberfeinde
Deutsch von W. E. Richartz. Mit Zeichnungen von Roland Topor. detebe 20349

Kleine Mordgeschichten für Tierfreunde
Deutsch von Anne Uhde. detebe 20483

Venedig kann sehr kalt sein
Roman. Deutsch von Anne Uhde
detebe 20484

Ediths Tagebuch
Roman. Deutsch von Anne Uhde
detebe 20485

Der Junge, der Ripley folgte
Roman. Deutsch von Anne Uhde
detebe 20649

Leise, leise im Wind
Erzählungen. Deutsch von Anne Uhde
detebe 21012

Keiner von uns
Erzählungen. Deutsch von Anne Uhde
detebe 21179

● Hans Werner Kettenbach

Minnie oder Ein Fall von Geringfügigkeit
Roman. detebe 21218

● Mauric Leblanc

Arsène Lupin – Der Gentleman-Gauner
Roman. Deutsch von Erika Gebühr
detebe 20127

Die hohle Nadel oder Die Konkurrenten des Arsène Lupin
Deutsch von Erika Gebühr. detebe 20239

813 – Das Doppelleben des Arsène Lupin
Roman. Deutsch von Erika Gebühr
detebe 20931

Der Kristallstöpsel oder Die Mißgeschicke des Arsène Lupin
Roman. Deutsch von Erika Gebühr
detebe 20932

Die Gräfin von Cagliostro oder Die Jugend des Arsène Lupin
Roman. Deutsch von Arika Gebühr
detebe 20933

Arsène Lupin kontra Herlock Sholmes
Roman. Deutsch von Erika Gebühr
detebe 21026

Die Insel der 30 Särge
Roman. Deutsch von Lothar Schmidt und Ulrike Simon. detebe 21198

Die Uhr schlägt achtmal
Roman. Deutsch von Erika Gebühr
detebe 21254

● Gaston Leroux

Das Geheimnis des gelben Zimmers
Roman. Aus dem Französischen von Klaus Walther. detebe 20924

● Marie Belloc Lowndes

Jack the Ripper oder der Untermieter
Roman. Aus dem Englischen von Wulf Teichmann. detebe 20130

● Ross Macdonald

Dornröschen war ein schönes Kind
Roman. Aus dem Amerikanischen von Wulf Teichmann. detebe 20227

Unter Wasser stirbt man nicht
Roman. Deutsch von Hubert Deymann detebe 20322

Ein Grinsen aus Elfenbein
Roman. Deutsch von Charlotte Hamberger detebe 20323

Die Küste der Barbaren
Roman. Deutsch von Marianne Lipcowitz detebe 20324

Der Fall Galton
Roman. Deutsch von Egon Lothar Wensk detebe 20325

Gänsehaut
Roman. Deutsch von Gretel Friedmann detebe 20326

Der blaue Hammer
Roman. Deutsch von Peter Naujack detebe 20541

Durchgebrannt
Roman. Deutsch von Helmut Degner detebe 20868

Geld kostet zuviel
Roman. Deutsch von Günter Eichel detebe 20869

Die Kehrseite des Dollars
Roman. Deutsch von Günter Eichel detebe 20877

Der Untergrundmann
Roman. Deutsch von Hubert Deymann detebe 20878

Der Drahtzieher
Sämtliche Detektivstories um Lew Archer I. Mit einem Vorwort des Autors. Deutsch von Hubert Deymann und Peter Naujack detebe 21018

Einer lügt immer
Sämtliche Detektivstories um Lew Archer II. Deutsch von Hubert Deymann und Peter Naujack. detebe 21019

Sanftes Unheil
Roman. Deutsch von Monika Schoenenberger. detebe 21178

Blue City
Roman. Deutsch von Christina Sieg-Welti und Christa Hotz. detebe 21317

Der Mörder im Spiegel
Roman. Deutsch von Dietlind Bindheim detebe 21303

● Ian McEwan

Der Trost von Fremden
Roman. Aus dem Englischen von Michael Walter. detebe 21266

● Margaret Millar

Nymphen gehören ins Meer
Roman. Aus dem Amerikanischen von Otto Bayer. Leinen

Liebe Mutter, es geht mir gut ...
Roman. Deutsch von Elizabeth Gilbert detebe 20226

Die Feindin
Roman. Deutsch von Elizabeth Gilbert detebe 20276

Fragt morgen nach mir
Roman. Deutsch von Anne Uhde detebe 20542

Ein Fremder liegt in meinem Grab
Roman. Deutsch von Elizabeth Gilbert detebe 20646

Die Süßholzraspler
Roman. Deutsch von Gerog Kahn-Ackermann und Susanne Feigl. detebe 20926

Von hier an wird's gefährlich
Roman. Deutsch von Fritz Güttinger detebe 20927

Der Mord von Miranda
Roman. Deutsch von Hans Hermann detebe 21028

Das eiserne Tor
Roman. Deutsch von Karin Reese und Michel Bodmer. detebe 21063

Fast wie ein Engel
Roman. Deutsch von Luise Däbritz
detebe 21190

Die lauschenden Wände
Roman. Deutsch von Karin Polz. detebe 21421

● **Patrick Quentin**
Bächleins Rauschen tönt so bang
Kriminalgeschichten. Deutsch von Günter Eichel. detebe 20195

Familienschande
Roman. Deutsch von Helmut Degner
detebe 20917

● **Jack Ritchie**
Der Mitternachtswürger
Geschichten. Aus dem Amerikanischen von Alfred Probst. detebe 21293

Für alle ungezogenen Leute
Detektiv-Geschichten. Deutsch von Dorothee Asendorf. detebe 21384

● **Georges Simenon**
Brief an meinen Richter
Roman. Aus dem Französischen von Hansjürgen Wille und Barbara Klau. detebe 20371

Der Schnee war schmutzig
Roman. Deutsch von Willi A. Koch
detebe 20372

Die grünen Fensterläden
Roman. Deutsch von Alfred Günther
detebe 20373

Im Falle eines Unfalls
Roman. Deutsch von Hansjürgen Wille und Barbara Klau. detebe 20374

Sonntag
Roman. Deutsch von Hansjürgen Wille und Barbara Klau. detebe 20375

Bellas Tod
Roman. Deutsch von Elisabeth Serelmann-Küchler. detebe 20376

Der Mann mit dem kleinen Hund
Roman. Deutsch von Stefanie Weiss
detebe 20377

Drei Zimmer in Manhattan
Roman. Deutsch von Linde Birk
detebe 20378

Die Großmutter
Roman. Deutsch von Linde Birk
detebe 20379

Der kleine Mann von Archangelsk
Roman. Deutsch von Alfred Kuoni
detebe 20584

Der große Bob
Roman. Deutsch von Linde Birk
detebe 20585

Die Wahrheit über Bébé Donge
Roman. Deutsch von Renate Nickel
detebe 20586

Tropenkoller
Roman. Deutsch von Annerose Melter
detebe 20673

Ankunft Allerheiligen
Roman. Deutsch von Eugen Helmlé
detebe 20674

Der Präsident
Roman. Deutsch von Renate Nickel
detebe 20675

Der kleine Heilige
Roman. Deutsch von Trude Fein
detebe 20676

Der Outlaw
Roman. Deutsch von Liselotte Julius
detebe 20677

Der Verdächtige
Roman. Deutsch von Eugen Helmlé
detebe 20679

Die Verlobung des Monsieur Hire
Roman. Deutsch von Linde Birk
detebe 20681

Der Mörder
Roman. Deutsch von Lothar Baier
detebe 20682

Die Zeugen
Roman. Deutsch von Anneliese Botond
detebe 20683

Die Komplizen
Roman. Deutsch von Stefanie Weiss
detebe 20684

Die Unbekannten im eigenen Haus
Roman. Deutsch von Gerda Scheffel
detebe 20685

Der Ausbrecher
Roman. Deutsch von Erika Tophoven
detebe 20686

Wellenschlag
Roman. Deutsch von Eugen Helmlé
detebe 20687

Der Mann aus London
Roman. Deutsch von Stefanie Weiss
detebe 20813

Die Überlebenden der Télémaque
Roman. Deutsch von Hainer Kober
detebe 20814

Der Mann, der den Zügen nachsah
Roman. Deutsch von Walter Schürenberg
detebe 20815

Zum Weißen Roß
Roman. Deutsch von Trude Fein
detebe 20986

Der Tod des Auguste Mature
Roman. Deutsch von Anneliese Boton
detebe 20987

Die Fantome des Hutmachers
Roman. Deutsch von Eugen Helmlé
detebe 21001

Die Witwe Couderc
Roman. Deutsch von Hanns Grössel
detebe 21002

Schlußlichter
Roman. Deutsch von Stefanie Weiss
detebe 21010

Die schwarze Kugel
Roman. Deutsch von Renate Nickel
detebe 21011

Die Brüder Rico
Roman. Deutsch von Angela von Hagen
detebe 21020

Antoine und Julie
Roman. Deutsch von Eugen Helmlé
detebe 21047

Betty
Roman. Deutsch von Raymond Regh
detebe 21057

Der Neger
Roman. Deutsch von Linde Birk
detebe 21118

Die Tür
Roman. Deutsch von Linde Birk
detebe 21114

Das blaue Zimmer
Roman. Deutsch von Angela von Hagen
detebe 21121

Der Bürgermeister von Furnes
Roman. Deutsch von Hans Grössel
detebe 21209

Es gibt noch Haselnußsträucher
Roman. Deutsch von Angela von Hagen
detebe 21192

Die Glocken von Bicêtre
Roman. Neu übersetzt von Angela von Hagen. detebe 20678

Das Testament Donadieu
Roman. Deutsch von Eugen Helmlé
detebe 21256

Der Untermieter
Roman. Deutsch von Ralph Eue
detebe 21255

Emil und sein Schiff
Erzählungen. Deutsch von Angela Hagen und Linde Birk. detebe 21318

Exotische Novellen
Deutsch von Annerose Melter. detebe 21285

Die Leute gegenüber
Roman. Deutsch von Hans-Joachim Hartstein. detebe 21273

Die schwanzlosen Schweinchen
Erzählungen. Deutsch von Linde Birk
detebe 21284

Weder ein noch aus
Roman. Deutsch von Elfriede Riegler
detebe 21304

Die Katze
Roman. Deutsch von Angela von Hagen
detebe 21378

Der Passagier der Polarlys
Roman. Deutsch von Stephanie Weiss
detebe 21377

Die Schwarze von Panama
Roman. Deutsch von Ursula Vogel
detebe 21424

Das Gasthaus im Elsaß
Roman. Deutsch von Angela von Hagen
detebe 21425

Das Haus am Kanal
Roman. Deutsch von Ursula Vogel
detebe 21426

Maigrets erste Untersuchung
Roman. Deutsch von Roswitha Plancherel
detebe 20501

Maigret und Pietr der Lette
Roman. Deutsch von Wolfram Schäfer
detebe 20502

Maigret und die alte Dame
Roman. Deutsch von Renate Nickel
detebe 20503

Maigret und der Mann auf der Bank
Roman. Deutsch von Annerose Melter
detebe 20504

Maigret und der Minister
Roman. Deutsch von Annerose Melter
detebe 20505

Mein Freund Maigret
Roman. Deutsch von Annerose Melter
detebe 20506

Maigrets Memoiren
Roman. Deutsch von Roswitha Plancherel
detebe 20507

Maigret und die junge Tote
Roman. Deutsch von Raymond Regh
detebe 20508

Maigret amüsiert sich
Roman. Deutsch von Renate Nickel
detebe 20509

Hier irrt Maigret
Roman. Deutsch von Renate Nickel
detebe 20690

Maigret und der gelbe Hund
Roman. Deutsch von Raymond Regh
detebe 20691

Maigret vor dem Schwurgericht
Roman. Deutsch von Wolfram Schäfer
detebe 20692

Maigret als möblierter Herr
Roman. Deutsch von Wolfram Schäfer
detebe 20693

Madame Maigrets Freundin
Roman. Deutsch von Roswitha Plancherel
detebe 20713

Maigret kämpft um den Kopf eines Mannes
Roman. Deutsch von Roswitha Plancherel
detebe 20714

Maigret und die kopflose Leiche
Roman. Deutsch von Wolfram Schäfer
detebe 20715

Maigret und die widerspenstigen Zeugen
Roman. Deutsch von Wolfram Schäfer
detebe 20716

Maigret am Treffen der Neufundlandfahrer
Roman. Deutsch von Annerose Melter
detebe 20717

Maigret bei den Flamen
Roman. Deutsch von Claus Sprick
detebe 20718

Maigret und die Bohnenstange
Roman. Deutsch von Guy Montag
detebe 20808

Maigret und das Verbrechen in Holland
Roman. Deutsch von Renate Nickel
detebe 20809

Maigret und sein Toter
Roman. Deutsch von Elfriede Riegler
detebe 20810

Maigret beim Coroner
Roman. Deutsch von Wolfram Schäfer
detebe 20811

Maigret, Lognon und die Gangster
Roman. Deutsch von Wolfram Schäfer
detebe 20812

Maigret und der Gehängte von Saint-Pholien
Roman. Deutsch von Sibylle Powell
detebe 20816

Maigret und der verstorbene Monsieur Gallet
Roman. Deutsch von Roswitha Plancherel
detebe 20817

Maigret regt sich auf
Roman. Deutsch von Wolfram Schäfer
detebe 20820

Maigret und das Schattenspiel
Roman. Deutsch von Claus Sprick
detebe 20734

Maigret und die Keller des Majestic
Roman. Deutsch von Linde Birk
detebe 20735

Maigret contra Picpus
Roman. Deutsch von Hainer Kober
detebe 20736

Maigret läßt sich Zeit
Roman. Deutsch von Sibylle Powell
detebe 20755

Maigrets Geständnis
Roman. Deutsch von Roswitha Plancherel
detebe 20756

Maigret zögert
Roman. Deutsch von Annerose Melter
detebe 20757

Maigret und der Treidler der »Providence«
Roman. Deutsch von Claus Sprick
detebe 21029

Maigrets Nacht an der Kreuzung
Roman. Deutsch von Annerose Melter
detebe 21050

Maigret hat Angst
Roman. Deutsch von Elfriede Riegler
detebe 21062

Maigret erlebt eine Niederlage
Roman. Deutsch von Elfriede Riegler
detebe 21062

Maigret gerät in Wut
Roman. Deutsch von Wolfram Schäfer
detebe 21113

Maigret verteidigt sich
Roman. Deutsch von Wolfram Schäfer
detebe 21117

Maigret und der geheimnisvolle Kapitän
Roman. Deutsch von Annerose Melter
detebe 21180

Maigret und die alten Leute
Roman. Deutsch von Annerose Melter
detebe 21200

Maigret und das Dienstmädchen
Roman. Deutsch von Hainer Kober
detebe 21220

Maigret und der Fall Nahour
Roman. Deutsch von Sibylle Powell
detebe 21250

Maigret im Haus des Richters
Roman. Deutsch von Liselotte Julius
detebe 21238

Maigret und der Samstagsklient
Roman. Deutsch von Angelika Hildebrandt-Essig. detebe 21295

Maigret in New York
Roman. Deutsch von Bernhard Jolles
detebe 21308

Maigret und die Affäre Saint-Fiacre
Roman. Deutsch von Werner De Haas
detebe 21373

Sechs neue Fälle für Maigret
Erzählungen. Deutsch von Elfriede Riegler
detebe 21375

Maigret stellt eine Falle
Roman. Deutsch von Angela von Hagen
detebe 21374

Maigret in der Liberty Bar
Roman. Deutsch von Angela von Hagen
detebe 21376

Maigret und der Spion
Roman. Deutsch von Hainer Kober
detebe 21427

Maigret und die kleine Landkneipe
Roman. Deutsch von Bernhard Jolles und Heide Bideau. detebe 21428

Maigret und der Verrückte von Bergerac
Roman. Deutsch von Hainer Kober
detebe 21429

● Henry Slesar

Die besten Geschichten von Henry Slesar
Herausgegeben von Anne Schmucke
Diogenes Evergreens

Fiese Geschichten für fixe Leser
Aus dem Amerikanischen von Thomas Schlück. Diogenes Evergreens
Auch als detebe 21125

Das graue distinguierte Leichentuch
Roman. Deutsch von Paul Baudisch und Thomas Bodmer. Ausgezeichnet mit dem Edgar-Allan-Poe-Preis. detebe 20139

Vorhang auf, wir spielen Mord!
Roman. Deutsch von Thomas Schlück
detebe 20216

Erlesene Verbrechen und makellose Morde
Geschichten. Deutsch von Günter Eichel und Peter Naujack. Vorwort von Alfred Hitchcock. Zeichnungen von Tomi Ungerer
detebe 20225

Ein Bündel Geschichten für lüsterne Leser
Deutsch von Günter Eichel. Einleitung von Alfred Hitchcock. Zeichnungen von Tomi Ungerer. detebe 20275

Hinter der Tür
Roman. Deutsch von Thomas Schlück
detebe 20540

Aktion Löwenbrücke
Roman. Deutsch von Günter Eichel
detebe 20656

Ruby Martinson
Geschichten vom größten erfolglosen Verbrecher der Welt. Deutsch von Helmut Degner. detebe 20657

Schlimme Geschichten für schlaue Leser
Deutsch von Thomas Schlück
detebe 21036

Coole Geschichten für clevere Leser
Deutsch von Thomas Schlück. detebe 21046

Böse Geschichten für brave Leser
Deutsch von Christa Hotz und Thomas Schlück. detebe 21248

● Julian Symons

Auf den Zahn gefühlt
Detektivgeschichten. Aus dem Englischen von Thomas Schlück. detebe 20601

Ein Pekinese aus Gips
Kriminalgeschichten. Deutsch von Günter Eichel. Zeichnungen von Josef Weihard
detebe 20740

● Susanne Thommes

Der falsche Freund
Roman. detebe 21380

Brüderchen und Schwesterchen
Roman. detebe 21423